올해의
선택

황지운 소설집
올해의 선택

펴낸날 2021년 4월 15일

지은이 황지운
펴낸이 이광호
주간 이근혜
편집 최지인 이민희 조은혜 박선우 방원경
펴낸곳 ㈜문학과지성사
등록번호 제1993-000098호
주소 04034 서울 마포구 잔다리로7길 18(서교동 377-20)
전화 02)338-7224
팩스 02)323-4180(편집) 02)338-7221(영업)
전자우편 moonji@moonji.com
홈페이지 www.moonji.com

ISBN 978-89-320-3843-8 03810

올해의 선택

황지운 소설집

문학과지성사

차례

Sofie to Dorothy

10년 동안 아무도 살지 않은 집의 마당에는 내 키만 한 잡초들이 누렇게 말라 있었다. 잡초를 헤치고 집으로 다가갔다. 지붕은 반쯤 내려앉아 있었고, 문짝은 어디로 갔는지 흔적도 없었다.

흙과 먼지, 잡초가 무성한 마루에는 친구가 앉아 있었다. 눈을 감고 있는 친구 옆에는 이 마을에서는 아무도 입고 다니지 않는 두툼한 외투와 낡은 배낭 하나가 놓여 있었다. 믿기지 않았다. 꿈인 것 같았다. 인기척을 들은 친구는 눈을 떴다.

"쪽지가 바람에 날아가진 않았나 보군."

반쯤 졸린 목소리와 느릿느릿한 말투는 여전했다. 너무 여전해서 낯설었다.

"기왕 우리 집에 온 거, 거기에서 기다리지 않구."

나는 친구 옆에 걸터앉았다. 친구는 힘없이 웃었다. 웃음이 햇빛 속에서 빛났다. 나는 꿈인가 생시인가, 한참 동안 친구의 얼굴을 바라봤다. 너무 오랜만이었다.

"얼굴에 뭐 묻었어?"

친구가 손으로 얼굴을 매만졌다. 푸석하고 피곤에 찌든 얼굴이었다. 주름이 패기 시작한 눈가에는 어린 시절 장난치기 전에 치던 눈웃음이 있었고, 얼마나 찡그리며 살았는지 벌써 주름이 깊게 잡힌 미간은 운동장에서 햇빛을 받으면 인상을 쓰던 모습이 그대로 남아 있었다.

"아니. 변한 게 없어서."

"너야말로, 듣기 좋은 말 해주는 건 여전하네."

10년 만에 친구는 마을로 돌아왔다. 올해로 마흔 살, 스무 살이 되던 해부터는 길에서 마주쳐도 모른 척을 하고 살았으니, 이야기를 나누는 건 20년 만이었다. 그 전까지 우리는 마을에서 서로에게 유일한 친구였으며 아침에 눈뜨면서 잠들기 전까지 모든 것을 함께했었다. 서로에게 스며들어 있던 그 시간이 나에게는 어떤 것보다 소중했었다.

"누구 결혼식이어서 온 건 아닐 테고."

"밥이나 먹자."

친구는 내 물음에 대답하는 대신, 천천히 외투를 집어 들었다. 어쩌다가, 왜, 그럼 여기에는 왜. 수많은 물음이 떠다녔지만, 입을 꾹 다문 친구에게 더 이상 물을 수 없었다. 잠자코 친구를 따라갔다.

목련나무에서는 꽃망울이 올라오고 있었고, 낮은 담 사이로 매화와 산수유꽃이 하나둘씩 피고 있었다. 논은 겨울 동안 잘 자란 보리들이 푸르게 빛났다. 봄이었다. 그 봄 사이에서 친구는 두꺼운 외투를 걸치고 이방인처럼 걸었다.

그사이에 많이 변했다. 다들 마흔이 넘어가면 군살이 붙는다던데, 친구는 전보다 더 말랐다. 원래도 마른 편이었지만, 지금은 너무 말라서 부축을 해야 할 것 같은 지경이었다. 음악을 연주하는 것처럼 통통거리던 걸음은 천천히, 몸을 지탱하고 있는 것도 힘든 사람처럼 느려졌다. 달라진 건 그 걸음걸이뿐이 아니었다. 나이와 함께 생기도 같이 죽은 듯, 텅 빈 껍데기가 걸어 다니는 것 같았다. 그것은 늘 입던 나팔바지 대신 헐렁한 청바지를 입어서도, 늘 목선이 보이게 짧게 자르고 다니던 머리를 어깨까지 길게 길러서도 아니었다. 세월은 너무 빠르게 흘렀다. 내후년이면 우리나라에서 올림픽이 열린다는데, 친구는 그 세월만큼이나 변했다. 친구는 공중전화 부스에 들어가 한참 동안 통화를 했다.

오늘 잠깐 장을 보러 밖에 나갔다가 돌아왔을 때, 마루에 놓인 종이를 보고 누가 장난을 치는 줄 알았다. '내가 살던 집에서 보자. 올 때까지 기다릴게.' 여기에서 말하는 '내'가 누구일까. '살던 집'이라고 하면 지금은 안 산다는 것인데, 이 마을에 빈집은 친구가 살던 곳 딱 그 한 곳뿐인데, 뭘까. 나는 한참 동안 종이를 바라보면서 고민을 했었다. 혹시나, 설마 하는 마음으로 장 본 것들을 마루에 내려놓고 달려 나왔다.

친구와 내가 처음이자 마지막으로 싸운 것은 고등학교 3학년, 대학 입학시험이 끝나고 합격 발표가 난 후였다. 광주 같은 도시에 가서 장사나 하며 살고 싶었던 친구는 내가 광주에 있는 대학에 합격하자 같이 광주에 가자고 했다. 하지만 나는 가지 못했다. 그건 부모님이 대학에 가는 걸 반대해서도, 등록금을 못 내서도 아니었다.

친구 때문이었다. 내가 광주에 가지 않겠다고 하자, 친구는 온갖 욕설을 퍼붓더니 마을에서 함께 지내고 있던 김정희를 데리고 광주로 떠나버렸었다. 나와 함께 살기로 한 집에 김정희랑 가버렸다. 미워서 견딜 수 없었다.

광주로 떠난 지 석 달 만에 김정희와 헤어졌다는 소문과 함께 수척해진 친구가 돌아왔지만 알은척하지 않았다. 나는 선으로 만난 주영과 부모님이 시키는 대로 결혼 준비를 하고 있었다. 좁은 마을에서 친구의 소식은 너무 선명하게 잘 들렸지만 모른 척했다. 알은척하기에는 너무 마음이 아팠다. 너무 서운했다. 이 서운함과 아픔 때문에 세상에서 가장 좋아하는 친구와 멀어지겠지만 스무 살의 나는 갑자기 또 떠나버리거나 사랑에 빠져버릴 친구가 무서웠다. 세상에서 가장 친한 친구에서 생판 남처럼 변해버린 우리의 관계가 너무 두려웠다.

공중전화 부스에서 나온 친구의 표정은 어두웠다. 궁금했다. 분명히 결혼식을 올리고 서울로 이사를 떠났다고 했는데 왜 혼자 온 건지도, 무슨 일로, 왜 절대 말도 걸지 않던 나에게 온 건지도 궁금했다. 드디어 나와 화해할 용기가 생긴 건지 아니면 어쩌다 만나는 고등학교 동창들처럼 옛날얘기나 나누고 싶어서 온 건지도 궁금했다. 그 모든 궁금증을 말하는 대신 친구에게 물었다.

"언제까지 있을 거야?"

"둘러볼 것도 있고, 너희 집에 있어도 된다고 하면 며칠 좀 묵을까 해."

기뻤다. 저녁은 친구가 좋아하는 떡국을 끓여야겠다고, 집에 김치가 조금밖에 안 남았는데 좀 얻어 와야겠다고 생각했다. 20년 만에 진심으로 기뻤다.

"그럼 저녁은 떡국 먹을래? 너 떡국 좋아하잖아. 마침 어제 방앗간에서 맞춰 온 떡 사리가 조금 있어."

"주영이었던가? 너랑 결혼한?"

"어떻게 알았어?"

친구는 나의 결혼식에 초대받지도 못했었다. 그런데도 주영의 이름을 기억하고 있다니 놀랐다.

"너 결혼한다고 마을 전체에 떡도 돌렸잖아. 그 시루떡 되게 맛있었는데 기억하지. 내가 가면 주영이 뭐라고 하지 않아?"

"아, 괜찮아. 주영은."

"그래? 무관심한 부부인가 보군."

몇 달 전 주영이 죽었다는 얘기를 할 수 없었다. 하기 싫었다. 어차피 친구는 주영의 얼굴도 몰랐다. 좁은 마을이니 오다가다 얼굴은 봤겠지만 서로 이야기를 나누지 않았으니 기억을 못 할 거였다.

나는 친구보다 한 발 뒤에서 걸었다. 전처럼 나란히 걸으며 팔짱을 끼고 싶었지만 그럴 용기는 나지 않았다.

"그런데 내가 사는 덴 어떻게 알았어? 온 적도 없잖아."

"이 마을에서 누가 어디에 사는지 모르는 사람이 있나?"

맞는 말이었다. 우리가 사는 이 마을은 비밀이 없었다. 모든 걸 다 알고 모든 사람이 가까웠다. 그 가까움 덕분에 우리는 친하게 지냈다. 언제 어떻게 친해졌는지 기억나지 않았지만 어린 시절을 떠올리면 늘 친구가 있었다. 우리는 그 가까움을 싫어했다. 우리 생각의 깊이, 상상의 넓이에 비해 마을은 너무 좁았다. 우리가 원하는 건 옆집 저녁 밥상에 어떤 김치가 올라가는지, 내가 오늘 학교에서 쉬는 시간에 무슨 말을 했는지 마을 사람들이 다 아는 게 아니라, 우리끼리만 신경 쓰지 않고 사는 거였다. 그래서 나는 집에 김치가 떨어지면 옆집 영호네에서 미안함도 없이 김치를 얻어 오면서도 이 마을이 싫었다. 내가 살고 싶은 곳이 아니었다.

친구는 집에 들어오자마자 말했다.

“집에 전화기가 있다면 시외전화 좀 써도 될까? 급하게 전화할 데가 있어서 그래.”

주영이 있었다면 얼굴 한 번 본 적 없는 친구에게 비싼 전화기를 순순히 내주지는 않았을 거였지만, 나는 망설임 없이 쓰라고 말했다. 친구가 편하게 전화를 할 수 있게 마루에 널브러진 장 본 것들을 정리하고 총각김치를 얻으러 영호네에 갔다. 영호의 아내는 방금 같이 들어간 사람은 누구냐고 물었다. 장흥에서 시집 온 영호의 아내는 친구가 서울로 떠난 다음에 와서 서로 알지 못했다. 나는 마당에서 담배를 피우고 있는 영호를 힐끗 보았다. 그러고는 주영의 소식을 듣고 온 먼 친척이라고 둘러댔다. 영호에게 친구가 왔다는 사실을 말하고 싶지 않았다. 10년이나 지난 일이지만, 영호가 어떤 반응을 보일지 알 수 없었다.

친구가 식을 올린 여자는, 원래 영호와 결혼하기 위해 이 마을에 온 거였다. 영호와 우리가 서른 살 때 일이었다. 읍내 다방에서 영호와 선을 보고 있는 여자를 본 친구는 한눈에 반하고 말았다고 했다. 소문으로 들었으니 자세한 건 모르지만 그 여자에게 한눈에 반한 친구는 영호를 지나쳐 여자의 손목을 잡고, 한눈에 반했다고 같이 살자고 말했다. 여자가 친구를 따라 떠나는 것을 본 영호가 다방 문을 가로막고 울면서 둘이 못 나가게 말렸다고 했다.

마을 사람들 모두 친구의 이상한 행동도, 영호에게 닥친 일도 이해하지 못해 온갖 추측이 난무했지만 결국은 친구가 부모도 없이 할머니에게 맞고 커서 미친 거라는 결론이 났다. 평생 마을과 멀어봐야 광주 외에는 밖을 나가본 적 없는 마을 사람들은 미용실 대신 이발소에 가는 친구를, 바지만 입고 다니는 친구를, 선을 보는 대신 여자와 연애하는 친구를 도저히 이해할 수 없었다. 그 이후 한동안 주영은 옆집에 산다는 이유로, 매일 밤 엉망으로 술에 취해 읍내 골목 아무데서나 자는 영호를 찾아다녀야 했다.

지금 나에게 중요한 건 10년 전에 친구에게 결혼할 여자를 뺏긴 영호가 아니었다. 빨리 떡국을 끓여서 친구와 오붓하게 저녁을 보내고 싶었다. 수다를 떨고 싶어 하는 영호의 아내와 황급히 헤어지고는 집으로 돌아왔다.

친구는 내가 돌아온 것도 모른 채, 한 손에 전화기를 들고 마루에 멍하니 앉아 있었다. 손이 부들부들 떨리고 있었다.

"무슨 일 있었어?"

친구의 눈은 텅 비어 있었다. 세상이 무너진 듯한 얼굴로 나를 보았다. 하지만 눈에는 초점이 없었다.

"가야겠어."

"어딜?"

"서울, 우리 집에. 빨리 가야 해."

벌써 시계는 오후 5시를 가리키고 있었다. 곧 있으면 서울로 가는 막차가 끊길 거였다. 서울은 멀었다. 아무렇게나 쉽게 왔다 갔다 할 수 있는 곳이 아니었다.

"곧 막차 끊기는데 어딜 가겠다는 거야. 자고 내일 아침 첫 차로 가."

"내일은 늦어! 늦는다구!"

친구는 울면서 소리를 질렀다. 친구는 빨리 가야 한다는 것 말고는 나에게 아무것도 말하고 싶지 않은 것 같았다. 비에 젖어 떨면서 무서우니 다가오지 말라고 짖는 길 잃은 강아지처럼, 달달 떨고 있었다. 연약했다.

그래서 나에게 찾아온 것 같았다. 그동안 무슨 일이 있는지는 몰랐지만, 내가 필요한 것 같았다. 함께 있고 싶었다.

"바래다줄게."

서울까지 바래다준다니, 내가 말해놓고도 너무 놀랐다.

"뭐라고?"

친구는 울었다는 사실도 잊은 듯 눈을 동그랗게 뜨고 물었다.

"가자. 주영의 트럭이 있어. 그거 타고 가면 돼."

"버스 타고 한 시간 걸리는 광주에 잠깐 다녀오는 것도 한 달을 고민하는 네가 서울에 가겠다고? 그것도 운전을 해서? 면허는 언제 땄어?"

"10년 전에."

친구가 서울로 떠나고 한동안 나는 크게 앓았다. 어디서 굴러 들어왔는지 알 수도 없는 이상한 여자와 사랑에 빠져버린 친구를 따라 나도 같이 가고 싶었다. 그 말을 얼결에 주영에게 해버릴까 봐 매일 이를 악물었다. 너무 악물어서 입술에 피가 맺혔다. 한참 후에, 이불에서 나온 나는 운전면허를 땄다. 주영은 위험하게 무슨 운전이냐며, 어차피 쓸 일도 없는 운전면허 뭐 하러 따느냐고 말렸지만 하나도 귀에 들어오지 않았다. 뭐라도 해야, 뭐라도 할 수 있어야 친구를 잊거나 친구에게 갈 수 있을 것 같았다.

친구는 믿기지 않는다는 듯 고개를 절레절레 흔들었다.

"체육 시간에도 나무 그늘에 앉아서 책만 읽던 샌님이 운전면허라고? 20년 동안 많은 일이 있었군."

나는 차마 네가 떠나서 면허를 땄다고 말하지 못했다.

말하지 못하는 건 많았다. 친구가 서울로 이사 가던 날, 골목에 숨어서 이삿짐을 나르는 친구와 친구의 아내를 훔쳐봤다. 무척 맑은 날이었다. 햇볕이 환하게 웃는 친구의 얼굴 위로 쏟아졌다. 눈부셨다. 스무 살처럼 얼굴이 밝아 보였다. 나와 광주로 이사를 가게 되었다고 해도 저렇게 웃을 수 있었을까? 그 웃음이 너무 환해서 눈물이 흘렀다. 짐을 잔뜩 실은 트럭이 출발할 때까지 친구를 훔쳐보다가 울다가를 반복했다. 캄캄한 밤이 돼서야 집으로 돌아갔다. 이미 마을에는 내가 골목에 쪼그리고 앉아서 울고 있다는 소문이 쫙 퍼진 후였다. 주영은 그런 소문 안 나게 처신 좀 잘하라고 한 소리 했다.

"가자."

대략 다섯 시간, 그리고 다시 돌아오는 시간까지 합치면 총 열 시간. 중간에 잠도 자야 했고, 기름도 넣고 밥도 먹어야 했다. 내일은 공장에 하루 쉬겠다고 말하고, 화요일에는 출근해야 하니까 내일 아침에 새벽같이 내려오면 되는 거였다. 월요일 휴가쯤이야, 20년 동안 결근 한 번 한 적이 없었으니 하루 정도는 쉬어도 될 것 같았다.

"공장은? 결혼하고 그만둔 건가?"

"대학 가는 대신 공장 취직한 것도 소문으로 안 거야?"

친구는 희미하게 웃었다. 나에게 친구의 소식이 들리는 것처럼 친구에게도 내 소식이 들렸을 테니까.

"이게 주영이라는 사람의 트럭이야? 쓴다고 말 안 해도 돼? 인사라도 해야 하는 거 아닌가?"

친구는 뒷마당에 세워둔 주영의 트럭을 가리켰다. 주영이 내가 면허를 딸 즈음 큰맘 먹고 산 트럭은 깔끔한 주영의 성격처럼 새것 같았다.

"안 해도 돼."

"그래도 인사는 해야지. 언제 와? 일요일인데도 일하러 간 거야?"

"주영은 일 못 해. 죽었거든."

"그걸 왜 말 안 했어?"

주영의 죽음은 알리지 못했지만, 나는 모든 것을 친구에게 말했었다. 친구가 이사를 가던 날, 집으로 가는 도중에 영길에게 들렀다. 친구의 옆집에 사는 영길은 무슨 일이 생기면 여기로 연락하랬다며 친구가 남기고 간 서울 집 주소를 알려줬었다. 나는 그 주소로 매일 편지를 썼다. 거실 마루의 작은 상에서 매일 편지를 쓰는 게 불편해서 주영을 졸라 비싼 책상과 의자를 사고, 종이와 볼펜을 한 박스씩 샀다. 편지를 쓰는 건지, 대하소설을 집필하는 건지 모르겠다는 주영의 핀잔에도 아랑곳하지 않고 매일매일 편지를 썼다. 답장은 오지 않았다. 몇 년 전부터 수취인 불명으로 편지가 되돌아오자, 편지 보내는 것을 그만뒀다.

편지를 썼었다는 말을 하는 대신 웃었다. 친구는 그 마음을 알겠다는 듯 힘없이 웃으며, 어깨에 손을 올렸다.

"주영도 암이었나? 병원비 만만치 않았겠는데."

주영'도'라니, 친구는 가까운 사람이 암으로 죽은 적이 있다는 듯 말했다. 이상했다.

"'도'라니?"

옅은 한숨을 쉬고, 친구는 이제 말해도 되겠다는 듯 입을 열었다.

"나도 아내가 암으로 죽었어. 몇 주 전에."

덤덤했다. 10년 동안 같이 산 아내의 죽음을 알리는 목소리는 아니었다.

"암? 아내가 우리보다 한참 어리지 않았어?"

"어렸었지. 그래서 빨리 죽었지."

말투는 덤덤했지만, 더 이상은 말하기 싫다는 듯 고개를 돌렸다. 안심이었다. 죽은 아내에게는 미안했지만 혼자인 채로 나에게 와서 다행이었다.

주영의 큰 덩치에 맞췄던 운전석 의자를 내 키에 맞게 당겼다. 주영의 큰 키에 맞췄던 백미러도 다시 조정하고 시동을 걸었다. 트럭은 천천히 출발했다.

"정말 서울까지 가도 괜찮아? 익산까지 가서 도저히 못 가겠다고 돌아올 것 같으면 기차역에서 내려주고."

"아니야. 서울까지 갈 수 있어. 걱정하지 마."

나는 액셀러레이터를 힘차게 밟았다.

"서울은 어때? 정말 눈 감으면 코 베어가는 곳이야?"

"우리 고등학교 때 아무도 모르는 곳에서 하고 싶은 대로 하며 살고 싶다고 했었지? 딱 그런 곳이야. 그런데 대신 네가 위험에 빠졌을 때 구하러 오는 사람은 없어."

"상상이 되질 않아. 외로움 같은 건가?"

"고립감."

고립감. 속으로 그 단어를 중얼거려보았지만 상상되지 않았다. 고립이라니, 태어나서 한 번도 느껴본 적이 없었다.

"정읍 휴게소 있지? 거기 가자. 밥도 좀 먹고."

마루 위에 총각김치를 그대로 올려두고 온 것이 생각났다. 내일 돌아가면 그것부터 치워야 할 것 같았다. 트럭은 정읍 휴게소로 들어갔다. 휴게소는 한산했다. 기름을 넣는 동안 친구는 전화를 하고 오겠다고 했다.

잠깐 다녀올 것처럼 굴던 친구는 기름을 다 넣고 휴게소를 기웃거리며 에그밀, 초콜릿 같은 것을 사는 동안에도 나타나지 않았다. 주위가 어둑해질 때쯤에야 친구는 힘없이 걸어왔다. 배가 고팠지만, 저녁을 먹자는 말을 할 수 없을 정도로 지쳐 보였다. 친구는 마지막 힘을 짜내듯 차 문을 열었다.

"서울 이정표가 보이면 깨워줘. 오늘 새벽부터 움직였더니 너무 피곤하다."

이쯤 되면 나를 보러 내려온 건 확실히 아니었다. 무슨 일일까, 무엇 때문에 틈만 나면 떠나고 싶어 했던 마을에 다시 온 걸까. 나의 편지에 답장 한 번 없었으면서 왜 갑자기 온 걸까. 며칠 묵겠다더니 또 갑자기 올라가야겠다는 이유는 뭘까. 깜깜한 고속도로를 달리며, 새근새근 코를 골며 자는 친구의 옆모습을 훔쳐봤다.

무슨 일인지 걱정은 됐지만, 그리운 모습이었다. 그립지 않은 것은 하나도 없었다. 가로등이 앙상한 친구의 손등을 비추는 것도, 전라북도에서 충청남도로, 충청남도에서 충청북도, 경기도로 조금씩 빠르게 움직이는 이 순간도 온전히 느끼고 싶었다.

"왜 편지 안 썼어?"

자는 줄 알았던 친구가 평택을 지나자 물었다.

"응?"

못된 짓을 하다가 들킨 사람처럼 깜짝 놀랐다.

"일부러 영길이한테 서울 집 주소를 남기고 갔었는데 편지 한 장도 없어서."

이해가 되지 않았다. 내 편지가 도착하지 않았다니, 그럴 리가 없었다. 몇 번이나 확인했는데, 주소가 틀릴 리도 없었다.

"무슨 소리야. 나야말로 답장도 없어서 화가 단단히 났구나 생각했는데. 결혼식에 초대도 안 했잖아."

"거짓말! 결혼식에 초대 안 한 건 너도 마찬가지잖아!"

마치, 자신이 틈만 나면 전화기 앞으로 달려가는 것이 나 때문이라도 된다는 듯이, 친구가 소리를 버럭 질렀다.

"너한테 왜 거짓말을 해? 난 분명히 편지를 했어. 친구라고는 너 하나뿐이었는데, 네가 멀리 떠났다고 편지를 안 할 리가. 왜 그게 네 손에 닿지 않은 건지 알 수 있는 것도 아니잖아. 동네 개가 물어간 건지, 네 아내가 갖다 버렸는지 어떻게 알아?"

크게 한 대 얻어맞은 듯, 친구는 멍한 눈으로 나를 바라보다가 다시 소리를 질렀다.

"내 아내가 너한테서 온 편지를 버렸을 거라고 말하는 거야? 네가 내 아내에 대해 뭘 안다고 함부로 말해?"

아내가 버렸을지도 모른다는 말을 하면서도 후회를 했었는데, 역시나 꺼내면 안 되는 말이었다.

"미안, 내가 실언을 했다. 주소를 잘못 봤나 봐. 미안."

몇 번이고 주소를 확인하고, 혹시나 편지가 가지 않을까 봐 우체국에 가서도 다시 한번 묻고 또 물었던 기억이, 편지를 부치는데도 너무 긴장해서 손에 땀이 흥건했던 기억이 스쳐 지나갔다.

"그래, 주소가 잘못 적혔거나, 잘못 읽은 거야. 그런 거야."

친구는 다짐을 하고, 또 다짐을 받는 듯 말했다. 친구는 주소를 잘못 적은 거라고 중얼거리며 눈을 감았다. 트럭 안에 침묵이 흘렀다. 어둠 속에서 서울시의 이정표가 보였다.

"이제 내가 운전할게. 여기 갓길에 차 세워봐."

트럭을 멈추자 친구는 조수석에서 성큼, 운전석으로 넘어왔다. 낡은 옷 냄새, 먼지 냄새, 땀냄새가 훅 끼쳤다. 나는 친구에게 몸이 닿을까, 얼굴이 빨개진 것을 들킬까 조심하면서 운전석 차 문을 열고 밖으로 나갔다. 서울, 친구가 떠났던 서울에 도착했다. 날카로운 바람이 불었다. 친구의 몸에서 풍기던 먼지 냄새와 같은 냄새가 공기에서도 났다. 드디어 도착했다. 천천히, 깊게 숨을 들이마셨다. 공기가 탁해서 기침이 났다.

집을 떠나서 이렇게 멀리까지 와본 건 처음이었다. 지금까지 주영과 신혼여행 겸해서 산장 같은 곳에서 하루 묵고 온 게 전부였다. 돈이 많으면 제주도로 신혼여행을 가기도 한다는데 그렇게까지 멀리 가는 건 싫었다. 결혼이 싫었다. 결혼 자체가 싫은 건 아니었다. 친구가 아닌 다른 사람과 함께 삶을 살고 싶지 않았다. 개학 하루 전에 밀린 방학 숙제를 한꺼번에 처리하는 사람처럼 그냥 주영과의 결혼을 처리한 것뿐이었다. 스무 살의 나는 친구가 없어진 삶이 너무 싫어서 나를 망가뜨리고 싶었다.

나는 지금에 와서야 마을을 벗어나 멀리까지 갈 용기를 냈다. 다시 친구를 만나서 용기가 생겼는지 몰랐다. 그건 주영이 없어서일지도, 아니면 친구의 아내가 없어서였을지도 몰랐다. 아무래도 상관없었다. 여기까지 올 용기를 냈으니, 이제 뭐든지 할 수 있을 것 같았다.

트럭은 경부고속도로를 지나 한강을 건넜다. 생각보다 한강은 넓었다. 다리를 한참 동안 지나가도 계속 까만 강, 강, 강이었다. 강 옆에는 어마어마하게 큰 전광판들이 반짝였다. 전광판 세 개 중에 한 개는 무조건 호돌이가 웃으며 올림픽이 열린다고 알렸다. 텔레비전에서만 보던 호돌이가 서울에서는 너무 흔해 낯설었다.

"주영이 죽었다는 것도 편지 보냈어?"

"아니, 못 보냈지. 몇 년 전부터 모든 편지가 되돌아왔어. 수취인 불명이라고."

"이사 가기 전 주소로 보냈었나 보네. 전화라도 해서 물어보지 그랬어. 전화번호는 그대로였는데. 넌 늘 그렇게 쉽게 포기하는구나. 대학도 그렇게 포기하더니."

갑자기 대학 이야기를 꺼냈다. 누군가 세게 가슴을 내려친 것처럼 욱신거렸다. 난 대학을 쉽게 포기한 적이 없었다.

"쉽게 포기한 적 없어."

"그때 네가 대학에 갔었으면, 내가 이십대를 거지 같은 마을에서 허비하다가 삼십대를 서울에서 허비할 일은 없었겠지."

신문을 보고 내가 광주에 있는 대학에 합격했다는 걸 알게 되자, 친구는 같이 광주로 떠나자고 했다. 등록금이야 국립대학교라 얼마 되지도 않으니 자신이 내주겠다고 큰소리를 땅땅 쳤다. 그 말을 전부 믿지는 않았지만, 함께 방을 얻어서 떠나자는 말 한마디에 가슴이 설렜다. 합격증과 등록금 고지서를 받으러 광주에 갈 때, 친구가 학교 근처 골목에 있는 작고 좁은 집들을 가리키며 잔뜩 신이 나서 떠들었다. 단 한 번도 살아본 적이 없는 낡고 좁은 집들, 그곳에 내 꿈이 살고 있는 것 같았다. 당장이라도 무너질 것 같은 집들마저도 너무 마음에 들었다. 친구의 손을 잡고 저 집들로 들어가야 진정한 행복이 시작될 것 같았다. 너무 가고 싶었다. 부모님이 무슨 대학이냐고, 얌전히 집에 있다가 결혼이나 할 것이지, 애초에 고등학교에 가는 것부터 반대하지 않았었냐고, 광주로 떠나면 호적에서 파버리겠다고, 집 밖에 나가면 머리를 빡빡 깎아버리겠다고 화를 내는데도, 마음은 이미 광주에 있는 대학에 가 있었다. 아니, 친구와 단둘이 광주에 있었다.

하지만 나는 대학을 포기했다. 그것은 부모님이 내 신발을 전부 다 버리고, 문 앞을 지키고 서서 나가기만 하면 죽여버리겠다고 협박을 해서가 아니었다. 친구가 함께해준다면 그런 것쯤 하나도 무섭지 않았다.

김정희와 사랑에 빠졌다고, 광주에 가면 그 여자도 같이 살면 안 되겠느냐는 친구의 말 한마디에 나는 대학을 말끔히 포기했다. 나는 부모님께 대학에 가지 않을 거라고 말했고, 부모님이 원하는 대로 공장에 취업하고, 주영과 선을 보고,

한 달 만에 결혼을 했다.

"네가 김정희랑 같이 살겠다고만 안 했어도, 나 대학에 갔을 거야."

친구는 코웃음을 쳤다.

"왜 여기서 얼굴도 기억 안 나는 김정희 얘기가 나와. 핑계도 가지가지다."

내가 한 말이 무슨 뜻을 담고 있는지, 친구는 상상도 못 할 거였다. 내가 자신의 편지를 기다리면서 보고 싶다는 편지를 몇 통이나 보냈는지, 반송된 편지를 가지고 서울로 가버릴까 기차역 앞에서 출발 시간을 확인하며 얼마나 망설였는지 모르는 것처럼 말이다.

"너야말로, 그런 식이지. 너 말고 다른 사람의 마음은 늘 가볍게 무시하잖아. 그렇게 좋다면서, 다 버리고 서울로 떠났으면서 결국 돌아왔잖아."

"의미 없어. 네가 포기해버린 대학도, 그때 무슨 생각을 했는지 따위 알고 싶지도 않고, 내가 서울에 사는 것도, 나의 결혼식도, 아내의 죽음도 의미 없어. 그러니까 그만 말해."

바깥의 어둠처럼, 친구와 나 사이는 깜깜했다. 우리 사이에는 트럭에도 달려 있는 헤드라이트조차 존재하지 않는 것 같았다. 나의 마음을 어디서부터 말해야 할지, 애초에 말해도 되는 건지 알 수 없어서 더 막막했다.

트럭은 강가의 좁은 도로를 따라 달렸다. 도로 확장 공사를 하는 듯, 갓길에는 공사 장비와 포클레인이 즐비하게 늘어서 있었다. 친구의 의미 없다는 말만큼이나 서울은 삭막했다.

나는 강가에 길게 서 있는 빌딩들, 아파트들에서 나오는 불빛을 멍하니 바라봤다. 무슨 일이 있어서 친구가 다시 서울로 돌아와야 했는지 몰랐다. 그건 친구도 마찬가지였다. 내가 왜 갑자기 대학을 포기하고 주영과 결혼했는지 모를 거였다. 왜 얼굴도 기억나지 않는 김정희 때문에 대학을 포기했는지 말하는 순간 어떤 일이 벌어질지는 너무 자명했다. 불편한 건 싫었다. 그 순간은 되도록 피하고 싶었다.

친구는 결혼식을 치르면서 환하게 웃었다. 멀리에서도 보일 정도로 환한, 한 번도 본 적 없는 웃음이었다. 내가 줄 수 없던 웃음을 주는 여자라서, 친구를 포기할 수밖에 없었다. 마을 사람들은 저게 무슨 결혼식이냐며 혀를 끌끌 차고 손가락질을 했다.

트럭은 개천을 지나 좁은 골목길로 들어섰다.

"여기 주차해놓고 걸어가자. 길이 좁아서 차가 못 들어가."

트럭을 세운 곳은 깜깜한 마을이었다. 가로등이 어디에 있는지도 모를 만큼 골목은 어두컴컴했고, 낮고 금 간 담벼락은 오줌 지린내가 진동을 했다. 오줌 지린내, 담배 찌든 내, 하수구의 역한 냄새가 섞여 있었다. 가로등 사이로 보이는 집들은 집이라기보다는 움막이나 거적을 둘러놓은 것 같았다. 길가에 아무렇게나 버려진 쓰레기, 대충 시멘트를 발라 놓은 골목길을 지나면 드문드문 보이는 더러운 흙길이 있었다. 여기가 서울이었다. 친구가 사는 동네였다. 방금 지나온 거대한 강, 높은 빌딩, 화려하게 반짝이던 간판이 있던 곳과 같은 서울이었다.

적어도 반듯하게 닦인 도로, 그것이 흙길이라고 하더라도 매일 마을 사람들이 비질을 해서 쓰레기 하나 없고, 봄이면 봄인 대로 여름이면 여름인 대로 꽃과 풀이 자라는 우리 마을과는 너무 달랐다. 너무 놀랍고, 이 모든 것이 무서웠다. 발이 떨어지지 않았다.

“놀라지 마. 이마저도 없는 사람들이 많으니까. 심지어 이 집들이 너희 집보다 배는 더 비싸.”

친구는 숨이 차도록 가파른 골목을 지나, 낡은 대문 앞에 멈춰 섰다. 지나쳐 온 낡은 집들과 별반 다를 게 없었다. 친구는 잠시 망설였다. 열쇠를 찾는 것도, 낡은 집을 부끄러워하는 것도 아니었다. 심호흡을 하는 것처럼 크게 숨을 쉬었다. 나를 보며 애써 웃었다. 손은 떨리고 있었다. 어두웠지만 그런 건 잘 보였다.

“연탄 좀 사 올 걸 그랬어. 춥지? 빨리 들어가자. 곤로를 좀 틀면 따뜻할 거야.”

친구는 열쇠를 꺼냈다. 열쇠는 대문에 들어가지 않았다. 친구는 방향을 바꿔 열쇠를 다시 꽂았다. 여전히 들어가지 않았다. 친구는 몇 번이고 문을 열려고 열쇠를 만지작거렸다. 그러다가 고개를 끄덕였다. 어이없다는 듯한 미소를 짓더니, 올 것이 왔다는 듯, 이제 알았다는 듯, 친구는 망설이지 않고 대문을 두드렸다. 분노와 결의에 가득 찬 몸짓이었다.

"문 열어! 하루야, 딱 하루! 그것도 못 해줘? 그걸 못 참냐구!"

소리를 질렀다. 그 외침에 고요하던 골목이 소란스러워졌다. 다른 집의 불이 하나둘씩 켜졌다.

"안 나와? 이 문 안 열어? 젠장, 내가 당신 딸 숨넘어갈 때 옆에 있던 유일한 사람이야. 당신들, 병원에 한 번이라도 왔어? 와서 병원비라도 내봤어? 당신들이 사람이야?"

친구는 더욱 세차게 문을 두드렸다. 마을 사람들은 아무도 무슨 일이냐고 묻지 않았다. 강 건너 불구경을 하듯, 담 안에서 친구와 나를 구경했다.

낯설었다. 이렇게나 절절하고, 시끄럽게 문을 열어달라고 하는 사람이 있는데, 아무리 봐도 쫓겨난 게 분명한 것 같은데, 눈동자만 굴리면서 구경하는 사람들이 놀랍고 미웠다. 서울 사람들은 원래 그런 건가, 저렇게 남의 일에 관심이 없는 건가. 심지어 어떤 사람은 고개를 절레절레 흔들면서 경찰에 신고하자고 말하고 있었다. 아무도 친구를, 우리를 도와주지 않았다. 낯설고 삭막했다. 너무 삭막해서 나도 모르게 이를 악물었다. 고립감, 친구가 말한 그 고립감이 온몸을 휘감았다.

"가자."

어떻게든 여기를 벗어나야 할 것 같았다. 친구를 잡았다. 그런데 친구가 내 손을 세차게 뿌리쳤다.

"아무것도 모르면서 왜 끼어들어? 네가 뭘 알아? 이 집에 뭐가 있는지 알아?"

울먹였다. 울먹이며 주저앉았다. 하얀 입김이 나왔다. 너무 추운데, 마음이 더 추웠다. 친구는 숨도 제대로 못 쉬면서 울었다. 가슴이 아팠다.

"가자."

다시 친구를 잡았다.

"어떻게 가. 저기에 내 10년이 들어가 있는데. 이 집, 못 입고 못 먹어가며, 밤에도 일해가며 산 집이야. 포기 못 해."

친구를 안았다. 나라도 친구의 방패가 돼주지 않으면 다시는 일어서지 못할 것 같았다.

"가자. 어디로든 가자. 내일 다시 와보자."

친구는 나에게 몸을 기댔다. 몸이 부들부들 떨리고 있었다.

"하루 집을 비웠는데, 내 집이 아니게 되었어. 갈 데가 없어졌어."

친구를 일으켜 세웠다. 친구의 손을 잡았다. 손이 찼다. 억지로 끌고 나왔다.

우리는 다시 좁고 지린내 가득한 담과 담 너머에서 힐끔힐끔 우리를 쳐다보는 사람들을 지나 마을을 빠져나왔다. 친구는 트럭에 타자마자 눈을 감았다.

"뭐 먹을래?"

"이 밤에 어디서 뭘 사."

친구의 목소리는 힘이 없었다. 나도 운전석에 몸을 기댄 채 눈을 감았다.

"분명히 1기랬어."

"응?"

"분명히 1기라고 수술하면 나을 수 있다고 했어. 멍청이 같은 의사들. 젊을 때 암에 걸리면 암세포가 더 빨리 퍼진다는 걸 말해줬어야지. 수술해서 낫는다고 했으면 어떻게 해서든 낫게 했어야지."

친구의 목소리가 촉촉하게 젖었다.

"처음에는 집에 같이 있었어. 아내가 병원에 돈 쓰기 싫다고 했거든. 처음에는 멀쩡했으니까. 그런데 진짜 무섭더라. 하루하루 아내가 점점 나빠져가는 걸 보고 있으니까 너무 무섭더라."

친구의 아내는 무척 젊었다고 했다. 영호와 결혼하려 했을 때가 스무 살이랬나, 스물한 살이랬나. 사람들은 늘 여자에게 차이던 영호가 어린 서울 여자랑 결혼하나 보다고 기뻐했었다. 모두가 부러워하던 젊음이 아내가 먼저 죽게 된 이유였다.

"한눈에 반했다며, 영호랑 선보는데 다짜고짜 다가가서 같이 살자고 했다며."

그 말을 듣고 가슴이 찢어질 것 같았다는 말은 하지 않았다.

"한눈에 반했지. 피부가 하얘서 통통 튀는 여자였는데 어떻게 사랑하지 않을 수 있어."

그 뽀얀 피부의 아내를 내가 속으로 얼마나 미워했는지, 차라리 죽어버렸으면 싶었는지 모를 거였다. 그제야 나는 친구가 왜 갑자기 마을로 돌아왔는지, 자신이 살던 집에 왜 가보려고 했는지 알 것 같았다. 돌아올 수밖에 없어서 내려온 거였다. 나는 친구의 손을 꽉 잡았다.

"결혼식을 올린다고 부부가 되는 게 아니잖아. 다른 사람들이 인정해주지 않아도 우리끼리 부부라고 생각하면 되는 거라고 생각했는데 그게 아니었어. 그걸 알았다면 나도 너처럼 선본 사람이랑 결혼해서 행복하지도 불행하지도 않은 채로 살았을 텐데."

그냥저냥 결혼이라니, 나는 주영과 살면서 단 한 번도 웃은 적이 없었다. 주영이 죽고 나서 슬프지 않은 게 너무 미안

할 정도였다.

“그게 얼마나 불행한지 넌 모를 거야. 나는 결혼하고 한 번도 행복해본 적이 없어.”

“적어도 아내가 암에 걸려서 여기저기 돈을 빌려 병원비까지 댔는데, 너희가 무슨 부부냐며 장례식장에서 쫓겨나지는 않았겠지. 선우야, 나는 10년간 함께 살면서 살림을 꾸려간 내 아내가 어디에 묻혔는지도 몰라. 내가 멍청이니? 아내가 아닌 거 모른 거 아냐. 결혼식을 올리면서도 그게 결혼이 아니라는 거 잘 알고 있었어. 그래도 나는 아내라고 생각하고 살았어. 저 집도 아내 이름으로 사서 난 이렇게 쫓겨났어. 혼인신고도 하지 못하는 나는 남이니까. 평생 남이었으니까.”

친구는 영영 저 집에 들어가지 못하리라는 걸 너무 잘 알고 있었다. 그걸 확인하러 서울까지 달려온 거였다. 차라리 고향에서 다시 서울에 가질 말았어야지, 아니 처음부터 내가 주영을 버리고 서울에 같이 올라갔어야 했다. 따라갔어야 했다. 이 좁고 더러운 골목의 다 쓰러져가는 집에서 깨진 유리창을 갈아 끼울 돈이 없어 셀로판테이프로 붙이고 겨울을 지낸다고 해도 친구 옆에 붙어 있어야 했다. 후회스러웠다. 쉽게 포기한 내가 너무 미웠다.

“말렸어야 했네. 내가, 내가. 그러면 이런 일을 안 당했을 텐데. 아니, 내가 옆에 있었어야 했어.”

친구가 고개를 돌려 나를 보았다. 어둠 속에서 눈물이 가득 찬 눈이 반짝거렸다.

"결혼식 전날, 너희 집 찾아갔었어."

몰랐다. 몇 번이고 친구의 집에 갈까 말까 고민을 하며, 주영이 깰까 봐 숨죽이며 울고 있던 창 너머에 친구가 있다는 걸 알았다면 달려 나갔을 거였다. 달려 나갔어야 했다. 주영이 깨든 말든 창문을 활짝 열고, 문을 열고 큰 소리로 친구를 불렀어야 했다.

"왜, 왔었어?"

목소리가 떨렸다. 가슴도 같이 떨렸다.

"내 선택이 맞는 건지 묻고 싶었어. 모든 게 너무 빨랐고, 너무 딱딱 들어맞아서 무서웠어."

"말렸으면, 안 갔을 거야?"

"갔을 거야. 그래도 성급하게 올라가진 않았겠지. 나 서울에서 제대로 못 살았어. 하는 건 모두 실패했어. 하나씩 실패할 때마다 역시 난 안 된다는 생각만 들었어. 아내의 병실에 앉아 있는데 이상하게 우리 스무 살 때 가려다가 못 간 광주가 생각나더라. 대학에 합격했을 때 너의 표정, 꾹 다문 입술 사이로 웃음을 참지 못하던 그 얼굴. 내 일처럼 기뻤어. 드디어 네가 원하는 대로 살 수 있겠구나, 드디어 행복하겠구나 싶었어. 어린 나는 너의 행복에 보탬이 되고 싶었어. 김정희는 중요하지 않았어. 그래서 네가 광주에 안 간다고 했을 때 너무 화가 났어. 네가 아니라 대학에 가면 결혼도 못 하고 세상이 끝나버릴 것처럼 구는 무식한 네 부모에게 화가 났어. 마을에서 제일 똑똑한 네가 왜 대학을 못 가니? 그렇게 공부 못하던 영길이도 장손이라고 대학에 갔는데. 네가 대학에 못 간다는 말이 너무 당연한 그 거지 같은 마을에도 화가 났어. 화가 난 채로 김정희랑 광주에 갔으니, 잘될 리가. 네가 없는 광주가 나에게 의미가 있었을 리가. 그때 우리는 너무 어려서 그랬을까? 우리가 그때 너무 환하고 창창한 젊음이어서 그랬을까?”

주영이 20년간 살면서 나에게 해준 그 어떤 다정한 말보다 친구의 말이 더 좋았다. 눈물이 났다.

“세상에서 가장 창창한 젊음일 때, 나는 네가 내 삶에서 사라져서 눈앞이 너무 깜깜했어.”

진심이었다. 친구가 사라진 20년간 나는 산송장으로 살았다. 친구가 내 어깨에 머리를 기댔다.

“너도 그런 줄 알았다면, 같이 있을걸. 같이 고민할걸. 그러면 아내의 장례식장에도 용기 내서 들어갈 수 있었을 텐데.”

이 기쁨을 위해 20년을 불행하게 살았던 것 같았다. 이게 사랑이든 그리움이든, 너무 아파서 기댈 데가 필요한 것뿐이라고 해도 상관없었다. 나와 함께, 드디어 나와 있으니 그걸로 되었다. 떠날 용기를 내지 못하고 기차역에서 친구를 배웅하고 다시 집으로 돌아가지 않아서 다행이었다.

"용기를 내서 다행이었네. 서울까지 바래다주길 잘했네."

"네가 용기를 냈으니, 나도 용기를 내야겠어."

친구는 몸을 일으켰다. 어디로 가느냐고 묻는 대신 친구를 따라갔다.

친구는 집 앞에서 걸음을 멈췄다. 집 앞에는 박스 세 개가 놓여 있었다.

"개새끼들."

나도 모르게 욕이 나왔다. 태어나서 처음이었다. 방금 전에 친구가 오는 소리를 들었으면서도 집에 없는 척을 했다니, 게다가 우리가 떠나고 나니 준비해놓았다는 듯 박스를 내놓다니 화가 났다.

"짐승만도 못한 것들, 죽어라, 죽어버려라!"

나는 세차게 현관문을 발로 찼다. 태어나서 처음으로 분노를 느꼈다. 생각보다 몸이 먼저 나갔다. 무너져버렸으면, 사랑하는 내 친구를 울게 한 놈들이 사라졌으면 좋겠다고, 친구가 아픈 것처럼 아팠으면 좋겠다고 생각하며 계속 발로 찼다.

"그만하자. 우리 스무 살 아냐. 이렇게 계속 발로 차면 너, 내일 온몸이 아파."

친구가 말렸다. 친구의 말처럼 나는 허리도, 무릎도 욱신

거리기 시작했다.

"화가 나잖아. 네가 왜 쫓겨나야 해? 너무하잖아."

"아냐, 나 괜찮아. 네가 화내줘서 괜찮아졌어. 가자."

친구는 박스 두 개를 번쩍 들었다. 나도 박스 하나를 마저 들고 친구를 따라갔다. 천천히 비탈길을 내려갔다. 어두워서 앞이 잘 보이지 않았다. 잘못 걸으면 넘어질 것 같았다. 친구는 비탈길을 내려가다가 넘어지고 말았다. 박스 안에 든 사진, 액자, 앨범, 라이터, 피우다 만 솔 담배, 낡은 옷과 책 몇 권이 와르르 쏟아졌다. 유리가 깨지는 소리가 났다. 친구는 시멘트 바닥에 쓸려 손바닥이 피투성이라는 건 신경 쓰지도 않은 채, 박스에 든 물건들을 뒤져 소중한 보물을 다루듯, 낡은 액자를 집어 들었다. 액자는 유리가 다 깨져 있었다.

결혼사진이었다. 짧은 머리를 단정하게 빗어 올린 친구와 한복을 입은 아내가 깨진 유리 안에서 함께 웃고 있었다. 친구는 무릎을 꿇었다. 한 손으로 이제 갓 태어난 아기를 안듯 조심스럽게 액자를 받치고, 다른 한 손으로 사진을 쓸었다. 이렇게 하면 죽은 아내가 살아 돌아온다는 듯, 다시 사이좋게 집 안으로 들어가 늘 하듯 함께 껴안고 잠에 들 수 있다는 듯 사진을 계속 정성스럽게 매만졌다. 손가락에 피가 났다. 친구는 아픔도 느끼지 못하는 사람처럼 계속 사진을 매만졌다. 깨진 유리가 빨갛게 물들었다. 손이 온통 피투성이였다.

볼 수가 없었다. 눈을 감았다. 쨍한 여름 볕 아래 서걱거리던 친구의 교복 자락, 환하게 웃으며 보충수업 듣지 말고 놀러 가자고 말하던 금방 어디론가 튀어 나갈 것 같던 목소리, 숨을 내쉬고 들이쉴 때마다 오르락내리락하던 작은 가슴이 계속 떠올랐다. 열아홉의 친구가 자꾸 생각났다. 열아홉에서 열아홉보다 더 멀어졌지만, 아직 거기에 있는 것 같았다. 거기에 있다면 다시는 친구를 절대 놓지 않기로 결심했다. 마루에 두고 온 총각김치도, 내일이면 출근해야 하는 공장도 전부 상관없었다. 친구가 흐느꼈다. 그 눈물을 닦아줄 수만 있다면 어디에서 내일 아침을 맞이한다고 하더라도 상관없었다. 친구의 손을 잡았다.

"가자."

"어디로?"

친구의 손가락에 흥건한 피가 뚝뚝 떨어졌다. 내 손에도 피가 묻었다.

"너 가고 싶은 데로."

"왜?"

"나, 너랑 있을래. 다시는 안 헤어질래."

20년간 내가 하고 싶던 말과 그리움이 모두 체온을 타고 친구에게 흘러들어가 스며들기를 바랐다. 친구의 손을 꽉 잡아 내 볼에 갖다 대었다. 볼에 피가 묻었다. 그 피가 친구의 진심이라도 되는 듯, 마음은 점점 더 확실해졌다. 친구는 액자를 든 손으로 나를 꼭 껴안았다.

"내가 가고 싶은 데가 아내의 무덤이라고 해도 갈 거니?"

"응. 트럭에 기름 많아. 전국에 있는 묘지는 다 뒤질 수 있어."

"가고 싶어. 아내가 어디에 묻혔는지 알고 싶어."

"가자. 같이 갈게. 다시는 혼자 두지 않을게."

나는 친구를 꼭 껴안았다. 이제야 사는 것 같았다. 숨 쉬는 것 같았다. 그 숨과 함께 드디어 함께 지낼 용기가 생겼다. 드디어 나에게 친구가 왔다. 다시 스무 살이 나에게 찾아왔다. 행복했다. 가슴이 두근거렸다.

사랑니 덕에 구사일생

미루고 미루던 사랑니를 뽑았다. 옆으로 누워 있던 걸 뺀 거라 많이 아플까 봐 걱정했는데 생각보다 아프지 않았다. 연차를 내고 함께 치과에 갔던 애인도 얼굴이 붓지 않은 채 아픈 기색 없이 멀쩡하게 나오는 나를 보고는 이런 경우는 처음이라며 고개를 갸웃거렸다. 애인은 작년에 사랑니를 뽑을 때, 너무 아프고 볼이 퉁퉁 부어서 엄청 고생했었다.

상태가 좋든 안 좋든 일주일간은 담배와 술, 빨대로 마시는 모든 음료는 금지라고 했다. 입안에 빨리는 압력을 주면 실밥이 터질 수도 있다는 게 이유였다. 요즘 술 담배가 는 것 같아서 걱정했는데 이참에 조금 쉬는 것도 좋겠다며 애인은 다행이라고 했다. 혼자서 술 담배를 끊기 힘들면 같이 일주일 동안 자신도 끊겠다며, 종이 가방을 내밀었다. 종이 가방 안에는 니코틴 패치가 들어 있었다. 내가 이를 뽑을 동안 약국에 다녀온 모양이었다. 세심한 배려가 너무 고마웠지만, 마취가 덜 풀려서 웃기가 힘들었다.

애인은 밥을 먹기 힘들 테니 죽을 사서 집으로 돌아가자고 했다. 사랑니를 뽑는다며 아침도 먹는 둥 마는 둥 했던 터라 죽 이야기에 갑자기 배가 고팠다. 그래서 죽집에서 먹고 가자고 했다.

사랑니를 뽑고 바로 죽을 먹어도 되는지는 알 수 없었지만 딱히 먹지 말라는 말도 없었으니 상관없을 것 같았다. 애인은 순순히 죽집으로 차를 운전했다. 죽집 앞에서 주차를 하던 애인이 말했다.

"내일모레, 신이랑 혜정 씨 소개팅해주기로 했잖아. 술 앞에 두고 못 먹는 것도 힘들 텐데 다음 주로 미룰까?"

신이, 그 이름이 나오자 순간 얼굴이 붉어졌다. 그 모습을 애인한테 들킬까 봐 고개를 돌리며 어, 그랬었나?라며 기억이 안 나는 척했다. 애인에게 말은 안 했지만 신이의 소개팅 때문에 사랑니 뽑는 날짜를 벌써 두 번이나 미뤘다. 혜정이 막판에 소개팅 날짜를 미루는 바람에 실패하기는 했지만.

신이는 애인의 친구였다. 둘은 동네에서 오고 가다가 친구가 되었다고 했다. 애인과 신이는 왜 친구가 되었는지 신기할 정도로, 여자를 좋아한다는 것 말고는 아무런 공통점이 없었다. 그래도 둘은 사이가 꽤 좋았다.

나와 신이도 오래전부터 아는 사이였다. 애인과 사귀기 전 나는 신이와 소개팅을 할 뻔했지만, 흐지부지된 적이 있었다. 그 당시에는 이름만 알았지 얼굴도 본 적이 없어서 소개팅 당일 아침에 미안하다는 말도 없이 약속을 취소하는 무례한 사람이라고 생각한 게 전부였다. 얼마 안 있다가 지금의 애인을 만나서 사귀게 되었으니 더 이상 신이에 대해서 생각할 일은 없었다.

결국 신이와 만난 것은 애인과 사귄 지 얼마 안 됐을 때였다. 4월인데도 눈이 내리는 이상한 봄날이었다. 바람도 세차게 불었다. 애인은 자신의 친구들을 소개해주겠다면서 자리를 만들었다. 연애는 많이 했지만, 여태 나를 숨기려는 사람들과 연애를 했어서 애인의 친구를 소개받는 건 처음이었다. 얼마나 긴장했는지 손이 달달 떨릴 지경이었다. 나는 술집 앞에서 바람에 흩날리는 머리를 정리하고 들어갔다.

애인은 내가 언제 올지 문을 계속 보고 있었던 듯, 나를 보자마자 반갑게 손을 흔들었다. 술집 안에서 담배를 피워도 되던 때라, 술집에는 담배 연기가 자욱했다. 어색하게 손을 흔들며, 담배 연기를 뚫고 애인과 함께 동그란 테이블에 앉아 있는 네 명의 친구들에게 다가가다가 멈춰 섰다. 몸과 표정이 멈춘 건 아니었다. 계속 웃으면서 애인에게 다가가고 있었지만, 마음은 멈춰버렸다.

동그란 테이블에서 깔깔거리는 다른 사람들과는 다른, 이런 일에는 관심 없다는 듯 고개를 돌리고는 담배를 입에 문 채 라이터를 만지작거리는 한 여자가 눈에 들어왔다. 신이였다. 신이는 따분하다는 표정을 지으며 담배에 불을 붙였다. 연기가 다른 사람에게 가지 않게 담배를 든 팔을 위쪽으로 올리고 다른 한 손으로는 맥주잔을 들었다. 담배 연기를 내뿜으려고 고개를 돌릴 때마다 끝만 살짝 파마를 한 단발머리가 흩날렸다. 애인이 신이의 어깨를 치며 나를 가리키자 그제야 나를 쳐다보았다. 담배 연기 때문에 반쯤 감은 눈이 깜박거릴 때마다 심장이 쿵쾅거렸다. 신이는 나를 빤히 쳐다보더니 말했다.

"지윤 씨가 이렇게 멋진 분인 줄 알았으면 그날 소개팅에 나갈걸 그랬네요."

웃음기 하나 없었다. 농담인지 진담인지 분간되지 않았다. 그저 넋이 나간 사람처럼 신이만 보고 있었다. 오래전 신이와 소개팅할 뻔했다는 걸 이미 알고 있는 애인은 속도 모르고 "신이가 자길 좋아하나 봐"라며 깔깔 웃었다. 난 웃을 수 없었다. 손끝이 방금 전보다 더 떨렸다. 신이가 길게 담배 연기를 내뱉었다. 그 연기에 내 마음이 파르르 떨렸다.

애인은 좋은 사람이었다. 날카로운 눈매 때문에 차가워 보이기도 했지만, 웃을 때 보이는 덧니는 귀여웠다. 냉정할 것 같으면서도, 친절하고 따뜻했다. 외모와 성격이 주는 이질감이 매력적이었다. 게다가 애인은 나를 무척 좋아했고 자랑스러워했다. 나를 굳이 아는 언니나 동생으로, 친구로 둔갑시키지 않아도 되는 자연스러운 연애는 처음이라 기뻤다. 애인은 나에게 소중한 사람이었다. 하지만 무엇이 부족한지는 알 수 없어도 어딘가 허전한 기분이 들곤 했다.

무엇이 부족했는지 신이를 처음 본 순간 알 수 있었다. 아무리 건드려도 절대 넘어올 것 같지 않은 견고함, 온 힘을 다해 가까스로 파고 들어가면 결국 파멸할 것 같은 위험함, 그 안에서 정신을 잃고 허우적거리다가 내 모든 걸 다 주고 나서야 겨우 빠져나올 수 있을 것 같은 두려움. 도망치고 나서도 한동안은 텅 빈 껍데기만 안고 살아가야 할 것 같은. 앞으로 어떻게 될 거라는 걸, 그 품 안은 뼛속까지 외로울 것이라는 걸 잘 알면서도 갖고 싶을 만큼 아름다움. 신이가 가진 모든 것이 애인과 나 사이에는 존재하지 않았다. 그때부터 위태로운 감정의 줄다리기가 시작되었다.

"신이한테 다음 주로 미루자고 할게. 자기도 혜정 씨한테 다음 주로 미루자고 해봐."

애인은 적당히 식은 죽을 작은 그릇에 떠 주면서 말했다. 나는 고개를 저었다. 술 같은 건 안 마셔도 좋으니 빨리 신이를 만나고 싶었다. 소개팅이 성공적으로 끝나 혜정과 연애를 시작한다고 해도 괜찮으니 어서 보고 싶었다.

그 마음이 들킬까 봐 집으로 가자고 피곤하다고 말했다. 애인은 죽도 제대로 못 먹는 나를 걱정스러운 눈으로 바라보며, 운전대를 잡고서도 계속 나를 살폈다.

“사랑니 뽑으면 열이 나는데……”

애인은 신호등 앞에 멈춰 서서 이마에 다정하게 손을 얹었다. 그 따스함에 안도감을 느끼면서도 자꾸 떠오르는 신이의 얼굴을 지우지 못했다.

신이는 나와 애인이 함께 사는 집에 자주 놀러 왔다. 신이가 놀러 올 때마다 애인은 “내가 혼자 살 때는 오라고 해도 오지도 않더니, 자기가 이사 오고 나니까 맨날 놀러 오네, 너희 수상한데?”라며 신이를 놀렸다. 그 말에 가슴이 철렁한 건 나뿐이었다. 신이는 대꾸도 하지 않고 무표정한 얼굴로 손에 든 맥주를 건넸다. 늘 너희들 먹을 것까지 넉넉하게 사 왔어, 라고 말했지만 나도 애인도 맥주를 좋아하지 않아 맥주는 늘 신이 차지였다.

손님이 오면 맛있는 걸 만들어서 대접하기 좋아하는 애인이 부엌에서 요리를 하면, 나와 신이는 식탁 겸 책상으로 쓰는 작은 밥상에 앉아서 무릎을 맞대고 어색하게 날씨 얘기 같은 것을 주절거렸다. 물론 날씨 얘기 나부랭이를 주절거리는 쪽은 나였고, 빤히 내 얼굴을 쳐다보며 이야기를 듣는 건

신이였다. 나를 쳐다보는 신이의 시선을 너무 의식해서 헛소리가 튀어나오고 말실수를 하면, 신이는 피식 웃기만 했다.

한쪽 입꼬리만 올리며 웃는, 옆에서 사람이 죽어도 신경 쓰지 않을 듯한 자세로 맥주만 홀짝이는 신이를 보면 애인이 부엌에 있건 말건 그 입에 키스를 하고 싶은 충동에 휩싸였다. 무슨 말인가를 계속 지껄이고 있었지만, 머릿속에는 커튼을 친 어두컴컴한 좁은 방에서 2박 3일 동안 신이와 벌거벗은 채로 온몸을 비비고, 기진맥진한 채 뒤엉켜 자고 싶은 생각밖에 들지 않았다. 하지만 그 욕망을 누군가에게 말했다가는 내가 지금 누리고 있는 안락함과 편안함이 영영 사라질 거였다. 고통스러웠다.

신이가 왔다 간 날은 잠을 자지 못했다. 따뜻한 팔로 내 허리를 감고 자는 애인의 손길을 느끼면서도 신이의 신음, 땀의 맛, 거기서 풍길 시큼하고 달콤한 향을 상상했다. 도둑질을 하듯, 모두가 잠든 늦은 밤에만 나의 마음속에서 신이를 상상할 수 있었다. 아무에게도 말하지 못하는 욕망이라서 더욱 간절했고, 그래서 더욱 애인에게 미안했다. 미안함과 욕망 사이에서 갈등하다 보면 날이 밝아오곤 했다.

애인이 사 온 니코틴 패치가 효과가 있는지, 담배 생각이 전혀 나지 않았다. 담배를 피우지 않고 술도 안 마시니 몸도 한결 가벼워져서 기분이 좋아지기까지 했다. 애인이 매일 밥도 챙겨주고, 약 먹을 시간도 미리 알려주고, 니코틴 패치도 갈아주어서 빨리 아물기도 했을 거였다. 아직도 이를 뽑은 자리는 혀로 눌러보면 아프기는 했지만, 심하지는 않았다. 소개팅 날 아침에는 밥을 씹어 먹을 수 있을 정도가 되었다.

약속 장소로 나가기 전에 애인은 위아래로 나를 훑어보더니 서운한 표정으로 "혜정 씨가 아니라 자기가 소개팅하러 나가는 것 같아"라고 말했다. 절대 눈치채지 못할 거라고 생각한 마음을 들켜 얼굴이 달아올랐다. 아침부터 신이를 만난다는 생각에 예쁘지만 불편해서 잘 입지 않는 옷을 입은 게 문제였다. 애인은 먼지가 많다며 옷에 붙은 먼지를 천천히 손으로 떼어냈다. 무슨 변명이라도 하지 않으면 애인이 슬퍼할 것 같았다. 그래서 황급히 둘러댔다.

"우리도 데이트하러 나가는 거잖아. 더블데이트, 아냐?"

애인의 얼굴이 환하게 밝아졌다. 애인은 나를 껴안았다. 아픈 나를 위해서라면 한겨울에도 산속에서 딸기를 구해 올 것 같은 애인 품에 안겨 있으면서 신이의 얼굴과 어깨, 술에 취하면 하회탈 같은 표정을 짓고 흐느적대는 몸짓을 떠올렸다. 신이에게 잘 보이고 싶었고, 나를 멋있다고 생각해주길 바랐다. 그러면서도 혜정과 신이가 잘돼서 다음부터는 넷이 만날 일만 있으면 좋겠다고, 내 마음을 정리할 수 있으면 좋겠다고도 생각했다.

신이는 자신의 소개팅에 한 시간이나 늦었는데도 미안하다는 말을 하지 않았다. 짤막하게 "일이 있어서요"라고 말한 게 전부였다. 혜정은 잠깐 어이없어했지만, 너무 당당한 신이의 태도에 더 이상 할 말이 없는 것 같았다. 신이의 사진을 보고는 이상형이라며 무조건 만나게 해달라고 조른 건 혜정이었다. 물론 신이도 혜정의 사진을 보고는 만나볼 만한 여자라고 말하기는 했지만, 그래도 간절한 건 혜정 쪽이었으니, 혜정이 무조건 지는 게임이었다.

우리는 동네 근처의 이자카야에 갔다. 동네에서 가장 조용하고 안주가 괜찮아서 나와 애인이 자주 가는 곳이었다.

우리는 문이 바로 보이는 구석진 테이블 쪽에 자리를 잡았다. 이 자리가 가장 조용하고 화장실 가기 편해 애인은 늘 이곳에 앉았다. 나는 친구와 나란히 앉고 신이는 애인과 나란히 앉았다. 마주 보고 앉아야 눈을 보고 말하기 편하다고, 애인이 자리를 배정해준 거였다. 그래서 내가 앉은 자리에서는 문을 열고 들어오는 사람들과 화장실에 가려고 들락거리는 사람들이 훤히 보였다.

신이는 자신이 괜찮다고 말한 상대가 눈앞에 있는데 쳐다보지도 않았다. 중요한 건 눈앞의 혜정이 아니라는 듯했다. 상대를 더 알고 싶다거나, 잘 보이고 싶어 한다거나 나와 애인이 빨리 가서 단둘이만 남고 싶다거나 하는 기색은 전혀 없었다. 처음 나를 보았을 때처럼 관심이 없는 듯한 표정으로 허공을 보았다. 아무 말도 하지 않고, 비스듬히 앉아서 다리를 꼰 채 담배를 만지작거리다가 누군가 농담을 하면 고개를 살짝 돌려 피식 웃는 게 전부였다.

애인이 니코틴 패치를 갈아 붙일 때가 되었다며 내 팔을 가져갔다. 드라마에 나오는 셜록처럼 팔 안쪽에 붙여주면서 싱긋 웃었다. 나도 애인을 보며 싱긋 웃다가 신이와 눈이 마주쳤다. 신이는 방금 내 팔에서 뗀 니코틴 패치를 집어 들었다. 얼굴이 붉어졌다. 내 몸에서 떨어져나간 니코틴 패치가 나이기라도 한 듯, 지금 신이의 손에 잡혀 있는 것처럼 부끄럽고 동시에 너무 좋았다.

"너희 금연하니?"

"일주일만. 우리 자기 사랑니 뽑았거든. 담배 피우지 말라고 하길래 붙였어. 이참에 담배도 쉬고 좋지."

"효과 있어요?"

신이가 다 쓴 니코틴 패치를 계속 든 채 물었다. 얼굴이 더욱 붉게 달아올랐다. 그 모습을 들킬까 봐 고개를 돌렸다.

"너휜 이것저것 참 많이 한다."

부러움이 가득했다. 그 말을 하면서 애인이 아니라 나를 보았다. 나를 빤히 쳐다보았다. 부러운 게 나와 함께 이것저것 많이 하는 애인이라는 듯했다.

"왜. 너도 하면 되지. 네가 우리 자기 같은 사람 좋아한다고 해서 데리고 왔잖아."

애인은 혜정을 가리키며 말했다. 신이는 그건 그렇지,라며 담배에 불을 붙였다. 소개팅을 하게 된 이유가 그렇다는 건지, 내가 마음에 든다는 건지 알 수 없는 그건 그렇지였다.

"전에 권해준 책, 잘 읽었어요. 꽤 괜찮았어요. 다른 책도 권해주면 생각날 때 읽어볼게요."

신이가 나를 보았다.

"언제 그런 이야기도 나눴어? 둘이 안 친해져서 걱정했는데, 다행이다."

애인은 활짝 웃었다. 신이는 그 말을 들은 척도 하지 않았고, 나는 웃을 수 없었다. 이참에 나눌 얘기가 생긴 혜정만 신이에게 책을 좋아하냐고 물었다. 신이는 그 말에 대한 대답 대신 혜정에게 말했다.

"어차피 여기에서 술 마시는 건, 우리 둘뿐인 것 같은데, 소주로 갈아탈까요?"

"오, 소주 좋죠. 제가 실은 맥주보다 소주를 좋아합니다. 하하."

혜정이 웃음을 지었지만 신이는 웃지 않았다.

신이는 잘 웃지 않았다. 1년 넘게 신이를 봐왔지만 한 번도 활짝 웃는 것을 보지 못했다. 어쩌다 한 번 겨우 친절하지 않은 사람은 아니라는 듯 가끔 피식 웃는 것이 전부였다. 혜정이 신이의 마음을 사려고 이런저런 농담을 해보았지만 신이는 빠르게 술잔을 비우는 것 말고는 아무것도 하지 않았다.

신이가 화장실에 간 사이, 혜정은 한숨을 쉬며 말했다.

"정말 예쁜데, 완전 얼음이네 얼음. 가뜩이나 추운데, 저 사람과 있으니까 더 춥다."

혜정은 뭐라고 더 말하려고 했지만 신이가 오는 것을 보고는 입을 다물었다. 혜정에게 어깨를 으쓱해 보이며 잘 안 돼서 안타깝다는 표정을 지었지만, 속으로는 뛸 듯이 기뻤다. 기쁘면서도 불안했다. 신이가 나를 좋아해주길 간절히 바라면서도, 애인을 잃고 싶지는 않았다. 화장실에서 우리가 앉는 자리까지 천천히 걸어오는 신이를 몰래 훔쳐보다가 애인과 눈이 마주쳤다. 애인은 뒤에 뭐가 있나 싶어서 내 눈을 따라서 뒤를 돌아보다가 신이가 오고 있다는 걸 알게 되자 고개를 갸우뚱했다.

신이는 나와 애인이 마시지 않는 술까지 대신 마시려고 작정한 사람처럼 소주 두 병을 비웠다. 그러고는 혜정에게 묻지도 않은 채 소주 한 병을 더 시켰다. 맥주 네 캔만 마셔도 만취하는 신이였으니, 지금은 자기 주량을 훌쩍 넘은 거였다. 신이는 혜정의 빈 잔에 소주를 따르려고 했다. 혜정은 손사래를 치며 잠깐 쉬겠다고 했다. 술이 세지 않은 혜정도 이미 취해서 얼굴이 벌게져 있었다. 신이는 소주병을 든 김에 비워야겠다는 듯 자신의 잔으로 가져갔다. 비틀비틀 신이는 몸은 물론이고 손가락 하나도 제대로 가누지 못했다. 술잔이 채워지기도 전에 술이 테이블에 절반이나 쏟아져 있었다.

나는 신이의 손에서 술병을 빼앗으려고 했다. 신이의 차가운 손가락과 내 손가락이 닿았다. 내 얼굴이 혜정의 얼굴처럼 벌겋게 달아올랐다. 신이는 술병을 놓지도 않은 채 나를 물끄러미 바라보았다. 내가 무슨 욕망을 갖고 있는지 다 알고 있다는 눈빛이었다. 진짜 그렇든 아니든 온몸이 발가벗겨진 것처럼 부끄러웠다. 그냥 술병 대신 신이의 손을 움켜쥐고 밖으로 나가고만 싶었다. 신이가 놓지 않으려는 게 내 손이었으면 하고 간절히 바랐다. 그러면서 술병이 신이의 손이라도 되는 듯 더욱 꽉 잡고 있었다. 시간이 그대로 정지하는 것 같았다. 아니, 시간이 이 순간에 그대로 정지하면 좋겠다고 바랐다. 신이와 나의 손끝에 애인의 손이 닿았다.

"둘이 왜 쓸데없는 거로 신경전을 벌여. 이리 내."

애인은 신이와 나에게서 술병을 가져가려고 했다. 하지만 신이도 나도 술병을 놓지 않았다. 아무 말도 하지 않았다. 무슨 말이라도 잘못 튀어나와버릴까 봐 입을 꾹 다물었다.

"네 소개팅인데 네가 취하면 어떡해."

애인이 신이에게 몸을 기울여 작은 소리로 속삭였다.

"취할 리가. 나 멀쩡해."

신이는 기어이 잔을 채웠다.

"소개팅을 시켜달랬지, 술고래를 데려오랬어?"

혜정이 나에게 속삭였다. 그러고는 담배가 떨어졌다며 자리에서 일어났다. 정말 담배가 떨어진 건지, 신이가 술만 마셔서 나가는 건지 몰랐지만 신경 쓰고 싶지 않았다. 지금 이곳에서 혜정이 나갔다는 것을 걱정하는 사람은 애인뿐이었다. 애인은 혜정 씨가 걱정되니까 빨리 나가보라고 했지만, 나가지는 않았다. 혜정이 없는, 오로지 나만이 신이를 바라보고 있는 이 상황을 놓치고 싶지 않았다. 신이는 허공을 보며 말했다.

"혜정 씨 만나러 나가려는데, 그 여자가 찾아왔더라고. 죽어도 레즈비언으로 살고 싶지 않다고, 남자랑 결혼할 거라고 했던 게 말이야. 같이 있으면 사람들이 의심한다고 회사에도, 집으로도 못 찾아오게 하던 게, 데이트도 맨날 우리 집에서만 했던 게, 이번에는 뻔뻔하게 찾아왔더라? 그 사이에 남자랑 결혼까지 했으면서 전처럼 지내자더라. 말이 되니? 그보다 더 말이 안 되는 건 뭔지 알아? 그 말에 마음이 흔들렸다는 거야. 내가, 아직도 같이 있고 싶었다고. 내가 얼마나 미쳤는지 알아? 그 여자가 결혼했어도 날 아직 사랑해서 기뻤어. 너무 어이가 없어서, 어이가 없어서 오늘은 모든 걸 다 잊고 싶어. 그래서 오늘 나는……"

신이가 더 말을 하려고 했지만, 혜정이 돌아와버리는 바람에 이야기는 끝났다. 애인이 지나가는 말로 신이가 애인과 헤어졌다고 했었지만 그런 일이 있었는 줄은 전혀 몰랐다.

신이는 다시 입을 꾹 다문 채, 소주를 물처럼 마셨다. 너무 위험하고, 나약해 보였다. 너무나 약해서 누구든 오늘은 저 품으로 파고들어도 다 받아줄 것 같았다. 나라도, 친구의 애인인 나라도 오늘 밤은, 내일 아침이 되면 지옥 끝으로 떨어진 것처럼 절망적이라고 하더라도 지금 이 시간은 가능할 것 같았다. 내 삶을 기꺼이 오늘 하루에 바쳐버리고 싶었다.

그래서 비틀거리며 담뱃갑을 집어 들고 나가는 신이를 따라 나갔다. 애인의 따뜻함도, 다정함도 아무 소용이 없었다. 아무것도 보이지 않았다. 걸어 나가는 동안 애인이 붙여준 니코틴 패치도 떼어버렸다. 니코틴 패치를 붙이고 있다가 담배를 피우면 위험하다는 말은 자주 들었지만, 차라리 몸이 위험하고 싶었다.

신이는 이자카야 앞에 있는 벤치에 비스듬히 앉아 있었다. 담배에 불도 제대로 붙이지 못할 만큼 취한 듯했다. 나는 신이의 담배에 불을 붙여주고는 나도 한 대 달라고 했다. 신이는 사랑니를 뽑았는데 담배를 피우면 안 되지 않냐는 말 같은 건 하지 않았다. 어차피 남의 일에 관심 없는 신이는 내가 사랑니를 뽑았다는 것도 잊고 있을 게 분명했다. 신이는 내 어깨에 머리를 기댔다. 놀랐지만, 가만히 있었다. 취해서 라이터에 불도 못 붙이는 신이는 아마 옆에 내가 아니라 혜정, 아니 내 애인이 있다고 해도 똑같이 행동했을 거였다.

"지윤 씨는 좋겠네요. 절대 남자를 만날 일이 없는 수진이랑 연애하잖아요. 수진이가 여자랑 연애하는 거야, 그 집 부모님도 아시고, 직장도 다 알고, 게다가 성격도 착하고. 나도 수진이처럼 착한 여자랑 연애할 수 있다면 얼마나 좋을까."

"그래서 혜정일 소개해줬……"

나는 더 이상 말을 잇지 못했다. 참지 못하고 내가 신이에게 달려들었기 때문이다. 나는 신이의 어깨에 팔을 두르고, 신이의 입술에 내 입술을 비볐다. 나는 내 행동에 놀라서 황급히 떨어졌다. 신이는 당황하지 않고 내 팔을 세차게 끌어당겼다.

"어차피 수진이보다 날 먼저 만났으면, 우리가 애인 사이일 텐데."

맞았다. 애인이 아니라 신이를 먼저 만났다면 애인은 신이의 친구일 뿐이었을 거다. 망설이는 사이, 신이의 입술이 다가왔다. 나도 모르게 입술을 살며시 벌렸다. 무언가를 기다리고 있었다는 듯, 그것이 독이든 과실이든 뭐든 상관없이 한입에 물어버리겠다는 듯, 내 입술은 신이의 목덜미를 핥고 있었고, 내 손은 신이의 허리를 감았다. 눈을 감으면 신이의 동그란 가슴과 허리가 나를 향해 다가오는 것 같았다. 나를 위해 모든 걸 활짝 열어젖히고 있는 것 같았다. 정신이 아찔했다. 길을 지나가는 사람들도, 애인도, 혜정도 생각나지 않았다. 오로지 눈앞에 내 손에 잡히는 신이밖에 보이지 않았다.

손에 쥐고 있던 담배는 바닥에 떨어져 굴러다니고 있었고, 다른 한 손은 신이의 티셔츠 속으로 파고 들어갔다. 여기에서 당장 신이를 눕히고, 티셔츠를 찢고, 그 품에 얼굴을 묻고 싶었다.

하지만, 절대 그래서는 안 되는 거였다. 취하지 않았으니까, 이 미친 짓을 하기에는 내 정신이 너무 또렷했다. 나는 자리에서 벌떡 일어났다.

"지금 뭐 해?"

애인의 싸늘하게 식은 목소리가 들렸다. 가슴이 철렁 내려앉았다. 어디서부터 본 걸까, 변명해야 했지만, 아무것도 생각나지 않았다. 애인은 손을 부르르 떨었고, 눈에는 눈물이 그렁그렁했다. 어디까지 본 건지는 몰랐지만, 애인을 안아주며 담배가 너무 피우고 싶어서 한 대 얻어 피우려고 했다고, 그러다가 신이가 너무 취해서 몸을 못 가누길래 부축해준 거지 아무 일도 없었다고 하면 되는 일이었다. 생각과는 달리 입이 떨어지지 않았다. 애인은 벤치에서 나에게 기대 있는 신이를 일으켜 세웠다. 신이는 일어나지 않았다. 일부러 일어나지 않는다는 듯 중얼거렸다.

"오늘은 아무 생각 안 할래. 아무나 필요해."

"그래서 우리 자기랑 자고 싶다는 거야?"

애인의 목소리에는 독기가 가득했다. 처음 듣는 싸늘한 목소리였다. 신이는 아무 말도 하지 않았다. 일단 내가 그 아무나라는 것에 서운했지만, 그걸 따질 때가 아니었다.

"네 소개팅이야. 그 아무나, 허 참. 왜 사람을 그런 식으로 대하는지 모르겠지만 너 좋다는 여자, 저 안에 있잖아. 왜 우리 자기야? 왜 그렇게 못된 선택만 해? 지난번 연애도 그래. 내가 그 여자 별로라고, 어떻게 남들 눈치 보면서 연애를 하냐고 다시 한번 생각해보라고 했는데 굳이 연애해서 오늘 같은 일이 생긴 거잖아. 나랑 다신 안 볼 거야? 마트에서 마주치면 네 전 애인들 마주칠 때처럼 도망갈 거야?"

신이는 애인의 말은 귀에 들리지도 않는다는 듯, 눈을 감았다.

"왜 넌 연애하면서 하나도 안 슬퍼? 왜 나만 슬퍼?"

"……지금 난 너 때문에 너무 슬프고 화가 나."

애인은 힘없이 벤치에 주저앉았다.

"들어가…… 혜정 씨 혼자 있잖아."

나를 떠미는 애인의 목소리는 촉촉히 젖어 있었다.

애인은 눈물을 참고 있다가, 내가 혜정에게 가면 펑펑 울 거였다. 입안에서는 피 맛이 났다. 입안에 압력을 주면 상처 난 부위가 찢어지거나 실밥이 터질 수도 있다고 치과에서 신신당부를 했는데 신이의 목을 미친 듯이 빨았으니 피가 나는 건 당연했다.

후회가 들었다. 술을 잔뜩 마시고 난 다음 날 아침, 숙취에 힘들어하면서 지난밤의 행동들을 후회하듯 방금 내가 한 행동들이 미친 듯이 싫었다. 잘못했다. 내 잘못을 보고도 제대로 화도 못 내는, 평생 함께할 수 있을 정도로 나를 너무 좋아해주는 애인, 어느 누구에게도 나를 숨기지 않는, 그런 여자에게 상처를 주었다. 무슨 일이 있어도 함께하고 싶은 여자를 내가 슬프게 만들었다. 그리고 내 삶도 망칠 것 같았다. 신이는 비틀거리며 일어났다.

"지윤 씨가 저렇게 좋은 여잘 두고 나랑 자고 싶진 않을 거고."

신이는 가게 안으로 들어갔다. 나는 신이를 잡는 대신 애인의 어깨를 잡았다. 애인은 내 손을 뿌리치지 않고, 펑펑 울기 시작했다.

아직도 애인을 밀어내고 혜정을 집으로 보내버리고 신이와 자러 달려가고 싶었다. 이 길거리에서, 사람 많은 곳에서 벌거벗고 뒹굴어야 한다고 해도 상관없었다. 기꺼이 옷을 벗고 신이에게 달려갈 수 있었다. 하지만 하룻밤의 잠자리로 애인과 혜정, 그리고 다른 사람들과의 관계 전체를 파탄 내고 싶은 생각은 없었다. 그러기에 내 정신은 너무 말짱했다. 술 때문에 분위기에 취해서,라는 핑계를 내 스스로에게조차 할 수 없었다. 모든 것을 걸기에 신이는 너무 바람 같았다. 그 바람은 내가 감당할 수 없었다. 그런 연애는 이미 수십 번 했다. 더 겪고 싶지 않았다.

나는 애인의 손을 잡고, 다른 한 손으로 흐르는 눈물을 닦아주었다.

"아니야. 신이랑 내가 무슨. 담배 한 대 피우고 싶어서, 얻어 피울까 하고 따라갔다가 술에 취했길래 부축해준 거야."

그리고 애인을 품에 안았다. 애인은 어깨를 들썩이며 서럽게 울었다. 등을 토닥여주었다.

고개를 들어 창가 너머로 가게 안을 보았다. 신이는 드디어 혜정과 얘기를 나누기 시작했고, 얼마 되지 않아서 혜정은 자리에서 일어나 신이의 손을 잡았다. 속으로 한숨을 쉬었다. 차라리 잘됐다. 혜정과 잘돼서, 결국에는 소개팅이 성공해서 다행이었다. 아무것도 망치지 않은 나의 선택이 다행이라고 생각했다.

신이는 그날 혜정과 함께 집으로 돌아갔다. 신이가 전처럼 우리 집에 찾아오지 않아서 자세한 건 몰랐지만 나중에 혜정이 전해준 말에 의하면 금방 헤어졌다고 했다. 두어 번 더 만났나? 그 두어 번은 혜정의 전 연애사를 통틀어 가장 달콤하고 미칠 것같이 좋았지만 동시에 하루에도 수백 번씩 지옥으로 떨어지는 것 같은 시간이었다고 했다.

혜정은 홍대 한복판에서 신이와 주먹질을 하고 나서야 헤어졌다고 했다. 그 이후로도 한동안 계속 신이가 생각나서 집 앞에 찾아갔고, 울면서 매달리기를 몇 번, 술에 취해 전화하기를 몇 번, 마음을 진정시키는 데 꽤 오랜 시간이 걸렸다고 했다. 그러고 나서도 마음이 너무 허해서 견딜 수가 없어서, 그렇게 좋아하던 등산도 갈 수 없었다고 했다.

그사이 사랑니를 뽑았던 자리는 가만히 아물었다. 신이와 연애를 하느라 해쓱해진 혜정의 얼굴을 보면서 며칠 앓던 이를 뺀 것처럼, 후련하고 허전했다.

올해의 선택

짧은 머리에 큰 키 때문에 늘 남자로 오해받곤 하는 현수는 사람들이 자신을 남자로 착각할 때마다 뿌듯해했다. 함께 물류센터에서 일하는 선우가 뭐가 그렇게 재밌냐고 묻자 현수는 당연하다는 듯 말했다.

"웃기잖아. 남자는 모두 키가 크고 머리가 짧은 줄 안다는 게."

"그냥 편하게 살아. 세상 사람들 눈에 띄어서 좋을 게 뭐라고."

선우가 피곤에 찌든 목소리로 말하며 길게 하품했다.

오전 8시, 직장인들이 회사로 출근하는 시간, 용인에서 서울로 가는 버스 안이었다.

"이따가 또 알바 가지? 오늘 학원 가는 날이던가?"

"응. 학원. 그런데 오늘까지 이력서 내야 하는 데가 있어서 집에 가면 그것부터 써야 할 것 같아."

말하면서도 선우는 눈을 감고 있었다. 현수는 팔을 뻗어서 선우의 머리를 자신의 어깨에 기대어놓았다.

사람들이 자신을 함부로 판단하는 것을 싫어하는 현수와 늘 졸린 눈으로 하루를 버티는 선우가 만나게 된 건 수진 때문이었다. 선우와 수진은 6년 전, 강남의 한 회사에서 만났다. 등록금을 내느라 휴학과 복학을 반복하던 선우는 졸업을 하자마자 어디든 빨리 취업을 해야 했다. 학자금 대출 이자도 내야 했고, 서울에서 생활비도 벌어야 했다. 부모님께 손을 벌리고 싶었지만, 그럴 여유가 없다는 건 잘 알고 있었다. 어차피 계약도 6개월이니, 누군가와 친하게 지내는 에너지를 쏟지 않고 열심히 일만 하다가 계약이 끝나면 실업급여나 받으면서 더 좋은 직장에 들어갈 생각이었다. 그래서 회식 자리에서도 적극적으로 사람들과 이야기를 나누지 않았다. 구석 테이블에 앉아 말을 걸면 겨우 대꾸를 해주는 정도였고, 열심히 고기를 굽고 먹기만 했다.

서류 하나를 보내고 오느라 늦게 도착한 수진이 말을 걸지 않았다면 둘은 서로의 존재도 모른 채 살았을 거였다. 그리고 수진이 같은 사무보조원이라는 것을 알지 않았다면 관심도 가지지 않았을 거였다. 선우는 같은 회사의 다른 팀 사무보조원을 만나자, 아무하고도 친해지지 않겠다고 다짐했던 것이 무색하게 너무 반가웠다. 그래서 선우가 자기 몫으로 구워놓은 고기를 아무렇지 않게 가져다 먹는 수진에게 아무 말도 하지 않았다. 둘은 가까운 동네에 산다는 공통점을 발견하고는 빠르게 친해졌다.

선우는 원래 수진 같은 타입의 여자에게는 별 관심이 없었다. 같이 있는 사람은 신경 쓰지 않고 한껏 입을 벌려 고기를 먹는 것도 그랬고, 물어보지도 않은 자신의 이야기를 주절주절 늘어놓는 것도 그랬다. 하지만 까르르 웃는 수진의 웃음소리는 참 듣기 좋다고 생각했다. 술병은 빠르게 비었다.

아마 둘이 그날 술을 너무 많이 마시지 않았다면 사귀지 않았을 거였다. 수진이 화장실에 갔다 오겠다고 자리를 비운 뒤, 선우도 화장실에 가려고 자리에서 일어났을 때, 갑자기 술이 올라왔다. 화장실은 나중에 가고, 술을 좀 깨야겠다는 생각에 선우는 밖으로 나갔다. 가게 앞에 놓인 벤치에 앉아 담배를 꺼냈다. 오늘 처음 피우는 담배였다. 담배를 피운다는 것을 숨길 생각은 없었지만, 말할 이유도, 말을 거는 사람도 없어서 의도치 않게 몰래 담배를 피우는 사람이 된 선우는 담배 한 대를 다 피울 때쯤 가게 옆 골목에서 신음을 들었다. 무슨 일이 생긴 건가 싶어서 선우는 고개를 쭉 빼고 골목을 보려다가, 괜히 나섰다가 안 좋은 일이 생기면 어쩌나 싶어서 모른 척하고 화장실이나 가려고 가게 안으로 들어갔다. 하지만 화장실은 그 골목 안에 있다는 얘기를 듣고는 어쩔 수 없이 골목 안으로 들어갔다. 어둠 속에서 낯익은 옷이 보였다. 수진이었다. 수진은 작은 골목에 쪼그리고 앉아 있었다.

"괜찮아요?"

수진은 고개를 들었다. 가로등 사이에서 촉촉하게 젖은 눈이 빛났다. 선우는 골목에 아무렇게나 쪼그리고 앉으면 옷이 더러워진다고 말을 하려다 말고 입을 다물었다. 어차피 오늘이 지나면 회사에서 가끔 인사나 나누다가 계약 기간이 끝나면 영영 보지 않을 사이가 될 테니까 말이다.

"아, 선우 씨구나. 빈속에 술을 너무 많이 마셨나 봐요. 선우 씨 만나니까 너무 반가워가지고는. 아휴…… 빨리 일어나야지."

수진은 일어나지 않았다. 선우는 가만히 그 모습을 봤다. 자신만 같은 사무보조원을 만나서 반가워한 게 아니라는 사실에 기뻤다. 선우는 손을 뻗어 수진의 손을 잡았다. 수진의 손은 축축했다.

"들어가서 물이라도 마셔요. 숙취 해소제라도 사 올까요?"

"혹시 담배 있어요?"

선우는 잠시 망설였다. 아무리 봐도 토한 것 같은데, 바로 담배를 피우는 게 괜찮을까 싶었다. 그래도 참견하는 건 아닌 것 같아서 수진에게 담배를 내밀었다. 수진은 벽에 기대 담배에 불을 붙였다. 주위는 고요했다. 두 사람이 겨우 지나갈 정도로 좁은, 가로등도 드문드문 있어서 어둑한 골목에 선우와 수진 말고 아무도 없었다. 세 걸음만 걸어가면 방금 두 사람이 있었던 2차선 도로와 고깃집이 있었고 사람들이 소란스럽게 오갔다. 그쪽은 골목과 다르게 무척 밝았다.

어둠 속에서 한숨처럼 담배 연기를 내뿜는 소리가 선우의 마음을 찔렀다. 어차피 오가며 가끔 인사나 하는, 나와 같은 처지의 사무보조원에서 수진이 옆에 서 있는 이상하게 신경 쓰이는 사람으로 보이기 시작했다. 선우의 심장이 뛰기 시작했다. 선우는 이게 뭔지 모르지만 수진을 좋아하기 시작해서일 거라고 제멋대로 생각해버렸다. 선우는 수진의 손을 꽉 잡았다. 둘은 고깃집으로 다시 돌아가지 않았다.

선우와 수진은 사귄 지 6년이 되는 날 헤어졌다. 선우는 그 6년 동안 이 회사 저 회사를 전전하며 계약직으로 일을 했다. 도저히 안 되겠기에 9급 공무원 시험을 준비하면서 계약직으로 계속 일했다. 어디든 정규직은 꿈도 꾸지 못했다. 처음부터 꿈꾸지 않은 건 아니었지만, 어쩌다 보니 꿈을 꿀 수조차 없게 되었다. 선우는 이번까지만, 스펙을 더 쌓을 때까지만 혹은 공무원 시험에 합격할 때까지만, 이번까지만을 다짐하면서 계속 비슷한 일을 반복했다. 나이와 경력이 너무 많아 사무보조로 일을 할 수 없게 되자, 선우는 텔레비전 만드는 공장에 취직하기도 했었다. 하지만 너무 힘들어서 하루도 버티지 못하고 그만뒀다.

일찍 대기업에 정규직으로 취업을 하거나 공무원 시험에 합격한 친구들의 승진 소식이 들렸다. 선우는 그 소식을 듣는 게 견딜 수가 없어서 친구들과 연락을 끊었다. 열심히 사는데도, 열심히 공부를 하는데도 보증금 5백만 원에 월세 30만 원인 반지하를 벗어나기 힘들었다. 굶어 죽을 만큼 못 벌게 되지도 않아 죽을 수도 없었다. 그건 수진도 마찬가지였다.

그래서 기념일에 수진은 외식을 하면 돈이 많이 드니 자신의 집에서 간단히 저녁을 먹자고 했다. 마침 직장을 구하지 못해 야간에 물류센터에서 일을 하던 선우는 그 말이 너무 반가워서 좋다고 했다. 선우는 수진이 말한 대로 동네 마트에서 술을 사 들고 수진의 집으로 갔다. 밖에는 비가 내리고 있었다. 그 사이에 옮기는 직장에 따라서 몇 번 같이 살았다가 따로 살았다가를 반복한 선우와 수진은 서로의 집에 가는 것이 낯설지 않았다. 하지만 선우는 너무 오랜만에 수진의 집에 가는 거라 길을 헤맸다. 핸드폰으로 내 위치가 확인되는 지도를 보고 싶었지만, 데이터를 다 써버려서 와이파이가 잡히는 곳이 아니면 쓸 수가 없었다. 선우는 두 손 가득 술과 음식을 든 봉지를 들고 땀을 뻘뻘 흘리면서 골목을 돌아다녔다. 힘들어서, 기념일이고 뭐고 집으로 돌아가고 싶었다. 하지만 한 달 만에 만나는 수진이었다. 지금 만나지 않는다면 다음 달이 돼서야 겨우 만날 수 있을 것 같았다.

선우도 수진도 너무 바빴다. 선우는 야간에 물류센터에서 일을 하고 아침에 집으로 돌아와서 샤워를 하고 잠깐 잤다가 오후에는 한국사 학원에 가거나 단기 아르바이트를 했다. 일을 끝내고, 손가락 하나 움직일 힘 없이 지쳐 있어도 꼭 공부를 했고, 하루에 네 시간 이상 잔 적도 없었다. 그래도 나아지는 것은 없었다. 다들 어떻게 공부를 하기에 공무원 시험에 척척 붙는 건지, 그 기회는 선우에게는 오지 않았다.

그건 이동통신사 콜센터에서 일하는 수진도 마찬가지였다. 수진도 퇴근하고 집에 와서는 학원을 다니거나, 인터넷 강의를 들었다. 콜센터에서 일한 지 1년도 되지 않았는데, 눈에 띄게 수척해졌다. 둘은 쉬는 날도 없었고, 쉬는 날에도 너무 피곤했고, 너무 피곤해서 서로가 만나자는 말을 할까 봐 눈치를 보곤 했다. 서로 좋아하지 않는 것도, 함께하고 싶지 않은 것도 아니었다. 그냥 너무 피곤했고, 열심히 사는데도 늘 가난했다.

"왜 이렇게 오래 걸렸어?"

수진은 문을 열어주며 물었다. 선우는 차마 너무 오랜만에 와서 길을 헤맸다는 말을 할 수 없었다. 선우가 우물쭈물하자 수진은 이제 생각났다는 듯 말했다.

"참, 데이터 다 썼겠구나. 오랜만에 와서 길도 헷갈렸을 텐데, 지도도 못 보고 고생했네."

"응. 아냐. 이거."

선우는 마트에서 사 온 봉지를 내밀면서 수진의 얼굴을 찬찬히 보았다. 한 달 전보다 더 수척해져 있었다. 수진도 선우를 찬찬히 보았다.

"선우 너도 되게 피곤해 보인다."

"그렇게까지 피곤하지는 않아."

"무슨, 밤새우며 일하느라 정신없을 거면서. 배고프지? 밥 먹자."

수진은 선우의 손을 잡아끌었다. 선우의 손을 잡은 건, 수진뿐이었다. 따뜻한 손길이 너무 좋았다. 선우는 방으로 들어가려다가 말고 망설였다. 이 집으로 이사 온 지 3년이나 지났고, 그때 선우와 수진이 함께 모든 짐을 다 풀었는데, 방 안에 갑자기 크고 작은 박스들이 있었다. 수진은 곧 이사를 가는 것 같았다. 선우는 아무리 서로 바쁘다지만 이건 좀 아니라고 생각했다. 선우는 일단 밥을 다 먹고 나면 꼭 말을 해야겠다고 다짐했다.

수진은 선우를 방바닥에 앉히고는 조금 떨어진 싱크대에 있던 음식을 방 가운데 펼쳐놓은 상 위에 올렸다. 선우가 좋아하는 계란프라이가 올라간 김치볶음밥과 토마토소스로 만든 스파게티, 김치가 올라왔다. 선우와 수진은 한동안 말 없이 밥을 먹었다. 집 바깥에서 사람들이 깔깔거리는 소리가 들릴 뿐 고요했다. 무슨 말이라도 해야 했지만, 선우는 자신에게 말도 하지 않고 이사를 가려는 수진이 서운했고, 늘 조잘거리며 이런저런 얘기를 하던 수진도 오늘따라 조용했다. 선우는 이 침묵이 뭔지 잘 알았다. 지금 둘 다 너무 피곤하다는 걸, 기념일이 아니었으면 애써 만나는 시간을 내지 못했을 거라는 걸, 너무 피곤하면 숨을 쉬는 것조차 힘들다는 걸, 그럼에도 서로 만난다는 건 어쨌든 서로를 아끼고 신경 쓰고 있다는 걸 잘 알았다. 아무리 그래도 이사를 가는데 말을 안 하는 건 아니라고 생각했다.

밥을 다 먹을 때쯤 참다못한 선우가 물었다.

"어디로 이사 가려고?"

선우는 방 안에 늘어놓은 박스들을 가리켰다.

"아. 이사는 아니고 팔려고."

수진이 기다렸다는 듯 말했다.

"팔아? 왜?"

선우는 너무 놀랐다. 이사를 가는 게 아니라 판다니, 그럼 어디로 간다는 걸까.

"하긴, 이사는 이사라. 이제 필요 없는 데로 이사 가거든."

"어디로?"

"캐나다."

수진의 목소리에 망설임 같은 건 없었다.

"캐나다? 메이플시럽 나는 그 캐나다?"

수진은 고개를 끄덕였다.

"사촌 언니가 거기서 일한다고 말했었잖아. 그 언니 말 들어보니까, 거기가 한국보다 나은 것 같아서 가려고."

선우는 갑자기 캐나다라니 수진이 무슨 말을 하는지 이해가 되지 않았다. 자신이 캐나다로 가니까 기다리라는 건지, 선우에게도 집을 정리하고 캐나다로 오라는 건지 헷갈렸다. 지금 이 상황이 모두 헷갈렸다.

"그럼 기다려?"

"선우 네가 날 따라 캐나다까지 쫓아올 용기가 있는 사람은 아니라고 생각하는데, 그러면 헤어져야 하지 않을까?"

수진은 선우를 너무 잘 알았다. 선우는 갑자기 모든 걸 정리하고 캐나다로 갈 수 없었다. 어찌어찌 가겠다는 결심을 한다고 해도 비행기표를 끊을 돈조차 없었다. 그렇다고 해서 수진과 헤어지고 싶지는 않았다.

"싫은데."

"같은 서울에 살면서도 한 달에 한 번 만날까 말까 한 우리가 장거리 연애를 할 수 있을까? 아무리 우리가 운명적인 사랑을 한다고 해도 힘들 것 같은데."

"그래도 스카이프도 있고……"

"돈 없어서 핸드폰 요금제도 제일 싼 거 쓰느라 와이파이 있는 데 아니면 인터넷도 제대로 못 쓰면서? 선우 네가 싫은 게 아니라, 여기는 내가 있을 데가 없는 것뿐이야."

콜센터에서 일을 하면서 수진은 캐나다 회사에 이력서를 낼 준비를 했다고 말했다. 수진은 아직 최종 합격한 것은 아니었지만, 떨어지더라도 캐나다에 일단 가서 무슨 일이든 하면서 지내보기로 했다고, 뭘 하든 한국보다는 나을 거라고 말했다. 그걸 선우에게 말하지 않은 건, 어차피 가지도 못할 캐나다 때문에 시험과 면접 준비를 망치게 하고 싶지 않았기 때문이라고 했다. 그리고 둘에게 중요한 건 연애도, 사랑하는 마음도 아니라고 했다.

모두 맞는 말이었다. 수진이 하는 말 하나하나가 너무 맞는 말이라 선우는 더 이상 수진에게 가지 말라는 말도, 기다리겠다는 말도, 따라가겠다는 말도 할 수 없었다.

"그래, 알았어."

선우는 고개를 끄덕였다. 더 이상 수진과 있을 이유는 없었다. 비틀거리며 자리에서 일어났다. 마음은 아팠지만, 아픔보다 더 이상 수진이 콜센터에서 일하지 않아도 된다는 안도와 희망을 가질 수 있다는 것에 대한 부러움이 더 컸다.

“더 먹고 가지. 밥이라도 잘 먹어야 힘내지.”

“많이 먹었어. 축하해, 진짜 잘됐다.”

“고마워. 가기 전에 연락할게.”

선우는 대답하지 않았다. 마지막으로 한 번 더 수진을 본다고 해서 수진을 따라갈 수 있는 것도 아니었고, 모든 짐을 팔려고 내놓은 수진이 갑자기 마음을 바꿀 리도 없었다. 수진의 말처럼 중요한 건 연애가 아니었다. 미래가 보장되는 삶이 중요했다.

선우는 다시 집으로 갔다. 걸어갔다. 버스를 타면 20분, 걸어가면 한 시간이 걸리는 거리였다. 걸어오면서 선우는 계속 수진을 생각했다.

6년 동안 둘은 늘 직장과 사는 곳을 옮기며 참 잘 지냈다. 둘은 섹스를 마치고 벌거벗은 채 라면을 끓여 먹다가 라면 먹는 시간마저도 아깝다는 듯 다시 서로의 몸에 달려들기도 했고, 숨소리마저 듣기 싫어서 눈만 마주치면 싸우기도 했고, 좁은 침대에서 한 베개를 베고 누워서 밤새 이런저런 얘기를 나누기도 했다. 그때마다 선우에게 수진은 참을 수 없이 매력적이기도 했고, 생각할수록 짜증 나기도 했고, 천생연분이기도 했다. 어쨌든 대부분 수진은 선우에게 세상에서 가장 사랑하는 여자였다. 어느 쪽이든 선우에게는 행운이었다. 한 걸음 한 걸음 걸을 때마다 하나하나, 6년 동안 함께한 모든 수진이 떠다녔다.

놓치고 싶지 않았다. 놓치지 않을 방법을 찾고 싶었다. 눈물이 났다. 신호등을 건너고, 육교를 지나고, 다리를 지나면서 선우는 눈가를 계속 닦았다. 슬펐다. 수진이 떠난 것보다 더 슬픈 건, 내일 공부하는 데 지장이 있으니 많이 울면 안 된다는 거였다.

선우는 수진과 헤어진 이후, 물류센터에서 일하는 현수를 알게 되었다. 저녁 8시부터 아침 8시까지 물류센터에서 택배를 분류하는 일은 힘들고, 지루했다. 익숙해지기 전까지 선우는 거의 매일 새벽 2시만 넘으면 꾸벅꾸벅 졸았었다. 그래도 일당이 나쁘지 않았고, 잠을 조금 덜 자면 낮 시간을 잘 쓸 수 있고, 쉬고 싶을 때는 쉴 수도 있어서 돈이 급할 때는 나쁘지 않은 일이었다.

모두들 새벽 3시가 넘어가면 꾸벅꾸벅 졸기 시작했다. 하지만 현수는 늘 눈이 반짝반짝 빛났다. 노래까지 흥얼거렸다. 일한 지 며칠 안 되어서 아직 덜 피곤해 그런 걸지도 몰랐지만, 드문 모습이기는 했다. 선우는 늘 이어폰을 끼고 강의를 듣곤 했다. 현수는 그 모습이 신기했는지 쉬는 시간에 선우에게 와서 물었다. 물류센터에서 한 달 정도 일하면서 누군가 선우에게 말을 거는 건 처음이었다.

"뭐 들어요?"

"네?"

"늘 뭘 그렇게 듣냐고요."

"아…… 그냥 인강 들어요."

"얼마나 재밌는 걸 듣길래 늘 진지한 표정인가 했더니 공부하느라 그런 거였네요. 에이. 싱겁다."

현수는 씩 웃었다. 그 웃음이 참 환해서 선우는 눈을 떼기가 싫었다. 오랜만이었다. 너무 좋았다. 그 뒤로 둘은 친하게 지냈다.

서울에서 나고 자란 현수는 스무 살 때부터 지금까지 한곳에서 오래 살지 않았다고 했다. 괴산 어느 시골 마을에서 2년 머문 게 한곳에서 가장 오래 지낸 거라고 했다. 퇴근을 하고 서울로 돌아가는 전세버스 안에서 선우는 물류센터 일을 시작하고 처음으로 자지도 않은 채 현수의 이야기를 들었다. 너무 재밌어서 계속 버스에 있고 싶을 지경이었다.

선우는 왜 그렇게 떠돌아다니냐고, 어딘가에 정착해서 다른 사람들처럼 살고 싶지 않냐고 물었을 때 현수는 어깨를 으쓱했다.

"글쎄, 다른 사람들하고 내가 다른데, 그들이 하는 대로 산다고 내가 행복할까? 선우 너는 다른 사람들처럼 남자랑 결혼하면 행복할 것 같아?"

"남자랑 결혼을? 에이, 그건 아니지."

“나도 그래. 행복은 그런 거 아냐?”

현수는 자신이 가장 행복했던 순간에 대해서 선우에게 들려줬다.

“제주도에서 살 때였어. 바닷가 앞에 있는 낡은 집을 거의 공짜로 살았었지. 집주인이 해녀셨는데, 물질하다가 피곤하면 씻고 쉬려고 지어놓은 집이었거든. 여름밤에는 멀리서 오징어잡이 배들이 반짝거렸어. 그 불빛이 바다에 떠 있는 별처럼 보였어. 멀리에 등대도 있었지. 가로등이 없는 방파제를 걸으면 깜깜한데도 마음은 환하게 빛이 나는 것 같았어.”

선우는 그 얘기를 들으며 눈을 감고, 까만 바다에 떠 있는 오징어잡이 배와 등대를 상상했다.

“그럼 제주도에서 계속 살지 그랬어?”

“여름 태풍에 지붕이 날아갔어. 잠들기 전에도 바람이 좀 세다 싶었는데, 얼굴이 너무 축축해서 깨보니, 지붕이 없는 거야.”

“아직도 그런 낡은 집이 있어? 제주도에?”

“이제 없을걸? 벌써 6년 전 일인데 뭐. 집주인이 고치는 돈이 더 들 테니 나한테 다른 집 알아보라고 했었으니까.”

“6년 전이면 내가 수진을 만났을 때네.”

“수진? 캐나다로 간다는 전 애인?”

선우는 고개를 끄덕였다. 더 이상 선우에게 자세한 걸 묻지 않고 현수는 웃기만 했다. 선우는 꼬치꼬치 묻지 않는 현수가 너무 좋았다. 더 오래 같이 있고 싶었다.

선우와 현수는 점점 더 많은 시간을 같이 보냈다. 급기야 선우는 현수의 집으로 들어갔다. 낡은 주택 2층의 현관문으로 쓰는 방문을 열면 타일이 깔린 부엌 겸 세면대가 있었고, 부엌을 지나면 방 안으로 들어가는 문이 있었다. 그 문을 열면 현수가 쓰는 방이 나왔고, 그 방을 지나쳐 들어가면 그보다 더 작고 어두침침한 방 하나가 나왔다. 볕이 잘 들지 않아서 늘 습기가 차 있는 이 집은 그래도 현수가 가진 돈으로 마련할 수 있는 가장 좋은 집이었다고 했다.

수진 말고는 누군가와 산 적도 없었고 현수에 대해서도 잘 모르는 선우였지만 집에 안 쓰는 방이 있다는데, 현수와 보내는 시간이 집에 있는 시간보다 더 긴데, 따로 월세를 꼬박꼬박 낸다는 건 너무 아까웠다. 그리고 혼자 있는 시간에 수진을 생각하는 것도 고통스러웠다. 수진이 캐나다로 떠나서 다행이라는 건 알았지만, 시궁창에 자신만 남겨놓고 간 것이 미웠고, 원망스럽기도 했다. 수진과의 수많은 추억을 떠올리는 것만으로도 너무 피곤했다. 지금의 선우에게 현수와 함께 사는 것은 최고의 선택이었다.

"캐나다로 수진을 찾아갈 생각은 없어?"

공무원 시험에서 떨어지고 난 뒤, 한숨만 쉬고 있는 선우에게 현수가 물었다. 선우는 또 떨어졌다는 자괴감보다 얼마나 더 열심히 공부해야 4대 보험이 가입되는 직장을 얻을 수 있는 건지 막막해서 한숨이 나왔다.

"선우 너처럼 취업 준비를 열심히 해본 적이 없어서 잘 모르지만, 꼭 그렇게까지 해야 해? 그냥 쭉 물류센터에서 일하면 안 돼?"

"난 안정적인 직장을 갖고 싶어. 오늘은 여기에서 일하고 내일은 저기에서 일하고, 아무리 열심히 일해도 경력이 인정되지 않고 최저시급을 받으면서 살고 싶지는 않아. 늘 돌아갈 안락한 집이 있었으면 좋겠고, 쌀이 떨어질 걱정은 안 했으면 좋겠어."

현수는 고개를 끄덕였다. 그리고 다시 물었다.

"그러면 꼭 사무직이어야만 해? 말끔한 옷을 잘 차려입고 출근해야 하는 거야?"

"공장에 다녀봤지. 이러다 죽지 싶더라."

"선우 너, 지금도 죽을 것처럼 힘들어 보여."

"힘들지."

선우는 씁쓸하게 웃었다. 힘들었다. 더 나은 삶을 살려고 지금 기쁨을 포기하는 거라고, 이 시간이 길지 않을 거라고 스스로를 위로했지만, 그 시간은 생각보다 너무 길었다.

"도시를 떠날 생각은 없어?"

"도시를 떠난다고?"

고향이 서울은 아니었지만, 도시의 아파트에서 태어나 자랐고, 시골과 비슷한 곳이라고는 대학 때 엠티로 갔던 경기도 양평이 유일했던 선우에게 도시 밖의 삶이란 생각해본 적이 없는 일이었다.

현수는 왜 자신이 물류센터에서 일을 하기 시작했는지 이야기를 시작했다.

"괴산에서 2년 살았다고 했잖아? 그거 아주 눌러앉으려고 간 거였어. 난 대학에 가는 대신 여행을 다녔잖아? 여기저기 기웃거려봤는데, 나는 사람이 많은 것보다 적은 게, 복잡한 곳보다는 교통이며 편의 시설이 없어도 한적한 곳이 더 마음 편하더라고. 제주도에서 지냈던 그 집도 담배가 떨어지면 30분 정도 걸어가야 편의점이 나오는 동네였거든."

"계속 살지 왜 여기로 왔어?"

"망했어. 청년 귀농 지원해주는 프로그램이 되게 많잖아. 살 집도 싸게 내주고, 수리비도 절반이나 대준대고, 땅이랑 농기구도 싸게 빌려주고. 정착 지원금도 준다고 하니까 잘됐다 싶어서 갔었어. 큰돈을 바란 것도 아니었고, 무작정 뛰어든 것도 아니었어. 사람들이 추천해준 대로 1, 2년 정도 들락거리면서 마을 사람들하고도 친하게 지내고, 공부도 많이 했었지. 한동안은 돈을 못 벌 거라는 것도 각오하고 갔었어. 첫 해에 1년 동안 80만 원 벌었나? 다음 해에는 비가 많이 와서 30만 원도 못 벌었지. 정착 지원금이 끊기고, 1년 동안 30만 원 가지고 땅 임대료도 내고 농사 준비도 하면서 살 수는 없었어. 그래서 다시 서울로 왔어."

현수는 마치 캐나다에 가겠다고 한 수진처럼 덤덤하고 평온하게 말했다. 선우 자신도 빚만 안 졌지 빚진 것과 다름없는 상태로 살고 있다는 걸 모르지는 않았다. 면접 떨어진 것 하나에도 모든 것이 무너지는 것 같은데, 실패를 덤덤하게 망했다고 말하는 것이 대단하다고 생각했다.

"그럼 이제 어떻게 살 거야? 계속 서울에 있는 거야?"

선우는 방금 전까지 우울해하고 있었다는 것도 잊고 현수의 이야기를 들었다.

"서울로 돌아오던 날에는 비가 왔었어. 너를 만나기 며칠 전이었지. 온 도로가 빗물에 찰랑였어. 다시는 시골에 가지 않겠다고 다짐하면서 터미널에서 짐을 바리바리 들고 버스를 타는데 숨이 턱 막히더라. 도시는 도저히 사람이 살 곳이 아니라고 생각했지. 아주 잠깐이라도 머물면 내가 병드는 기분이 들더라고. 그래서 다시 돌아가려고."

"실패하면?"

"이번엔 지원금 따위에 기대지 않으려고 해. 일단 시골의 마을기업 같은 데에 취업을 하고, 몇 년이 걸리더라도 내 돈으로 집을 얻어서, 내 돈으로 땅을 빌려서 해보려고 해."

그래서 현수는 물류센터에서 일을 하면서 방송통신대에 다니고 있다고 했다.

"뭐가 그렇게 좋아서 다시 가려고 해?"

선우는 뭔가에 홀리듯 물었다. 덩달아 선우도 농사를 짓고 싶은 것도 아니었다. 삼십대 중반이 될 때까지 도시에서 아등바등 사는 것 말고는 선택지가 없다고 생각했는데, 다른 길이 있을 수도 있다는 게 좋았다. 그것만으로도 마음이 가벼웠다.

"마음이 놓여. 눈앞이 탁 트이는 것 모두. 내가 심은 식물들이 무럭무럭 자라는 걸 보는 것도, 손가락 사이로 파고드는 축축한 흙, 풀냄새, 쨍한 별까지. 나와 땅이 완전히 하나가 된 듯한 느낌이 너무 좋아."

선우의 눈앞에는 푸릇푸릇한 풀들이, 바람에 흔들리는 나뭇잎이 아른거렸고, 귓가에는 싸아악 하는 바람 소리가 들렸다. 생각해보지 않은 일이 마치 오래전부터 원했던 일처럼 펼쳐졌다.

현수의 귀농 실패 이야기를 들은 이후부터 선우는 조금 느긋해졌다. 그렇다고 해서 공무원 시험 준비를 하지 않거나 물류센터 일을 하러 가지 않는 건 아니었다. 다만 낡은 노트북으로 강의를 듣다가 말고 멍하게 앉아 있는 시간이 조금 늘었을 뿐이었다.

서울이 아니어도 된다는 것은 선우에게는 희망이었다. 선택의 폭이 넓어졌다고 생각하자 마음이 한결 편했다. 먹고살 걱정이 없는 건 아니었지만, 미래를 꿈꿀 수 있는 것만으로도 행복했다. 한 달이 지나자 얼마나 마음이 편해졌는지 아무리 노력해도 붙지 않던 살이 쪘다.

"그럼 다시 귀농하면 뭐 키우고 싶어?"

선우는 공부를 하다가 말고 이불 위에 누워 있던 현수에게 물었다.

"글쎄, 쌀농사는 지을 생각이 없어. 천천히 찾아봐야겠지. 그런데 왜?"

"그냥. 궁금해서."

"얘기 듣다 보니 궁금해졌어?"

"뭐, 그런 셈이지."

선우는 속마음을 들킨 것 같아 머쓱해졌다. 어색한 웃음을 지었다.

"그럼 같이 가볼래?"

"응? 지금 나랑 농촌 가서 살자고 하는 거야?"

현수는 큰 소리로 웃었다.

"아니. 같이 괴산에서 농사짓던 친구한테 연락이 왔어. 그 친구는 계속 괴산에서 농사를 짓고 있거든. 마을에서 고추장도 만들고, 참기름도 짜는 공장을 세우려고 하는데, 같이 일해볼 생각 없냐고 해서, 바람도 쐴 겸 한번 다녀올까 하거든. 내일 같이 갈래?"

"그래, 좋아."

선우는 흔쾌히 대답했다. 그런데 마음 한구석은 찜찜했다.

고등학교 시절, 선우가 태어나고 자란 도시에서 가장 많이 들은 말은 '서울로 가고 싶다'였다. 선우를 비롯한 고등학교 친구들은 비슷한 수능 점수라면 서울로 대학을 가고 싶어 했다. 어쨌든 광역시였고, 어디에서든 걸어서 10분 거리에 24시간 여는 편의점이 있었고, 버스를 타고 10분을 가면 시내로 나가서 백화점을 가고, 대형 극장에서 영화를 볼 수 있었다. 그래도 선우는 이 도시는 너무 좁다고, 아무것도 할 수 없다고 생각했다. 선우는 서울로 가고 싶다는 소망을 이룬 몇 안 되는 사람 중의 하나였다.

그런데 괴산을, 시골을 꿈꾸다니 기분이 이상했다. 실패한 것 같았다가 창문에 머리를 기댄 채 밖을 보는 현수를 보면 또 새로운 희망이 생기는 것 같았다.

공무원 시험에서 계속 떨어지는 선우에게 당장 필요한 것은 투약 한 번에 한동안 행복해지는 마약중독자처럼 지금을 버틸 수 있는 작은 희망이었다. 미래가 지금보다는 나을 거라는 희망이 있다면, 당장의 고통은 괜찮았다. 선우에게 현수와 가고 있는 괴산은 미래는 지금보다 나을 거라는 마약 같은 희망이었다.

선우와 현수는 괴산터미널에서 내렸다. 차로는 10분 정도 걸리는 거리를 농촌 버스를 타고 한참을 갔다. 버스에서 내리자 퇴비 냄새가 훅 끼쳤다. 현수는 두 팔을 벌리고 눈을 감고 길게 심호흡을 했다. 현수의 눈빛은 서울에서보다 더 반짝거리는 것 같았다. 더 생기가 돌고 더 즐거워 보였다. 현수는 시계를 보았다.

"나, 다녀올게."

현수는 논과 밭 사이로 난 오솔길을 뛰듯 걸었다. 긴 다리로 건듯이 뛰는 걸음은 하나둘, 하나둘, 음악을 연주하는 것 같았다. 선우는 큰 느티나무 아래에 있는 정자에 앉았다. 금방 드러누웠다. 바람 소리, 나뭇잎들이 부딪히는 소리, 벌레들의 울음소리가 들렸다. 평화로웠다. 여태 이를 악물고 살았던 모든 것들이 의미 없는 일처럼 느껴졌다. 선우는 현수가 했던 것처럼 길게 심호흡을 했다. 지옥 같은 물류센터도, 매번 떨어지는 공무원 시험도, 팀장이 되기에는 경력이 부족하고 사원으로 있기에는 경력이 너무 많은데 왜 이렇게 회사를 자주 옮겼냐며 일을 오래 못 하는 거 아니냐고 묻는 면접관들의 볼멘소리도 하나도 생각나지 않았다. 정자에 드러누워 있는 것처럼 천천히, 여유롭게 살 수 있으면 좋겠다고 생각했다. 수진이 생각났다.

"캐나다는 지금 몇 시일까?"

선우는 혼자 중얼거렸다. 그리웠다. 눈물이 날 것 같았다. 눈물을 참으려다가 아무도 없다는 것을 확인하고는 마음 놓고 울었다. 눈물을 손으로 훔치며, 쏴아아, 바람에 풀들이 스치는 소리를 들으며, 현수에게 전화가 올 때까지 울었다.

"울었어?"

현수는 눈이 빨갛게 충혈된 선우에게 물었다.

"응. 속이 다 시원해."

"잘했어."

따뜻한 현수의 손이 어깨에 닿았다. 따뜻했다. 이거면, 며칠은 살 수 있겠다고 선우는 생각했다.

괴산에 다녀온 현수는 본격적으로 준비를 하기 시작했다. 물류센터를 그만두고 일주일에 두어 번은 괴산을 오갔다. 시간이 되는 날에는 선우도 함께 갔다. 현수가 회의하는 동안 선우는 펑펑 울었던 정자에 앉아 모의고사를 풀곤 했다.

그러는 동안 현수가 괴산으로 갈 날이 다가왔다. 선우도 어디로든 이사를 갈 준비를 시작해야 했다. 머리로는 알고 있었지만 선우의 몸과 마음은 움직이지 않았다. 어디로 가야 할지 몰랐다.

"천천히 생각해. 이 집 계약 기간 남아 있으니까 정 안 되면 여기서 쭉 지내도 되고. 월세도 큰 부담은 안 되니까."

현수는 책상 앞에 멍하니 앉아 있는 선우에게 말했다. 선우는 건성으로 고개를 끄덕였다. 어디로 가고 싶은지 몰랐다.

선우는 그즈음 자주 현수가 제주도에서 보았다던 깜깜한 밤에 밝게 떠 있는 등대를 떠올렸다. 눈을 감으면 깜깜했고, 미래를 생각해도 깜깜했다. 이곳에 무엇이든, 환하게 길을 알려주는 등대가 있으면, 그 등대가 거짓이라고 해도 좋겠다고 생각했다.

"원래는 떠돌아다니겠구나 생각했어. 아마, 나는 객사를 하지 않을까 싶었지."

선우가 꿈을 묻자 현수는 과거형으로 말했다.

"그런 거 말고 있잖아. 네가 되고 싶은 거. 예를 들면, 돈을 엄청 많이 버는 농부가 되고 싶다거나 하는. 그런 거 없어? 그래서 나한테 괴산에 가자고 한 거 아니야?"

현수는 씩 웃었다.

"그냥 나랑 갈래? 괴산에서 넌 공무원 준비도 계속하면서, 도시처럼 돈이 많이 안 드니까 아마 공부만 해도 될 거야. 조금씩 재산을 불려서, 차도 사고, 집도 사고…… 서울까지 그렇게 멀지도 않을 거니까 내키면 서울 나들이나 하면서 그렇게 지낼래?"

"내가 너를 따라서 괴산으로?"

선우는 고개를 절레절레 흔들었다.

"네 나름 계획이 있었지만, 지금 망설이는 것 같아서. 혼자서 망설이다가 아무것도 못 하느니, 차라리 돈 적게 드는 시골에서 고민하라고."

맞는 말이었다. 하지만 귀농이나 귀촌을 원하지도 않는데 이사를 가면서까지 미래를 생각하고 싶지 않았다. 가끔 깊게 생각하지 말고 현수를 따라서 괴산으로 가버릴까, 도망치듯 떠나버릴까 생각하지 않은 건 아니었지만 그건 그저 생각뿐이었다. 선우는 고개를 저었다.

"아직까지는, 잘 모르겠어. 태어나서 한 번도 생각해본 적이 없어."

"그래."

현수는 실망하는 기색도 없이 씩 웃었다. 그러고는 금세 콧노래를 부르며 집을 돌아다녔다.

선우는 깊은 고민에 빠졌다. 괴산, 도망, 서울, 그리고 수진까지 계속 머릿속에서 맴돌았다. 물류센터에서 택배를 분류하다가도 갑자기 멈추곤 해 옆에서 툭 쳐야 할 정도로 멍해 있었다. 며칠 동안 선우는 그렇게 멍한 채로 하루를 보냈다. 하루에도 몇 번씩 숨이 막혔다. 현수를 따라가버릴까 모든 걸 다 버릴까 생각하다가도 적어도, 적어도 어떻게 온 서울인데, 지금까지 버텼는데 하는 생각이 들었다.

계속 신경을 써서 그런지 배가 자꾸 아팠다. 물류센터에서 일을 하면서도 화장실을 계속 들락거렸다. 속이 계속 울렁거리고 토할 것 같았다. 한 명이 라인을 비우면 옆 사람들 일에도 지장이 있어서, 선우는 계속 눈치가 보였다. 선우는 주위 사람들에게 미안했다. 미안해서 더 신경이 쓰였다.

괴산에 가느니 부모님이 계신 고향에 가는 것이 나을 것도 같았다. 며칠 정도는 부모님께 신세를 지며 살 수야 있겠지만, 오랜 기간을 얹혀살 정도로 형편이 넉넉하지 않았다. 고향은 어린 시절이 전부 그곳에 있음에도 불구하고 너무 오래 떨어져 있어서 남의 집 같았다. 아버지의 고지식함도, 그 고지식함에 질려 교회에 목매는 어머니도 모든 것이 답답했다. 고향의 친구들도 학교를 마치고 서울로 올라왔고, 고향에 남아 있는 친구들과는 자연스럽게 연락이 끊겼다. 고향이었지만 서울보다, 괴산보다 더 낯설고 불편한 곳이었다. 아는 사람도, 만날 사람도 없는 거라면 괴산이 나았다. 하지만 차도 없고 면허도 없는데 시골로 들어가는 건, 스스로를 고립시키는 일 같았다. 가난을 자발적으로 택할 용기는 없었다.

배가 아파 입맛도 없는데 일을 해야 하니, 억지로 밥을 밀어 넣으면서도 선우는 계속 저울질을 했다. 속은 울렁거리고, 헛구역질이 났고, 답은 나오지 않았다.

이사도 문제였다. 1, 2년에 한 번, 상황에 따라서는 한 집에 한 달을 머문 적도 있는 선우에게 이사 자체는 번거로운 일이지 힘든 일은 아니었다. 그건 서울 내에서 이사를 할 때의 문제고, 지역을 옮기는 건 다른 일이었다. 그러니 일이 제대로 될 리가 없었다. 일하는 내내 아픈 배를 신경 썼다가, 이사를 고민했다가 하던 선우는 결국 퇴근길에 약국에 들러 진통제를 사 먹었다. 웬만큼 아프면 그냥 참았겠지만, 이번에는 참으면 안 될 것 같았다.

"병원 가봐야 하는 거 아냐?"

현수가 걱정스러운 듯 말했다. 선우는 고개를 저었다.

"피곤해서 그래. 한숨 자면 나아질 거야."

하지만 배는 점점 더 아파와서 잠도 오지 않았다. 너무 추웠고, 식은땀이 흘렀다. 자겠다고 누운 지 한 시간도 지나지 않아, 선우는 온 힘을 다 짜내 현수를 불렀다.

어떻게 병원까지 오게 된 건지도 기억이 흐릿했다. 현수가 택시를 잡았던 것도 같고, 현수가 선우의 성을 기억 못 해서 다시 물어봤던 것도 같고 그랬다. 병원에서는 아파서 제대로 앉아 있지도 못하는 선우를 데리고 MRI를 찍었고, 피검사를 했다. 급성맹장염이라고 했다. 맹장이야 수술해서 떼어내면 된다지만, 약 하나도 고민하고 고민하다가 제일 싼 걸 사 먹는 선우에게 입원은 막막했다. 사람들은 실비 보험이라도 따로 들어놓는다지만, 선우는 보험 하나 없었다. 모아놓은 돈이 있을 리도 없었다.

“무통 주사는 하실 거죠?”

진단이 끝나고, 입원 절차를 밟는 선우에게 직원이 물었다. 선우는 식은땀을 흘리며 물었다.

“그거, 보험처리 되나요?”

“아뇨.”

“그럼 안 맞을게요.”

“입원은요?”

“제일 싼 방으로 들어갈게요.”

직원은 어깨를 으쓱했다.

“제일 싼 병실이 6인실이에요. 그럼 6인실로, 무통 주사 안 맞고? 영양제도 안 맞으실 거예요?”

“보험 되는 거 아니면, 그냥 안 할게요. 저 언제까지 있어야 해요?”

“글쎄요. 보통은 사나흘? 수술하고 회복되는 거 봐서 정해질 거예요.”

“사흘……”

선우는 눈을 감았다. 너무 아팠다. 하지만 아픔보다 당장 수술비를 어떻게 해야 할지에 대한 걱정이 더 컸다.

“얼마예요?”

직원은 종이 한 장을 내밀었다.

"아마 사흘 입원하시면 이 정도? MRI 값이랑, 수술비랑 적혀 있는 거 보이시죠? 퇴원하면서 보험회사에 낼 영수증 달라고 하면 알아서 서류 줄 겁니다."

총 30만 원 정도 되는 돈이었다. 아팠다. 아파서 식은땀이 나는데도, 아픔보다 두려움이 더 컸다. 30만 원. 통장의 돈과 현수에게 줄 월세와 오늘 받은 일당 9만 원까지 하면 어찌어찌 입원비는 낼 수 있을 것 같았다. 선우는 맹장염에 걸린 게 자기 잘못도 아니면서, 모든 게 자신의 잘못 같았다. 아픈데도 병원비가 걱정돼 영양제 하나에 벌벌 떠는 자신이 너무 싫었다. 그러면서도 빨리 나아서 다시 일을 하고 시험 준비를 해야 하는 자신이 불쌍했다.

수술을 마치고 병실에 왔을 때는 현수가 있었다. 현수는 그 사이에 집에 다녀온 듯, 종이 가방을 내밀었다.

"오늘 괴산 가야 한다지 않았어?"

"당분간은 안 가도 될 것 같아."

"왜?"

"공장 안 짓는대. 밭 밀어버리고 태양광판 설치한대."

선우는 무슨 말인지 이해가 되지 않았다. 태양광판이라니, 그게 괴산하고 무슨 연관이 있는지도 몰랐다.

"뭐라고? 그걸 왜 설치해?"

"국가에서 지원을 해준다고 했나 봐. 그게 공장보다 더 낫다고 생각했나 보지 뭐. 이제 내가 필요없대."

"그럼, 이제 어떡해? 계속 서울에 있어?"

그렇게나 고민했던 선택지 하나가 사라지고 말았다. 현수에게는 미안했지만, 괴산으로 같이 가자고 할 때 가지 않은 게 다행이라는 생각이 먼저 들었다. 현수의 생계 걱정은 그 다음이었다. 계속 서울에 있을 건지 다시 떠돌아다닐지도 궁금했다. 당장 먹고살 일이 걱정일 텐데 현수는 남의 일 말하듯 어깨를 으쓱했다.

"아니, 그래도 가려고. 마을 어른들이 대전에서 콜센터 엄청 들어오고 있다고, 일할 사람이 없어서 난리라고 거기 가서 일하는 게 낫지 않겠냐고 하는데, 뻔하긴 하잖아. 계약직으로, 겨우 최저시급 정도만 챙겨주고 말겠지. 그렇게 불행하게 돈 벌고 싶지 않아."

일할 곳이 없어졌는데, 현수는 환했다. 선우는 그 환함이 너무 부러웠다. 어떻게 먹고살지, 어떻게 삶을 꾸려갈지 정해지지도 않았으면서 백 년 치 계획을 다 짜놓은 듯 환한 현수가 질투가 났다. 갑자기 거리감이 느껴졌다. 선우는 하루 자고 가겠다는 현수를 등 떠밀듯 보내고 아침 일찍 오겠다는 말을 건성으로 들었다. 이제 남은 선택지는 서울에 있는 거였다. 하지만 아픈 선우는 현수가 가버리고 난 뒤에 혼자서 서울에서 살 자신이 사라져버렸다. 또다시 아프면, 지금은 운이 좋아서 현수가 병원으로 데려다줬지만 이제는 혼자서 낑낑거리며 살아야 했다.

한순간에, 건강하지 않다는 이유로 희망이 영원히 증발해 버린 것 같았다. 무통 주사를 맞지 않아서 온몸이 아팠다. 힘이 하나도 없었다. 뭔가 크게 잘못된 것 같았다. 어떻게 살아야 하나, 현수를 따라 괴산으로 가버릴까, 공무원 시험을 포기할까, 모두가 잠든 6인 병실에서 선우는 소리 죽여 울었다.

병실의 사람들이 아침을 먹는 동안, 선우는 방귀가 나오길 기다리며 침대에 기대 노트북을 보았다. 핸드폰 요금을 내라는 문자 메시지가 왔다. 이번 달 말일까지 요금을 내지 않으면 핸드폰이 끊길 수도 있다는 내용이었다. 이런 것쯤 하도 많이 받아서 무섭지도 않았다. 인강을 들어보려 했지만, 머리에 하나도 들어오지 않았다. 이렇게나 아프고 불안한데, 공부가 될 리 없었다. 언제까지 합격이 될지 안 될지도 모르는 공무원 시험에 시간을 허비하는 게 맞는 건지 몰랐다. 선우는 의미가 없다고 생각했다.

그래서 강의 듣기를 포기하고 구인구직 사이트에 접속했다. 수천 개, 수만 개의 구인 공고가 떠 있었지만, 그중에 선우를 필요로 하는 곳은 없는 것 같았다. 아니, 선우가 갈 수 있는 정규직 일자리는 없어 보였다.

차라리 고 3 때 수능을 볼 게 아니라, 9급 공무원 시험 준비를 할 걸 그랬다고 생각했다. 사립대학을 가는 게 아니었다. 국문과에 가는 게 아니었다. 모든 걸 잘못 선택했다는 생각이 계속 들었다. 선우는 서울과 경기 지역에서 더 이상 낼 채용공고가 없어질 때까지 채용공고를 클릭하고 이력서를 내고를 반복했다. 처음에는 원래 자신이 하던 문서 정리, 회계 업무를 하는 공고에만 이력서를 냈다. 더 이상 낼 공고가 없어지자, 오늘이 채용 마감인 집 근처 혹은 버스를 타고 갈 수 있는 곳이라면 무슨 일이든지 이력서를 써서 냈다.

선우가 병실에만 있는 것이 답답해서 병원 옥상을 한 바퀴 돌았다. 병실에 돌아오자 현수가 있었다.

"산책 다녀왔어?"

"응. 조금 움직이는 게 좋다고 해서."

"점심은?"

"아까 조금 먹었어."

"다행이네. 그래도 방귀가 빨리 나왔네? 어제 너 걱정돼서 한숨도 못 잤어."

현수는 씩 웃었다. 환한 그 웃음이, 지난 이틀 동안 선우가 본 가장 밝음에 가까운 것이었다. 선우는 힘없이 따라 웃었다. 그러고는 물끄러미 현수를 바라봤다. 환한 얼굴, 반짝거리는 눈빛, 춤을 추는 듯한 걸음걸이의 현수를 따라서 음악을 듣듯, 바람처럼 흘러가버리고 싶었다. 두려운 미래를 현수에게 맡기고, 잘되지 않으면 편하게 현수 탓을 해버리고 싶었다.

"근데 현수야."

"응?"

"나는 언제까지 흔들릴까? 언제쯤 핸드폰 요금을 밀리지 않고 낼 수 있는 걸까?"

현수가 거기에 어떤 답을 해줄 수 있을 거라고 기대하지는 않았다. 그리고 친절하고 다정한 현수가 자기 삶의 해결사가 아니라는 것도 알고 있었다. 현수는 결국 답을 해주지 못하고 돌아갔다.

병실에 있는 작은 텔레비전을 두고, 무엇을 볼지 수다를 떠는 사람들 사이에서 선우는 침대에 누워 현수를 생각했다. 그러다가 한국사 연표를 중얼거리다가 말고 핸드폰을 보았다. 면접을 보러 오라는 곳은 한 군데도 없었다. 당장 움직일 수 없어 면접을 보러 갈 수도 없었지만 씁쓸했다. 서울이 아니어도 좋으니, 물류센터 같은 일용직이 아니라 다른 일을 해보고 싶었다.

선우는 다시 구인구직 사이트에 들어갔다. 선우가 늘 검색하는 조건에 맞춰서 진행 중인 공고가 떴다. 그곳들은 이미 선우가 이력서를 낸 곳들이 대부분이었다. 한참 동안 마우스만 만지작거리던 선우는 서울 전 지역으로 체크된 지역을 전국으로 바꿨다. 더 이상 서울만 고집할 여유가 없다고 생각했다. 선우는 전 지역에 이력서를 내기 시작했다. 회계 일을 할 사람을 뽑는 공고부터 시작해서 무슨 일이든지 상관없이 이력서를 냈다. 돈이 없어서 피가 마르는 것과 푼돈이라도 손에 쥐고 피가 마르는 것 사이에서 선택을 한다면, 경제적으로 여유가 있는 길을 가고 싶었다.

이틀 후, 선우는 일주일 치 약을 받고 퇴원을 했다. 현수는 아침 일찍부터 병원으로 와서 선우의 퇴원 수속을 도왔다. 선우는 현수에게 물었다.

"괜찮아? 이렇게 사는 거?"

"먹고살 걱정을 하다니, 이제 다 나았는데?"

"아니야. 아파서 먹고살 걱정을 하는 거야. 언제까지 함부로 아프면 안 되는 채로 살아야 할까?"

"복잡하게 살면서 불행하게 버는 돈을 손에 쥐고 있느니, 나는 차라리 마음 편하게 가난하기를 선택한 거야."

"가난은, 지금도 가난하잖아. 넓은 집에서 편하게 살면 좋잖아."

현수는 고개를 저었다.

"가난을 선택할래. 그렇게 정했어."

집으로 선우를 바래다주고, 현수는 다시 괴산으로 내려갔다. 선우는 현수가 깔아놓은 이불 안으로 들어가 가만히 누웠다. 냉장고에 죽을 넣어뒀으니, 내일 저녁에나 서울에 올 거니까 혼자서라도 꼭 밥을 먹으라고 현수가 신신당부를 했지만 선우는 건성으로 대답했다. 이불을 푹 덮었다. 막 자려는데 모르는 번호로 전화가 왔다. 서울이 아니라 대전에서 걸려온 전화였다. 선우는 받을까 말까 고민을 하다가 전화를 받았다.

"하나생명이에요. 이력서 보고 연락드려요."

"네! 네."

하도 이력서를 많이 내서 거기가 어딘지 정확히 기억나지 않았다. 선우는 재빠르게 노트북을 켜고, 자신이 이력서를 낸 곳을 눈으로 빠르게 훑어보았다. 어제 선우는 하나생명 고객응대업무 파트에 이력서를 낸 것을 확인했다. 근무 지역은 대전 둔산동이었다. 이곳이면 고향 집에서 버스를 타고 출퇴근을 할 수 있는 거리였다.

"면접 보러 오시겠어요? 내일 오전 10시요."

"네. 그럼요. 어디로 가면 될까요?"

아직 움직이기 불편했지만, 기회를 놓칠 수는 없었다.

"인터넷 검색하면 주소가 뜨긴 하는데, 문자로 주소 보내드릴게요. 빌딩 3층으로 오시면 됩니다."

"네. 알겠습니다."

전화를 끊자마자 선우는 빠르게 통장에 남은 돈이 얼마인지 확인했다. 잔돈까지 긁어모으면 겨우겨우 면접을 보러 갈

수는 있었다. 돌아올 차비는 없었다.

선우는 통장을 살펴보고, 핸드폰을 한번 보았다. 부모님께 전화를 할까 말까 고민을 했다. 의절하고 연락을 하지 않을 정도로 사이가 안 좋은 건 아니었지만, 스무 살 때부터 따로 지내면서 자주 연락도 하지 않고 찾아가지도 않았으니, 가족이라곤 하지만 친밀감이나 애틋함이 있지는 않았다. 맹장 수술을 받고 나서도 부모님께 말하지 않았다. 말을 한다고 해도 오실 수 있는 것도 아니었고, 그럴 바에는 말하지 않는 편이 낫겠다고 생각한 거였다.

어차피 면접을 본다고 해도 합격한다는 보장은 없으니, 현수에게 부탁을 해서 차비를 빌려 서울로 올까 고민했다. 부모님보다는 현수가 더 가깝고 친했다. 선우가 가족이라고 느끼는 건 스무 살 이후부터 자신이 어떻게 사는지 알지 못하고 1년에 네 번 정도 보는 부모님보다, 수진과 헤어진 사실을 알고 자신이 무슨 걱정을 하고 있는지 알고 있는 현수였다. 핸드폰 요금을 빨리 내지 않으면 전화가 끊긴다는 문자 메시지가 왔다. 핸드폰 요금, 월세, 가스 요금, 전기 요금…… 나갈 돈투성이였다. 생각해보니 이번 달 월세도 현수에게 줘야 했다. 속이 타들어가는 것 같았다. 더 이상 가난하게 살 수 없었다.

배가 아팠고, 고팠다. 선우는 냉장고를 열어보았다. 안에는 현수가 만든 죽이 들어 있었다. 전자레인지에 죽을 데워 한 숟가락을 떠먹으려고 하는데 눈물이 흘렀다. 왜 우는지는 모르겠는데 자꾸 눈물이 났다. 내일 면접인데, 아침 일찍 일어나야 하는데, 다시는 현수를 보지 못할 것 같아서, 이렇게 따뜻하고 친절한 사람을 만나지 못할 것 같아서 마음이 무너지는 것 같았다.

다음 날 아침 일찍 선우는 간단한 짐을 챙겨 대전으로 출발했다. 많은 고민을 하고, 펑펑 울고 아침부터 낑낑거리며 대전으로 간 것과는 다르게 면접은 10분도 걸리지 않았다. 면접관 두 명은 언제부터 일할 수 있냐는 질문을 마치고는 궁금한 게 있으면 뭐든지 물어보라고 덧붙였다.

"일은 지금 당장이라도 할 수 있어요. 그런데 계약 기간이 1년이던데, 그 이후에는 계약 연장이 되거나 하지 않는 건가요?"

"그 질문은 많이 받습니다. 저희는 계약 만료 전에 근무 평가를 통해 정규직 전환을 검토합니다."

저 말을 완전히 믿는 건 아니었다. 하지만 무슨 일이든지 1년 동안은 걱정하지 않고 살 수 있다는 것, 그리고 '정규직 전환 검토'라는 말만으로도 마음이 놓였다.

면접 장소를 나와서 선우는 빌딩 앞에 한참을 앉아 있었다. 어디로 가야 할지 몰랐다. 한 시간 후에 전화가 왔다. 면접을 본 하나생명이었다. 내일부터 출근하라 했다. 선우는 알겠다고 했다. 뽑아주셔서 감사하다고, 너무 감사하다고 인사했다. 그제야 벤치에서 일어나 대전 집으로 가는 시내버스를 탔다. 40분이 걸렸다.

더 이상 괴산은 선택지가 아니었고, 서울은 발을 붙이고 살 수 없었다. 일자리가 있으니, 일단 대전 집에서 살 수 있었다. 자유는 없겠지만 집세 걱정은 안 해도 되는 거였다. 굶어 죽지 않고 살 수는 있었다. 핸드폰 요금을 내고, 쌀 떨어질 걱정을 하지 않고 살 수 있었다.

선우는 현수에게 전화를 걸었다. 일을 하다가 받은 건지, 현수는 숨을 헐떡거렸다.

"어디 아파? 밥은?"

현수는 선우를 먼저 걱정했다. 선우는 입이 떨어지지 않았다. 뭐라고 말을 해야 할지도 알 수 없었다.

"나, 취직했어."

"정말? 잘됐다! 언제부터 출근이야? 가면 파티해야겠다. 내일 치킨 시켜 먹을까? 아, 수술한 지 얼마 안 돼서 무리겠구나."

친근한, 당장이라도 대전이든 어디든 선우가 있는 곳으로 달려올 것 같은 현수의 목소리에 단단히 먹은 마음이 무너질 것 같았다. 선우는 입술을 꽉 깨물었다.

"아니, 나 서울 못 가. 대전에서 일해."

"대전? 혹시 너 그거 하는 거야? 그거?"

현수의 목소리가 갑자기 어두워졌다. 대전이라니 일자리를 늘린답시고 억지로 만든 콜센터가 선우가 취직한 곳이라는 게 뻔하다는 말투였다.

"응."

"정규직으로 일하고 싶다고 하지 않았어?"

"1년 지나면 정규직 전환을 검토해준대. 본가에서 버스 타면 40분밖에 안 걸려. 부모님이랑 살면 월세 걱정 안 해도 되고 좋지."

"대전 같은 도시에서 40분 걸리는 거면 엄청 먼 거잖아. 대중교통이 서울만큼 좋지 않을 테고. 그리고 정규직 전환을 검토한다는 거지 완전히 해준다는 말도 아니잖아. 고작 최저시급 받……"

"현수야."

선우는 현수의 말을 가로막았다. 현수의 말이 무슨 의미인지, 잘 알았다. 그런 말을 듣고 싶지 않았다.

"적어도 희망은 있잖아. 일자리가 없어진 것도 아니고, 내일 쌀 살 돈을 걱정해야 하는 것도, 월세를 걱정해야 하는 것도 아니잖아. 나는 지금 왜 이렇게 늦게 대전으로 올 생각을 하지 않았는지 후회가 될 뿐이야."

"부모님이 맨날 교회 가자고만 한다며. 불편하다고 했잖아."

"불편해. 온다고 하니까 놀라시긴 하더라. 그래도 서울보다는 낫잖아."

"선우야."

현수는 길게 한숨을 쉬었다. 고생한 것에 비해서 그렇게 좋은 선택을 하지 않은 선우를 어떻게 해서든지 말리고 싶은 눈치였다. 하지만 현수는 할 수 없었다. 선우가 현수의 말을 더 듣고 싶지 않았기 때문이다.

"불행해도, 손에 돈을 쥐고 불행할 수 있잖아. 나는 핸드폰 요금이 밀리지 않고, 아파서 병원에 가도 무통 주사를 맞을 수 있는 그 정도면 돼. 그러면 아직까지는 괜찮아."

현수에게는 보이지 않았지만, 선우는 희미하게 웃었다. 억지로 웃었다.

"조금씩 모아야지. 돈이 모이고, 여유를 가질 수 있게 되면 그때 너에게 찾아갈게."

"선우야."

"집 앞이야. 엄마가 집에서 전화 통화하는 거 별로 안 좋아하셔. 끊을게."

선우는 현수의 작별 인사를 듣지 않고 전화를 끊었다. 1년짜리, 그 정도의 희망이면 된 거라고, 어떤 말로도 위로가 되지 않는 자신을 위로하려 애썼다. 숨을 길게 쉬었다. 그러고는 현관 초인종을 눌렀다.

너의 결혼식

결혼식은 강남의 큰 교회에서 열렸다. 이곳에서 결혼식을 올리려면 식을 올리기 전에 추첨번호를 받고, 당첨이 돼야만 이용할 수 있는 곳으로 유명했다. 심지어 신도가 아니면 추첨번호조차 받을 수 없다고 했다. 그렇게 깐깐한 곳이어서 그런지 교회 주변은 높은 빌딩들과 뿌연 공기가 가득했다. 같은 서울인데도 너무 낯설었다.

낭만주의자였던 스물두 살의 민경이 생각한 것은 선선한 바람이 부는 보리밭이나 잔디밭에서 결혼식을 올리는 거였다. 자신의 뒤로 푸른 바다가 보이고, 짧은 드레스에 하이힐 대신 플랫슈즈를 신고 싶어 했다. 짧은 드레스에 야외에서 올리는 결혼식이니 면사포보다 들꽃을 엮은 화환을 머리에 얹고 싶다고 했다. 그래야 귀엽고 사랑스러운 신부가 될 수 있다고 생각했다. 내가 가서 망쳤으면 하는 결혼식을 왜 그렇게 공들여 상상하냐고 놀렸지만, 민경은 대답하지 않았다.

그리고 지금, 민경이 사 준 뒤로 한 번도 입지 않았던 옷을 입고, 구두를 신고 교회 앞에 서 있다. 어떻게 여기까지는 왔지만, 들어갈 용기는 아직 나지 않았다. 입고 있는 옷도, 이 상황도 너무 어색하고 이상했다.

학교를 졸업하고 직장에서 첫 월급을 타자, 민경은 나에게 정장을 한 벌 사 주었다. 티셔츠와 운동화 외에는 따로 옷을 사지 않는 나에게 까만색 정장은 과하다 싶었다. 회사에서도 정장을 입을 일은 없었다. 민경은 사도 입을 일이 없다는 나의 말은 신경 쓰지도 않고 정장에 맞는 구두, 블라우스에 핸드백까지 사 주었다. 그때 나는 이 옷을 입고 민경의 결혼식에 오게 될 거라고는 생각하지 못했다. 생각하지 못한 건 그 옷을 입을 일이 생길 거라는 것뿐만은 아니었다. 민경을 처음 봤을 때도 나는 우리가 연인이 될 거라는 건 생각하지 못했다.

공대에 다니는 나와 예대에 다니는 민경이 처음 만난 것은 스무 살, 2학기 교양수업 시간이었다. 인문대의 대강당에서 백 명이 함께 듣는 수업이었다. 아마 중간고사를 대신했던 조별 발표에서 제비뽑기로 같은 조가 되지 않았다면 민경과 같은 수업을 들었는지조차 몰랐을 거였다. 쌍꺼풀 없이 눈꼬리가 조금 내려간 눈은 금방 울 것 같았다가, 웃으면 통통한 볼살에 묻혀 거의 보이지 않았다. 귀엽다고 생각했다. 그뿐이었다. 사람들 앞에 나서지 않는 나나 민경은 같은 조였지만 별로 대화를 나누지 않았다. 학기가 끝났고, 그 뒤로 같은 수업을 들을 일은 없었다. 학교에서 마주치면 어색하게 인사를 했지만 그뿐이었다. 민경은 늘 함께 다니는 남자친구가 있었고, 나는 같은 과 선배와 연애 중이었다. 그러니 늘 십자가 목걸이를 걸고 다니며, 남자를 사귀는 여자에게 관심을 가질 일이 없었다.

우리가 인사다운 인사를 한 건, 대학교 3학년 1학기가 시작된 지 이틀이 지났을 때였다. 선배와의 연애는 2학년 2학기 기말고사를 마치고, 선배가 어학연수를 떠나면서 끝나버렸다. 너무 허무해서 겨울방학 내내 고향에도 내려가지 않은 채, 좁은 방에 누워 휴학을 할까 말까 고민했었다. 여자를 사귀는 건 숨겨야 했으니, 아무도 우리의 연애를 알지 못했고, 2년 동안 선배와만 붙어 다녔으니, 학교에 아는 사람도 별로 없었다. 연애가 끝났다는 아픔보다 학교생활을 공유할 사람이 없다는 게 더 슬펐다.

개강 이튿날, 점심시간에 함께 밥 먹을 사람 하나도 없이, 학생식당에서 혼자 핸드폰을 보면서 밥을 먹었다. 고개를 들어보니 멀리에 민경이 있었다. 늘 붙어 다니던 남자친구는 보이지 않았다. 혼자 밥 먹기도 싫었고, 오랜만에 본 민경이 새삼 반가워서 알은척을 할까 고민을 하다가 눈이 마주쳤다. 어색하게 눈인사를 하고 나서도 민경은 눈을 돌리지 않았다. 나도 눈을 돌리지 않았다. 아니, 돌릴 수 없었다. 민경은 고개를 숙였지만, 금방 다시 고개를 들었다. 수저를 들었다가 다시 내려놓고 식판을 만지작거렸다. 이쪽으로 올까 말까 망설이고 있는 것이 한눈에 보였다. 나는 식판을 들고 민경에게 다가가 말을 걸었다.

"그 수업, 뭐 나왔어요? 전 D가 떠서 이번 학기에 재수강하는데."

"저도 D 나와서 이번 학기에 재수강해요."

눈이 보이지 않을 정도로 활짝 웃는 민경의 환한 얼굴을 보며, 말을 걸길 잘했다고 생각했다. 남자친구는 군대에 갔다고 했다. 민경이 나와 같이 다니던 사람, 그러니까 얼마 전에 헤어진 애인의 안부를 물었을 때, 나는 그 사람은 미국으로 어학연수를 갔고, 그 뒤로는 연락이 끊겼다고 간단하게 말했다. 남자친구가 있고, 교회인지 성당인지에 다니는 여자에게 선뜻 내 이야기를 할 용기는 없었다.

"두 분이 잘 어울려서, 사귀면 좋겠다, 사귀는 중이라면 오래오래 사귀면 좋겠다고 생각했어요. 연락을 끊었다니 아쉽네요."

놀랐다. 사람들은 대부분 친구라고만 생각하고, 둘이 같은 고향도 같은 고등학교를 나온 것도 아니고, 같이 듣는 수업도 없는데 언제 그렇게 친해졌냐고 궁금해하는 게 다였다. 민경과 같은 반응은 처음이었다. 이런 사람이라면 더 친해져도 괜찮을 것 같았다. 학교에서 마음 편하게 얘기를 나눌 수 있는 친구가 있는 것도 나쁘지는 않았다. 나쁘지 않은 게 아니라 오히려 좋았다. 그래서 민경에게 물었다.

"수업 몇 시에 끝나요? 끝나고 저녁이나 먹을래요?"

"우리 수업 째고, 술이나 한잔할래요?"

나는 환하게 웃었다.

그리고, 우리는 일주일 후에 연애를 시작했다. 친구만 있어도 좋겠다고 생각했는데 연애를 시작하게 되다니 이게 무슨 행운인가 싶었다. 민경은 그 즉시 군대에 있는 남자친구에게 이별을 통보했다. 얼마 후, 휴가를 나온 남자친구가 학교로 찾아와서 민경을 붙잡았지만 민경은 대꾸도 하지 않았다. 민경은 길을 가로막고 서서 자신의 마음을 받아주지 않으면 당장이라도 도로에 누워버릴 듯한 남자친구를 피해 내 손을 꽉 잡고 학생회관으로 갔다.

민경이 무슨 생각으로 남자친구와 헤어지면서까지 나랑 사귄 건지는 알 수 없다. 물어보지도 않았다. 이렇게 나를 생각해주다니, 드디어 내가 원하는 사람과 연애를 시작한다니, 이번에는 오래 연애를 해야겠다고, 사람들에게 들키지 않고 잘 지내야겠다고 다짐했다.

우리는 대학을 졸업하고, 차례대로 회사에 들어갔다. 민경은 직장이 종로에 있어 집에서 다니기 불편하다는 이유로 강남의 집을 나와 함께 살기 시작했다. 기뻤다.

민경의 모든 것은 내가 꿈꾸던 것들이었다. 통통거리는 걸음걸이, 비가 오면 짧은 바지와 종아리를 감싸는 레인부츠, 어디서 살 수 있는지 감도 잡히지 않는 깊이 파인 티셔츠와 그 사이로 보이는 가슴골, 구연동화를 하는 듯 어색한 말투, 멀리에서 나를 보면 두 주먹을 꽉 쥔 채 달려오던 모습, 모든 것이 그랬다. 싸울 일도 없었다. 민경의 모든 것, 이를 갈며 코를 골고 자는 모습부터, 라면 먹고 잔 다음 날 퉁퉁 부은 얼굴과 가끔 내뱉는 맥락 없는 말들까지 너무 사랑스러웠다. 할 수 있다면 평생 같이 있고 싶었다.

하지만 우리는 많이 달랐다. 그건 이를 닦는 방식이나, 샤워를 하는 방식 같은 사소한 것이 다른 게 아니었다. 우리가 다른 단대의 다른 학과를 나와서도, 민경이 가사 도우미와 운전기사가 있는 부잣집에서 곱게 자란 막내딸이어서도, 내가 작은 도시에서 공무원을 하는 부모님 밑에서 자라서도 아니었다. 아니, 그 모든 것 때문이었다. 뭐라고 설명할 수는 없었다. 그저 어느 순간, 아, 하고 깨달음의 탄식을 내뱉게 되는 것처럼, 말로 설명할 수 없었지만 많이 달랐다.

처음으로 내가 아, 하고 깨달음의 탄식을 내뱉었을 때는 같이 살기 시작한 지 얼마 되지 않아서였다. 취업을 하게 되었다고 하니, 월급은 얼마고, 먹고사는 데 지장이 없느냐고, 언제 내려올 거냐고 묻는 우리 부모님과 달리 민경의 부모님은 압구정의 백화점으로 민경을 불러냈다. 나도 같이 갔다.

민경은 부모님에게 나를 같이 살게 된 친구이며, 교양 과목을 듣다가 친해진 친구라고 짧게 소개를 했다. 민경은 부모님 앞에서는 아주 다른 사람 같았다. 마트에서 카트를 잡고 달리며 환호를 지르는 사람이라고는 상상할 수 없을 정도로 얌전했다. 기가 눌린 듯, 아니, 그냥 내가 아는 민경은 사라진 듯 부모님이 가는 대로 세일 상품들을 지나쳐 명품관으로 따라 들어갔다.

머리카락 끝에서도 흐르는 민경 어머니의 도도함이나 구두에 먼지 하나 없는 민경 아버지의 깐깐함, 순종적으로 변해버린 민경을 보며 나는 속으로 아, 하는 탄식을 내뱉었다. 민경의 집이 부자라는 것도, 부모님이 뭘 하며 사시는지도 모르는 것이 아니었다. 저 안락한 민경의 집안이, 그 집안에 폭 파묻혀 지냈던 민경이 나중에 나와 영영 헤어지게 되는 이유가 될 것 같았다.

하지만 애써 눈을 감았다. 고작 스물네 살, 아직은 어리니까, 백화점 VIP 라운지가, 민경의 손에 치렁치렁 걸리는 쇼

펑백이, 부모님 앞에서 사소한 것도 거절 못 하는 민경이, 내 눈앞에 놓인 엄청난 걸림돌이라는 걸 알면서도 작은 조약돌을 잘못 본 걸 거라고 모른 척했다. 아니, 나는 애초에 시작부터 모든 것을 모른 척하고 있었다.

우리가 처음 섹스를 하던 날이었다. 민경은 속옷도 걸치지 않은 채, 내 자취방의 좁은 침대에 누워 내 머리를 만지작거렸다. 나는 너무 피곤하고, 나른했다. 그저 빨리 껴안고 잠을 잤으면 싶었지만, 민경은 입을 열었다.

"그날은 날씨가 맑았으면 좋겠어."

"그날?"

"내 결혼식 날 말이야. 날씨가 맑고 바람이 선선하게 불면 좋겠어. 그래야, 너와 함께 결혼식장에서 도망쳐도 덥지 않을 거 아냐."

도망이라니, 나는 무슨 말인지 이해가 되지 않아서 아무 말도 할 수 없었다. 민경은 계속 말을 이었다.

"흰 셔츠를 입어줘. 머리는 지금보다 더 길면 좋겠어. 그래야 바람에 머리가 날리지. 운동화를 신어도 좋아. 내가 발이 아파지면 번갈아 가면서 신자. 우리 뒤로 파도 소리가 들려서 결혼식장에 온 사람들의 소리가 안 들리면 좋겠어. 그 소리를 들으며 우리, 키스하자. 뒤에서 파도 소리가 계속 들리면 좋겠어. 그러면 폭죽 터지는 소리 같을까? 꽃망울이 터지는 소리 같을까? 꼭 밝고 환한 곳에서 나를 데리고 나가줘야 해."

그 뒤로 이야기는 듣지 못했다. 나는 너무 피곤했고, 민경이 가끔 엉뚱한 소리를 한다는 건 알고 있었지만, 이번에는 무슨 소리를 하는 건지 도무지 이해가 되지 않았기 때문이었다. 흰 셔츠에 운동화를 신고 야외에서 열리는 결혼식에 쫓아와서 자신과 도망치자니, 스물두 살이 할 수 있는 말은 아니라고 생각했다.

결혼이라니, 나에게는 너무 먼 얘기였다. 일요일 아침이면 새벽같이 일어나 부모님과 어릴 때부터 다니던 강남의 교회에서 일요일 예배 피아노 반주를 하러 가는 걸 보면서도, 결혼 안 한 사람들이 결혼정보업체에 등록하는 대신 그 교회에 가서 결혼할 상대를 찾는다는 걸 알면서도 계속 먼 얘기이길 바랐다.

그 먼 결혼 얘기가 점점 현실이 돼, 내 눈앞으로 다가오기 시작한 건 민경이 스물다섯이 되면서부터였다. 설 연휴가 끝나고 처음 맞는 일요일이었다. 민경은 교회에서 돌아오자마자 옷도 갈아입지 않고 냉장고에서 맥주를 꺼냈다.

"무슨 일 있어?"

슬슬 결혼 얘기가 나오고 있다는 건 알고 있었다. 스물다섯이 무슨 결혼인가 싶었지만 민경의 집안의 모든 여자는 서른이 넘기 전에 결혼을 한다고 했다. 아버지의 바람이라고 했다. 민경을 포함한 세 딸은 아버지의 말을 그대로 따랐다. 누구도 거역하지 않았다.

민경은 맥주 한 캔을 단번에 들이키더니 길게 트림을 했다.

"교회 청년부. 다음 주에 만나래."

밑도 끝도 없는 말만으로도 나는 무슨 일이 일어났는지 알아차렸다. 민경은 가만히 나를 바라봤다. 눈빛도, 얼굴 표정도 아무 변화가 없었다. 오래전부터 준비를 마친 일이 일어났다는 듯, 대낮에 맥주 한 캔을 마실 정도의 일일 뿐이라는 듯, 모든 것을 순순히 받아들여야 한다는 듯한 태도였다.

"선이지?"

선이라는 말을 입 밖에 꺼내는 것조차 무서워서 목소리가 떨렸다. 스물다섯에 선을 봐야 한다니, 심지어 민경은 나랑 사귀고 있는데, 무슨 일인지 실감조차 나지 않았다. 아니길 바랐다. 차분한 민경을 보고 있으니, 마음이 더 떨렸다.

민경은 더 이상 말하지 않았다. 그게 전부였다. 선이라는 말도, 선을 보지 않겠다는 말도, 가겠다는 말도 없었다.

"마트나 가자. 오랜만에 삼겹살이나 구워 먹을까?"

말을 돌리는 민경을 참을 수 없었다. 이 상황에서 도망치는 거라고 생각했다. 이대로는 안 되겠다는 생각이 들어 힘겹게 말을 꺼냈다.

"……안 가면 안 돼? 안 되겠지? 그렇겠지?"

"마트나 가자."

민경은 나의 말에 대답하지 않았다. 마트에서 소주를 사 왔고, 우리는 소주 네 병을 나눠 마셨다. 그러고 다음 날 꾸역꾸역 출근을 했다. 돌아오는 일요일 민경은 선을 보았다.

민경은 일요일이면 선을 보러 다니기 시작했다. 남자와 저녁만 먹고 집에 돌아오는 민경을 보며, 그래도 돌아와줘서 고맙다고 해야 할지, 어떻게 다른 남자를 만날 수 있냐고 화를 내야 할지 혼란스러웠다.

더 혼란스러운 것은, 이 사실을 말할 데가 없다는 거였다. 내가 아는 그 누구도 민경과 내가 사귄다는 사실을 몰랐다. 고등학교 친구들과 민경을 만난 적이 있었지만, 그냥 친한 친구라고 소개했을 뿐이었다. 대학교 때 만난 친구도 마찬가지였다. 누구라도 붙잡고 하소연하고 싶었지만, 누군가에게 내가 여자를 사귀는 여자라고 말할 용기는 없었다. 나의 용기는 민경과 연애하는 데 다 써버렸다. 민경을 미워하고 싶었지만 단 한 군데도 미워할 구석이 없었다. 하루 종일 붙어 있어도 좋은 여자는 민경뿐이었다. 우리는 연인으로, 부부로, 가족으로, 친한 친구로 지냈다. 아니, 살았다. 나의 삶을 함께하고 싶은 건 민경뿐이었다. 그래서 민경이 없는 삶은 상상할 수도 없었지만 지금의 민경도 견디기 힘들었다.

선을 보고 오면 늘 아버지와 통화를 하는 민경은, 늘 온갖 핑계를 대며 그 남자는 아닌 것 같다고 거절했다. 한 달 내내 민경은 선을 보고, 핑계를 대며 거절하고 다시 다른 남자와 약속을 잡았다.

꿈만 꾸면 민경이 나왔다. 나는 자꾸 민경에게 화를 냈다. 현실에서 내지 못한 화를 꿈에서 내는 것 같았다. 꿈에서도 민경에게 화를 내는 게 괴로워서 땀을 뻘뻘 흘리면서 깼다. 옆에는 민경이 자고 있었다. 민경이 평온하게 자고 있다는 사실에 안심하면서, 민경의 품을 찾았다. 따뜻하고 여전한, 두근두근 심장이 뛰는 민경은 내가 파고들면 팔을 뻗어 나를 안았다.

늘 울었다. 밤이 되면 민경의 품에서 소리 죽여 울었고, 낮에는 마음으로 울었다. 감당할 수 있는 일이 아니었다. 이걸 감당할 수 있는 사람은 세상에 몇 없다고 생각했다. 나는 눈에 띄게 살이 빠졌다. 정작 당사자인 민경은 평온했다. 내 마음은 민경이 쉬는 숨소리에도 태풍이 몰아쳤다. 지옥 같았다. 차라리 이대로 헤어지는 게 나을지도 모른다는 생각만 들었다. 마음이 식어서가 아니었다. 식지 않아서 문제였다.

몇 번이고 짐을 싸서 나가버릴까, 선을 보러 나가는 민경 앞에서 드러누워버릴까 생각했다. 사랑이 식어서라면, 다른 사람을 더 사랑하게 돼서라면 헤어질 수밖에 없었지만 마음에 내키지도 않는데 선을 보는 민경을 봐야 하다니, 난 이렇게나 사랑하는데, 말이 안 되는 일이었다.

선을 보기 시작한 지 한 달이 지난 일요일 오후, 도저히 안 되겠다고 생각했다. 이대로 두었다가는 내가 미칠 것 같았다. 화장을 하고 원피스를 입고, 선을 보러 가는 민경 앞에 섰다. 무엇이라도 해야 했다.

"넌 나랑 사귀잖아. 다른 사람이랑 결혼하면 나랑 헤어질 거잖아. 난 싫어. 선을 안 보고 나랑 계속 사귀든가, 선을 보려면 지금 나랑 헤어지든가 선택해."

민경은 핸드백을 내려놓고는 쓸쓸하게 웃었다.

"역시 무리지?"

화가 났다.

"알고 있는데 지금껏 선을 보러 다닌 거야?"

민경은 내 손을 잡았다.

"뭐 해?"

"기왕 차려입은 거, 오랜만에 데이트하자."

"선보러 안 가?"

"나도 이제 무리야. 잊고 있었네. 선보러 갈 때마다 체했다는 걸. 나 일요일마다 체하고 싶지 않아. 맛있는 거 먹자. 내가 쏠게."

민경은 정말 선을 보러 가지 않았다. 동네 삼겹살집에서 고기를 먹는 동안, 수십 통의 전화가 왔지만 민경은 받지 않았다. 아버지의 말이라면 쩔쩔매는 민경이, 전화를 받지 않는 건 처음이었다. 다음 주에 교회에서 아버지 만나면 어쩌려고라는 말이 목구멍까지 튀어나왔다.

"교회 안 간다고 말해놨어."

민경이 내 생각을 읽은 듯 말했다.

"피아노 반주는?"

"교회에 피아노학과 출신만 수십 명이야. 알아서들 하겠지. 다음 주에 여행이나 다녀올까? 교회 때문에 제대로 여행 다녀온 적도 없었잖아."

여행이라는 말을 하는 민경의 눈은 반짝였다. 바보처럼, 예쁘게 차려입고 입안 가득 고기를 넣고, 환하게 웃는 민경이 세상에서 제일 사랑스러웠다. 너무 사랑스러워서 내 인생 전부를 걸고 싶었다. 민경에게 키스하고 싶었지만, 고깃집 안의 사람들이 뭐라고 할 것 같아서 그만뒀다.

나와 사귀려고 남자친구와 헤어졌던 스물두 살의 민경 그대로 지금 내 옆에 있다는 게 꿈만 같았다. 스물두 살 때도 지금도 민경이 어떤 마음인지 모른 채, 어린 내가 원하던 완벽한 연애가 민경에게서 실현되는 것 같았다.

그 뒤로 우리가 감내해야 하는 것이 무엇인지 몰랐다. 서로 사랑을 확인하는 작은 싸움이나 불화로, 비 온 뒤 땅이 더 굳는 것처럼 단단해질 거라고 생각했다.

며칠이 지나도록 민경의 핸드폰은 집요하게 울렸다. 민경은 전화를 받는 대신 핸드폰 번호를 바꿔버렸다. 더 이상 핸드폰은 울리지 않았다. 그리고 우리는 연애하고 처음으로 주말에 여행을 갔다.

"영화나 드라마에서 보면, 주인공들이 싸우다가도 바다로 놀러 가서 '우와 바다다' 하면서 뛰어놀잖아. 그거 해보고 싶어. 까르르 웃으면서 해변을 뛰어다니고 싶어."

그걸 꼭 통영에서 해야 한다고 민경은 우겼다. 여섯 시간이 넘게 걸려 통영에 도착하자, 민경은 바다를 보고 환호를 지르며 뛰어다녔다. 까르르까르르, 민경은 신발을 벗고 양말도 벗고 계속 뛰었다. 바람에 머리가 날리는 민경이 너무 사랑스러워서, 저렇게 완벽한 여자가 나의 곁에 있다는 게 믿기지 않았다.

결혼식이 끝나고 신혼여행을 간다면 이런 기분일까? 더 이상 울리지 않는 민경의 핸드폰을 보면서, 세상과 상관없이 흐르는 시간이, 새로운 원년이 생겨 우리가 달력을 새로 만들듯 가는 시간이, 이대로 계속 달력에 가장 크고 아름다운 글씨로 새겨지기를 바랐다.

하지만 민경의 아버지는 민경과 나의 계획과 희망을 비웃기라도 하듯, 결국 나를 결혼식까지 오게 만들었다. 심호흡을 했다. 떨렸다. 등 뒤에서 누군가 나를 불렀다.

"서유진?"

등 뒤에는 민경의 친구였다가 이제는 나의 친구가 된 대학교 동창 셋이 서 있었다.

"어머! 진짜 유진이 너구나! 치마 정장을 입으니까 못 알아볼 뻔했잖아. 잘 지냈어?"

졸업하고는 처음 만나는 거였다. 친구들과 마주칠 거라는 건 알았지만, 아직 마음의 준비가 되진 않았다. 미용실에 다녀온 듯 긴 머리를 예쁘게 정리하고, 화려하게 화장을 마친 세 친구들은 한마음 한뜻으로 나에게 물었다.

"그런데 너희 싸웠어? 아니, 당연히 오늘 네가 민경 옆에서 시중들고, 부케 받을 줄 알았는데 갑자기 한아가 부케 받는다고 해서 깜짝 놀랐잖아. 원래 친한 친구 한 명이 먼저 결혼하면, 남은 쪽이 많이 서운하고 그러잖아."

한아는 원래 나와 같은 과에 다니던 친구였다. 민경과 연애를 하면서 몇 번 같이 어울렸는데, 나와는 연락이 끊겼어도 민경과 민경의 친구들과는 연락이 끊기지 않고 잘 지냈었다. 민경과 사귀는 것도 몰랐으니 당연히 친구들은 민경과 내가 연락을 안 한 지 6개월이 지났다는 걸 몰랐다.

"싸우기는. 그런 거 아냐. 난 아직 결혼 생각도 없고."

나는 억지로 웃었다. 너무 난처하고, 어색했다. 이게 뭔지 몰랐는데, 아무렇지도 않은 척하는 게 너무 힘들었다. 민경이 그냥 우리 사귀는 거 친구들에게 말하고 싶다고 할 때 말해버렸으면, 이런 일은 없었을 텐데 처음으로 후회했다.

"유진이 너도 들었지? 같이 사는데 당연히 들었겠지. 민경이 남편 친구들이 엄청 잘생겼대. 호호호호."

결혼하는 건 민경인데, 친구들이 더 신난 것 같았다. 그 말에 울 수 없어서, 억지로 따라 웃었다. 차라리 민경이 말하자고 할 때 말해버릴걸, 철없던 시절의 나는 왜 그런 오기를 부렸을까, 과거의 내가 너무 미웠다.

민경은 연애를 시작한 지 석 달 정도가 지났을 때 지금 팔짱을 끼고 내 의지와 상관없이 교회 안으로 나를 끌고 가고 있는 이 친구들을 같이 만나자고 했었다.

"아니."

그래,라는 말을 기대했던 민경은 내 대답에 실망한 기색을 숨기지 못했다.

"왜? 나랑 연애하는 게 부끄러워?"

부끄러웠다. 아니, 무서웠다.

"아니, 그게 아니라, 나도 네 친구들 만나고 싶지. 그런데, 애인이라고 소개받고 싶지는 않아. 우리끼리 연애하는 거 알면 됐지, 다른 사람이 필요해? 그 친구들이랑 얼마나 친한진 잘 모르겠지만, 그렇게 친구들한테 커밍아웃하고 절교당한 사람들 많다고 그러더라. 나, 너랑 연애하는 거 너무 행복해.

너무 행복해서 깨고 싶지 않아."

민경은 그 뒤로 더 이상 친구들에게 애인으로 소개하고 싶다는 말은 하지 않았다.

애인으로 친구들을 만나지 않았어도 우리는 잘 지냈고, 서로의 친구들과 잘 어울려 다녔다. 그건 전 애인이 다른 남자와 결혼식을 올릴 때, 나에게 괜찮냐고 물어봐주는 친구가 필요하다는 걸 몰랐기 때문에 가능한 일이었다. 지금 친구들은 속도 모르고 나를 신랑과 민경의 부모님에게 끌고 가고 있으니 말이다.

옅게 화장을 한 신랑은 다른 사람들에게 환한 미소를 지으며 축하 인사를 받았다. 부럽고, 화가 났다. 다른 사람들은 민경과 저 신랑이 천생연분이라고 생각할 게 뻔했다. 내가 봐도 너무 잘 어울렸으니까 말이다.

나는 왜 민경의 천생연분이 되지 못했을까? 아니, 왜 우리는 천생연분인데도 다른 사람들에게 축하를 받는 결혼식을 하지 못한 걸까? 고작 몇 달 만나지도 않았을 저 남자와는 결혼을 하면서 몇 년을 함께 산 나는 왜 염탐하듯 민경의 결혼식장에 하객으로 와야 했던 걸까?

민경이 선을 그만 본 지, 석 달이 흐른 후였다. 마침 우리가 연애한 지 3년이 되는 날이었다. 기념일이라며 미뤄뒀던 반지를 맞췄고, 너무 비싸서 평소에는 갈 엄두도 못 낸 레스토랑에 가서 스테이크를 먹고 와인 한 병을 나눠 마셨다. 누군가와 3년이나 사귄 것은 처음이었다. 나의 모든 연애 기록은 민경과 함께 매일매일 갱신되었다.

민경과의 모든 건 처음이었다. 우리가 사는 빌라 앞에 비싼 차가 서 있다가 민경과 내가 골목에 들어서자마자 차 문이 열리는 것도 처음이었다. 그 광경이 영화의 한 장면 같아서 눈앞에서 생생하게 보이는데도 현실처럼 느껴지지 않았다. 차에서 민경의 아버지가 내렸다.

"너, 지금 뭐 하는 거냐?"

민경은 멈칫했다. 환하게 웃던 얼굴이 잠깐 공포에 질렸다가 다시 지금 민경을 내려다보고 있는 민경의 아버지와 똑같은 무표정한 얼굴로 변했다.

"선보기 싫어하는 거잖아요."

"그러면, 사귀는 남자라도 있는 거냐? 결혼할 수 있는 거냐? 직장은 있어? 부모님은 뭐 하시는 남자냐? 언제까지 대학생들이나 한다는 룸메이트 같은 것을 들이면서 낡은 집에서 궁색하고 천박하게 살 거냐?"

민경의 아버지가 하는 모든 말이 틀렸다. 민경이 사귀는 것은 남자가 아니고 당신 눈앞에 있는 나이며, 룸메이트는 대학생이 아니라 직장인들도 많이 구하면서 지내고, 일단 우리는 룸메이트가 아니라고 말하고 싶었다. 이 빌라, 낡기는 했지만 안은 따뜻하고 넓었다. 내가 얻을 수 있는 최고의 집을 천박하고 궁색하다고 말하다니. 저 턱을 하늘까지 올리고 우리를 한껏 내려다보는 민경의 아버지에게 화가 났고, 자존심이 상했다. 하지만 내가 끼어들 싸움은 아니었다.

"그건 아빠가 상관할 일은 아니에요. 잘 모르면서 함부로 판단하지 마세요."

민경의 목소리는 부들부들 떨렸다. 하지만 민경의 아버지는 태어나서 자신에게 처음으로 말을 듣지 않는 딸에게 화가 나서 아무것도 보이지 않는 것 같았다.

"한 달 주마. 그때까지 정리해서 집에 들어오지 않으면 서울이고 어디고 쥐꼬리만 한 월급도 못 받게 만들어버릴 테니까."

민경의 말 따위는 자신에게 흠집 하나도 못 낸다는 듯, 민경의 말은 어차피 들리지 않는다는 듯 민경의 아버지는 한 달이라는 말을 남기고는 차에 탔다. 민경은 부드럽게 떠나는 차를 향해 소리를 지르며 레스토랑에서 포장을 해 온 스테이크를 집어 던졌다.

"당신이 뭔데, 집에 들어오라 마라야!"

말을 마친 민경이 주저앉았다. 온몸을 한껏 얻어맞은 사람처럼 서럽게 울었다. 민경의 아버지가 머문 5분 사이에 그간 애지중지해온 행복이 너무 쉽게 깨지고 말았다.

그것이 시작이었다. 민경의 집 식구들은 일사불란하게 움직였다. 중견기업 회장의 둘째 아들과 결혼해서 한남동에 살고 있는 큰언니가 우리 집에 찾아온 건 다음 날이었다. 그다음 날에는 결혼정보업체에 등록해서 선을 보러 다니는 둘째 언니가 우리 집에 찾아왔다. 드라마 같은 일이었다. 아니, 드라마였다. 내일 6개월 만에 부모님을 만나러 고향에 내려가기로 했는데, 취소해야 할까 말까 고민했다.

둘째 언니가 그냥 눈 딱 감고 아빠 말 들으라고 한바탕 잔소리를 하고 간 뒤, 민경이 말했다.

"모레 가족들에게 말할래."

등골이 서늘했다. 하지만 모른 척하고 물었다.

"뭘?"

"넌 우리끼리만 행복하면 된다고 했지만, 그거 실패했잖아. 어딜 가도 내 가족이 발목을 잡을 거라면 그냥 가족들한테 말하고, 연이 끊기면 끊기는 대로 그대로 살래."

아무 말도 할 수 없었다. 민경은 계속 말했다.

"아빠가 제일 사랑하는 교회에서 여자를 좋아한다고 말할 거야."

나와 온전히 살기 위해 민경은 세상에서 가장 큰 존재인 가족들에게 가장 큰 비밀을 말하려고 하고 있었다. 이렇게나? 나를 위해? 싶을 생각이 들 정도로 민경은 너무 완벽한 애인이었다.

퍼즐 같았다. 나는 잘 맞춰진 퍼즐의 마지막 조각을 들고 망칠까, 완성을 할까 고민하는 중인 것 같았다. 숨을 몰아쉬었다. 이건 아니었다. 함께하기 위해서 삶 전체를 등져야 한다면, 함께하지 않는 게 나았다.

"이건 아닌 것 같아."

힘겹게 말을 꺼냈다. 그 말을 하려고 숨을 몰아쉬는 것만으로도 가슴이 찢어지는 것 같았다.

"싫은데."

민경은 단호했다.

"지금 사흘 동안 네 아버지랑 언니들이 번갈아가면서 찾아왔어. 너 괴로워하는 거 다 보여. 그것도 괴로운데 지금, 가족한테 말을 한다고? 말을 하면, 무슨 일이 생기는지 모르는 거 아니잖아. 다들 못 받아들이고 인연이 끊긴다잖아. 눈물로 화해하고 받아주고…… 너의 모든 걸 사랑한단다 얘야…… 이런 건 드라마나 영화에서나 가능한 일이라고."

"이래도 지옥이고 저래도 지옥이야. 그럴 거면 적어도 내가 선택한 지옥에서 살래."

나도 좋아, 나도,라는 말이 입 밖에 나올 것 같았다. 하지만 이대로는 불가능했다.

"아니, 내가 싫어. 네가 그랬잖아. 너희 아버진 마음먹은 건 무조건 하고야 마는 사람이라고. 힘으로 눌러버리면 안 되는 일이 없다고. 민경아, 난 그걸 이길 자신이 없어. 나는 있잖아, 평범하고 조용하게 살고 싶어."

"내가 너무 많은 걸 바라는 건가?"

많은 걸 바라는 게 아니었다. 어떤 사람도 나와 지내는 게 가족과 지내는 것보다 더 소중하다고 커밍아웃을 하겠다는 사람은 없었다. 처음이라서 눈앞이 캄캄했다.

"보통 가족 아니잖아. 아직도 사이가 좋잖아. 언니들 너무 좋아하잖아. 엄마도 그렇고. 그런 가족 없이 어떻게 살려고 그래."

"할 수 있어."

"꿈이야. 난 그런 거 못 해."

나가지 않으면, 용기 내서 한 말이 물거품이 될 것 같았다. 빨리 여길 떠나는 게 나을 것 같았다. 나는 캐리어에 주섬주섬 짐을 챙겼다.

"어디 가?"

민경은 울다 말고 내 팔을 세게 잡았다.

"내일 본가 가잖아. 지금 가려고."

"내가 너를 이렇게나 사랑하는데, 이렇게나 사랑하는데, 헤어지기 싫은데, 도망간다고?"

같이 울어버릴까 봐 이를 악물었다. 하지만, 헤어지는 게,

지금 내가 떠나는 게 맞았다. 결국에 우리는 유리처럼 쉽게 깨지는 행복을 끌어안고, 전전긍긍하며 얼마 지나지 않아 우리 손으로 행복을 깨뜨릴 거였다. 지금이 아니면 안 되는 거였다.

“같이하기로 했잖아. 뭐든.”

“이 상황에서는 이게 최선인 것 같아. 나 갈게.”

민경이 나를 잡았다. 뿌리쳤다. 방에서 현관으로 가는 다섯 발자국이 고행처럼 버거웠다.

그 뒤로 민경이 어땠는지 몰랐다. 현관을 나서자마자 눈물이 흘렀고, 우는 소리가 계단에 울릴까 봐 1층으로 내려갈 때까지 숨을 죽였고, 버스정류장으로 가는 동안 민경이 달려 나와서 붙잡을까 봐 울면서 달렸다. 버스에서 내려, 지하철을 타고 기차역으로 가면서도 계속 울었다.

이틀 후, 집으로 돌아왔을 때 민경은 없었다. 길게 숨을 쉬었다. 물을 마시려고 냉장고 문을 열자, 그렇게 하지 말라고 3년간 잔소리를 했는데도 기어이 넣던 먹다 남은 치즈 반쪽이 말라가고 있었고, 침대 밑을 청소할 때는 민경이 아껴 신었지만 결국 한 짝을 찾지 못했던 양말을 발견했다. 화장실에는 민경이 쓰던 샴푸가, 칫솔이 아무렇게나 놓여 있었다. 집 전체에 민경이 떠다녔다. 살 수 없었다. 하지만 민경이, 늦은 밤, 조용히 나를 찾아올까 봐 이사를 갈 수도 없었다.

하지만 3개월 후, 나에게 온 건 민경이 아니라 민경의 청첩장이었다. 봉투를 열자 종이 한 장이 떨어졌다. 종이에는 '이건 도박이야. 마지막은 너에게 맡길게. 여기까지 용기를 낼 정도의 사랑이 남아 있기를'이라고 적혀 있었다.

도박이라니, 여기까지라니, 결혼식장이라니, 사랑이라니, 아직도 숨 쉴 때마다 민경을 그리워하는 나에게 그런 사랑이 남아 있냐고 묻다니, 민경은 정말 내가 결혼식장에 와서 자신을 데리고 나가주길 바라는 거였다. 민경에게 연락이 와서 기쁘면서도, 결혼을 한다니 마음이 아팠다. 결혼식은 3개월 후였다.

그래서 지금, 친구들이 신부 대기실로 가자고 하는 걸 화장실에 들렀다 가겠다고 하고 빠져나왔다. 민경이 너무 보고 싶었지만, 곱게 신부 화장을 한 민경을 보고 거짓으로 환하게 웃을 자신은 없었다.

화장실에 들어가자마자 구두를 벗었다. 발이 너무 아팠다. 아침에 운동화를 챙겨올 걸 그랬다고 후회했다. 급히 나오느라 챙기지 못한 건 아니었다. 오후 1시에 열리는 결혼식에 오려고 나는 새벽 6시에 일어났다. 새벽부터 일어나, 민경이 사준 정장을 꺼내고, 구두를 신었다가 운동화를 신었다가 다시 구두를 신고, 운동화를 챙겼다. 잠도 오지 않았고, 피곤하지도 않았다. 민경이 남기고 간 건 하나도 버리지 않은 집에서 계속 신발을 벗었다 신었다. 신발을 신고 나서도 몇 번을 다시 옷을 벗고 가지 않으려 했다가 다시 옷을 챙겨 입고 현관 문고리를 잡았다가 다시 방으로 들어오기를 반복했다.

민경이 없는 시간을 어떻게 살았는지 기억도 나지 않았다. 어느 누구에게도 내가 연애한다고 말하지 않았으니 어느 누구도 내가 왜 비쩍비쩍 말라가는지, 잠을 못 잔 것처럼 퀭하고, 울어서 부은 눈으로 일을 하고 친구들을 만나는지 알지 못했다. 헤어졌다는 것, 그 관계를 내가 끊어버렸다는 자책감과 이걸 말할 데가 없다는 사실이 너무 고통스러웠다.

실수한 거라고, 미쳤었나 보다라고 전화하고 싶었다. 세상 모두를 등지더라도 어둠 속에서 흙만 파먹고 평생을 지낸다 하더라도 차라리, 민경과 함께인 게 행복할 것 같았다.

화장실 앞에는 친구들이 기다리고 있었다.

"유진아, 민경이 완전 예뻐. 빨리 가서 보고 와."

"역시, 결혼정보업체 등록하는 대신 다니는 교회라더니, 다르긴 달라. 교회 신부 대기실이 이렇게 예쁘다는 게 말이 돼? 나도 이 교회 등록할까? 아우, 민경이 너무 부러워."

친구들이 신나서 떠들었다. 듣기 싫었다.

"나 민경이 좀 보고 올게. 먼저 가 있어."

친구들은 의심 없이 나를 보내줬다. 나는 신부 대기실로 가는 대신 친구들의 눈을 피해 밖으로 나갔다. 교회 밖에는 비싼 차들이 하나둘씩 들어오고 있었다. 차에서 내린 사람들은 한껏 옷을 차려입었고, 하나같이 밝은 표정이었다. 모두 민경의 결혼을 축하하러 온 사람들이었다. 민경도 그들의 축복을 받으며 눈이 보이지 않을 만큼 환하게 웃고 있을 거였다. 내가 식장에 아버지의 팔짱을 끼고 들어오는 민경을 낚아채서 도망을 간다면, 그들은 어떤 표정을 지을까. 지금과 같은 밝은 표정은 아닐 거였다. 그럼에도, 두 번이나 민경을 놓치고 싶지 않았다. 민경이 없는 6개월이, 민경이 선을 보러 다니던 한 달보다 더 고통스러웠다. 고통에서 벗어나고 싶었다.

길게 숨을 내쉬었다. 나는 세상이 아니라 한 여자를 위해서 온 힘을 다해 용기를 내야 했다. 내기로 했다. 예식장으로 들어갔다.

예식장 안은 온통 민경이 좋아하는 꽃들로 가득했다. 친구들은 꽃 장식도 강남에서 제일 유명한 플로리스트가 맡은 거라고 알려줬다. 바람 대신 꽃향기가 불었다. 연주자가 피아노를 치기 시작했고, 결혼식이 시작되었다. 신랑이 들어왔다. 심장이 점점 세차게 뛰기 시작했다. 사회자가 신랑을 보고 뭐라고 말했고, 친구들이 턱시도가 비싼 거라 했지만 하나도 들리지 않았다. 심장이 터질 것처럼 뛰었다. 숨을 쉬기 힘들었다.

그리고 멀리에서부터 천천히 아버지의 팔짱을 낀 민경이

들어오고 있었다. 한 걸음 한 걸음, 숨이 막히게 아름다웠다. 발목을 덮는 드레스는 민경이 꿈꾸던 것과는 달랐지만, 베일이나 티아라 대신 머리에 올린 화환은 민경이 늘 말하던 거였다. 걸을 때마다 흰색 플랫슈즈가 보였다. 너무 반갑고, 너무 좋았다. 천천히 민경에게 다가갔다.

신랑이 민경에게 작게 손을 흔들었다. 민경이 웃었다. 눈이 보이지 않을 정도로, 환하게 웃었다. 눈부셨다. 그 웃음에 팔을 뻗다가 말고 멈췄다.

다른 모든 건 망칠 수 있었지만, 민경의 웃음을 망치고 싶지 않았다. 천천히 민경이 내 앞을 지나갔다. 민경이 더 천천히 걷기 시작했다. 팔만 뻗으면 닿는 거리에, 민경이 있었다. 팔만 뻗으면 민경을 잡아서 예전에 말했던 것처럼 데리고 도망치면 되는 거였다. 모두가 우리를 싫어하겠지만 우리끼리만 지낼 수 있는 곳으로 가면 되는 거였다.

몸이 움직이지 않았다. 아니, 여기서 내가 움직이는 것은 너무 이기적인 일이었다. 하지 않는 편이 여전히 나았다.

첫 키스가, 처음 사랑한다고 말하던 날이, 첫 섹스가, 우리의 모든 처음이 눈앞에 스쳐 지나갔다. 바람 소리가 들리는 것 같았다. 사람들의 야유와 비난을 들으며 키스하는 우리가 지나갔다. 눈물이 흘렀다.

사라왓부인모임

넷플릭스에서 추천해주는 콘텐츠들이 어떻게 복잡하고 고상한 자기 취향을 알아맞힐 수가 있겠냐며 가볍게 무시하던 승현이 〈보이프렌즈〉를 클릭한 것은 애인 때문이었다. 사귀기 전에도 친구였고, 2년이나 함께한 애인과 싸울 일은 별로 없었다. 무던하고 착한 애인이라 화를 낼 일도 없었다. 문제는 둘 사이가 아니라 코로나 바이러스였다.

올해 2월에 대구에서 코로나 확진자가 무더기로 나올 때도 괜찮았던 애인은 직장 동료, 정확히는 광복절에 서울에서 열린 집회에 다녀온 직장 동료의 아버지 때문에 코로나에 걸리고 말았다. 걸렸다는 말은 너무 가벼웠다. 뭐라고 설명해야 적절할지는 몰랐지만 승현은 애인을 잃을 수도 있다는 공포와 음성 판정이 나오기는 했지만 2주간 자가격리에 들어가는 자신의 상황이 막막했다. 집에만 있는 거야 2월부터 재택근무를 했었으니 낯설지는 않았지만, 자가격리는 달랐다. 여태 가진 조금의 안락함이 한 번에 와르르 무너진 듯한, 일상적인 생활을 다시는 가질 수 없을 듯한, 바닥으로 한없이 떨어지는 기분이었다.

영수를 비롯한 정민, 준희는 자가격리 소식을 듣자마자 전화를 했다. 다들 당장이라도 대구로 달려올 것 같았고, 비교적 가까운 부산에 사는 정민은 차를 끌고 당장 대구로 올 기세였다. 아무리 가까워도 부산에서 대구는 KTX로는 한 시간이, 차로는 두 시간 가까이 걸렸다. 게다가 자가격리 중인데 어떻게 오나며 승현은 정민을 뜯어말렸다.

서울에서 5년간 같이 살기도 했던 영수는 정민과 준희보다 더 호들갑이었다. 영수는 승현이 전화를 받자마자 대성통곡을 하기 시작했다.

"우리 승현이…… 새파란 나이에 과부가 되면 어떡해. 엉엉. 아이고……"

"치사율도 낮은데 과부는 무슨…… 야, 게다가 우리가 결혼한 것도 아니고."

승현은 과부라는 말이 거슬렸다. 일단 결혼이 인정도 안 되는 데다가, 아직 멀쩡하게 살아 있는 애인을 죽은 사람 취급하다니 짜증이 났다. 하지만 잠깐 쉬러 간 제주도에서 발이 묶인 영수의 신경을 건드리고 싶지 않았다.

"나 좀 할 일이 있어서, 이따가 톡할게."

승현은 영수의 전화를 끊었다. 한숨이 절로 나왔다. 영수는 아마 한동안은 계속 펑펑 울 거였다. 영수가 울든지 말든지 승현은 그냥 애인이 보고 싶었다. 보러 가고 싶었다. 눈물이 다시 나오는 것 같았다. 영수의 말처럼, 이제는 집이 감옥 같았다.

'처음에는 이렇게 좋은 데가 어디 있나 싶었는데, 이제는 바다만 봐도 숨이 막혀. 감옥이야. 빨리 서울이든 다른 데든 가고 싶은데 갈 수가 없어. 화장실 가려고 방문만 열어도 엄마가 흠칫 놀라. 내가 어디 가는 줄 알고.'

제주도의 부모님 집에서 잠깐 쉬면서 재충전을 하며 새 직장을 알아보려고 했던 영수는 올해 초에 제주도에 간 이후로 영영 육지로 못 오고 있었다. 부모님은 제주도가 코로나 확진자 수가 제일 적은데 육지에 왜 나가려고 하냐며, 이참에 얌전히 아빠 가게나 도우라며 영수를 절대 집 밖으로 내보내려고 하지 않았다.

"내일모레 마흔인데, 외출 금지가 뭐니. 외출 금지가."

영수는 제주도에 있는 내내 그런 신세 한탄을 자주 했었다. 이력서를 내는 곳마다 떨어지니, 자존감도 바닥을 치고 있는 상황이었다.

도저히 안 되겠어서 1월 말이었나, 승현은 영수에게 대구에 와서 같이 지내자고 했었다. 신나서 비행기를 예매한 영수는 대구에서 코로나 확진자가 미친 듯이 늘면서 오지 못하게 되었다.

'그때 우리가 무리를 해서라도 만났어야 했다. 그치.'

전화를 끊은 영수는 이렇게 카카오톡 메시지를 보냈다. 만났어야 했다, 그 말이 승현의 가슴을 찔렀다. 만났어야 했다. 다음의 만남이, 아침이 오면 해가 뜨는 것처럼 자연스럽게 알아서 올 거라고 생각했다.

올해 이들 넷은 서로를 알게 된 이래 가장 오랜 기간 만나지 못했다. 다 같이 서울에 살 때는 늘 함께 지냈었다. 넷은 길 건너에 살거나, 한동네이거나 적어도 옆 동네에 살았다. 정확히는 서로의 집이 모두의 집이었다. 승현과 영수는 한 집에 살기도 했으니, 그냥 늘 넷은 함께였고, 한 세트였다.

그렇다고 넷이 한마음 한뜻으로 모든 일에 의견 일치를 보는 것은 아니었다. 그냥 넷은 같으면 같은 채로, 다르면 다른 채로 함께 지냈다. 넷이 가장 신났던 날은 명절 연휴였다.

넷은 명절 연휴가 시작되기 전에 빨리 본가에 다녀온 이후, 승현과 영수의 집, 아니면 정민이나 준희의 집에서 모였다. 준희는 두 팔을 걷어붙이고 동태전, 두부전에 육전까지 척척 부쳤고, 넷이 먹을 정도의 양이 되면 보기 좋게 접시에 담아냈다. 옆에서는 승현이 잡채와 가끔 기분이 좋으면 나물도 무쳤고, 아주아주 가끔 갈비찜 같은 것을 내놓기도 했다. 요리를 할 줄 모르는 영수와 정민은 마트에 가서 술과 과자를 사 왔다. 넷은 한 상 가득 먹을 것을 쌓아놓고 명절을 보냈다. 배가 터지도록 먹고, 마셨다. 밀린 드라마를 보거나 영화를 보거나, 식탁 위의 먹을 것을 하나씩 먹으면서 수다를 떨었다. 졸리면 넷은 서로의 팔과 다리를 벤 채 잠들곤 했다.

그리고 넷이 대구로, 춘천으로, 부산으로 흩어졌을 때도 1년에 최소한 네 번은 만났었다. 각자 사는 곳이 달라지면 어쩌나 걱정을 했었지만 다른 의미로는 각자 사는 곳이 다르다는 건 전국에 집이 있다는 뜻이었다. 넷은 휴가철이면 전 지역을 돌면서 춘천에서는 막국수에 닭갈비를 먹고, 대구에서는 지역 사람들만 다니는 맛집을 순례했다. 부산에 갔을 때는 정민의 카페에 앉아 하루 종일 빈둥거리기도 했다.

넷은 코로나 확진자가 많이 발행하지 않았을 때 지난번엔 준희네에 가서 추석을 보냈으니 이번에는 승현의 집에서 설날을 보내기로 했었다. 메르스가 그랬듯 얼마 가지 않아 잠잠해질 거라고 생각했다. 하지만, 예상보다 상황이 나아지지 않고 점점 심각해지자 약속은 미뤄졌다. 그래도 다들 몇 달 후면 보통의 삶으로 돌아갈 수 있을 거라고 생각했다. 미래가 얼마나 남았는지 모르면서 천년을 살 것 같은 사람들처럼, 아무도 그게 마지막이 되리라고 생각하지 못했었다.

조금 잠잠해지는가 싶었던 코로나 확진자 수는 전국에서 전세버스를 타고 서울에 모여 집회를 한 이후 빠르게 늘었다. 8월 26일에는 전국 확진자 수가 320명이었다. 서울과 경기도에서 하루에 2백 명이 넘는 사람들이 확진 판정을 받기도 했다. 사실상 사회적 거리 두기가 3단계로 갔다고 보는 게 맞을 정도였다. 사람을 만나는 것도, 지하철에서 옆에 서 있는 사람과 옷이 닿는 것도 공포스러웠다. 너무 더워서 숨이 턱턱 막히는데도 마스크를 끼지 않고는 밖에 나갈 수도 없었다.

내가 걸릴지도 모른다는 공포, 누가 확진자와 접촉한 줄도 모르고 거리를 걷고 있을 수도 있다는 공포, 공기를 통해서도 감염이 되는데 누구한테 전파되는지도 모르는데, 나도 이미 걸려서 코로나 바이러스를 여기저기 뿌리고 다니고 있는 건지도 모른다는 공포가 사회 전체에 퍼졌다. 재택근무도, 집합 금지도 어떤 것도 효과가 없는 것처럼 보였다. 나라 전체가 죽을 날을 받아놓고 기다리는 것 같았다. 우울함이 모든 것을 덮어버렸다. 거리는 멀어도 마음은 가깝게 지내라고 했지만, 영상통화도 하루 이틀이었다.

대구에서 확진자가 폭발적으로 늘어나기 시작할 때부터 넷은 빠르게 멀어졌다. 옛날부터 사용하던 단톡방이 있기는 했지만, 만나지를 못하니 밤낮없이 오가던 대화들도 아침에 한 번, 저녁에 한 번 정도로 뜸해졌고, 누가 얘기를 먼저 꺼냈는지 모르지만 3월에 성소수자와 페미니즘 대논쟁이 벌어진 것을 계기로 단톡방은 그 기능을 완전히 상실했다. 정치나 사회문제에 관심이 없는 정민과 정치적 올바름의 아이콘 준희는 2박 3일 동안 논쟁을 벌이다가 서로를 욕하면서 누가 먼저랄 것도 없이 단톡방을 나가버렸다. 명절이나 휴가 때마다 준희와 정민은 종종 싸우곤 했지만, 한두 시간이 지나지 않아 화해를 했고, 다시 예전처럼 좋은 사이로 돌아갔었다. 얼굴을 보지 않고 싸운 건 처음이었고, 그래서 어떻게 화해해야 할지도 잘 몰랐다.

그 이후로 정민과 준희가 어떻게 됐는지는 아무도 몰랐다. 준희가 정민과 싸우기 전에 애인과 헤어졌고, 정민이 코로나 때문에 운영하던 카페의 월세를 두 달째 못 내고 있었다는 걸 다들 잘 알고 있었다. 싸움의 원인이 서로만은 아니었고, 어떻게든 화해를 시켜야 했지만 각자의 몸과 마음을 챙기는 것만으로도 버거웠다.

영수와 전화를 끊은 승현은 다시 침대로 들어갔다. 애인도, 영수와 준희, 정민이 너무 보고 싶었다. 다시는 만나지 못할 것 같아서, 자가격리를 시작한 지 고작 하루밖에 안 지났는데 벌써 10년은 갇혀 있는 듯했다.

승현은 부산에 갔을 때 멀리서 승현을 보고 달려오던 정민과 반가움을 참지 못하고 서로 껴안던 순간이, 새침하게 서 있다가 춘천역에서 자신을 발견하고는 팔짝팔짝 뛰던 준희의 환한 얼굴이 눈에 선했다. 그리워서 눈물이 났다.

뭐라도 하지 않으면 집에서 도망쳐 제주도든 춘천이든 부산이든 가버릴 것만 같았다. 하지만 그럴 수는 없었다. 이미 승현의 동선은 계속 감시가 되고 있었고, 지금은 음성이지만, 잠복기여서 음성 판정을 받은 건지도 몰랐다. 함부로 행동했다가는 무슨 일이 일어날지 몰라 겁이 났다.

머릿속이 복잡한 승현은 넷플릭스에 접속했다. 일주일도 지나지 않아, 나중에 보려고 '내가 찜한 콘텐츠'에 넣어놓기만 했던 모든 드라마와 영화를 다 보고 말았다. 〈그레이 아나토미〉 전 시즌을 잠도 자지 않고 해치워버리기도 했다. 지쳐서 잠이 들 때 말고는 잠도 자지 않았다. 배가 고프지 않으면 먹지도 않았다. 멍하니 눈앞에 보이는 화면만 봤다. 머리가 멍하고, 눈이 침침했지만, 이런 거라도 하지 않으면 집 밖으로 나가 애인이 있는 병원으로, 어디로든 가버릴 것만 같았다. 화면은 보고 있었지만, 눈은 울고 있었다. 계속 애인이 보고 싶었다. 애인을 잃을까 봐 두려웠다. 다시는 영수, 준희, 정민을 보지 못할 것 같아 무서웠다.

그래서 넷플릭스가 추천해주는 〈보이프렌즈〉를 클릭했을 때는 반은 정신이 없었고, 반은 가벼운 드라마나 보면서 비웃고 싶은 마음이 컸다. 오랜만에 스토리가 엉성한 퀴어 드라마를 보면서 비웃어야지 생각했다.

그 가벼운 마음이 진지함으로 바뀐 건 1화가 끝나기도 전이었다. 승현은 1화가 끝나고 다음 화 보기를 누르면서, 애인이 확진 판정을 받은 이래 처음으로 애인 생각을 하지 않았다는 걸 알게 되었다.

드라마 스토리가 예상과 다르게 탄탄해서가 아니었다. 매초마다 승현이 예상했던 대로 이야기는 전개되었고, 잘생긴 남자 둘이 연애하는 것도 뻔했다. 그런데도 묘했다. 이 세상 사람이 아닌 것처럼, 영수의 입버릇처럼 전생에 나라를 수백 번은 구해야만 얻을 수 있는 외모를 가진 주인공 사라왓을 보고 있으니 식상한 스토리도, 뻔한 클리셰들뿐인 대사도, 무슨 말을 하는지 하나도 모르는 태국어조차 아름답게 들렸다. 친한 친구들을 제외하고는 남자라면 곁에 두려고도 하지 않는 승현은 태어나서 처음으로 남자에게 넋을 잃고 말았다.

아마 영수에게 카카오톡 메시지가 오지 않았다면, 승현은 그대로 다시 이성을 잃고 말았을 거였다.

'밥은 먹고 드라마 봐?'

'영수 너, 〈보이프렌즈〉 봤어?'

'〈보이프렌즈〉? 안 그래도 넷플릭스에서 자꾸 그 드라마 추천해주기는 하던데, 주인공들이 내 취향이 아니라서 보기 싫던데. 나 눈 크고 마른 애들 별로 안 좋아하잖아.'

'지금 취향을 따질 때가 아니야. 나 지금 1화 보다가 넋을 잃었어.'

'그거 게이 드라마 아냐? 그런데 네가 넋이 왜 나가? 갑자기 궁금하네. 한번 봐야겠다.'

그 뒤로 영수는 연락이 없었다. 승현은 다시 〈보이프렌즈〉를 봤다. 눈앞에 사라왓이 아른거려서 보지 않고는 견딜 수 없었다. 사라왓이 입만 벌려도 너무 달콤해서, 저절로 꺅 소리가 났다. 성별부터 외모까지 사라왓의 모든 것은, 작고 귀여운 것이 세상을 지배한다고 생각하는 승현의 취향과 달랐다. 키가 크고, 심지어 어깨까지 넓어서 무슨 옷을 걸쳐도 잘 어울리는 남자가 눈에 들어오다니 단단히 미친 게 분명하다고 생각했다. 심지어 드라마 스토리가 탄탄한 것도, 작품성이 대단한 것도 아니었다. 다시 보기는 웬만하면 하지 않는 승현은 〈보이프렌즈〉를 보기 시작한 지 하루가 되지 않아 시즌1을 다 보고, 1화를 다시 보기 시작했다.

얼마나 보정을 한 건지 배경 전부가 새하얀 드라마는 세상에서 가장 달콤한 순간만을 버무려서 만든, 행복함만 가득한 유니콘의 세계였다. 승현은 세상에서 절대 존재하지 않는 유니콘의 세계 속으로 기꺼이 빠져들었다. 이대로 숨이 막혀 죽는다고 해도 다시는 코로나에 점령당한 세상에 고개를 내밀고 싶지 않았다. 내뱉는 단어 하나하나가 달콤해서 몸이 저절로 부르르 떨리는 사라왓에서 한순간도 멀어지고 싶지 않았다. 잔인한 세상을 잊고, 아무 생각 없이 꺅꺅거리는 것만으로도 여태 승현을 짓누르고 있는 모든 것이 사라지는 기분이었다.

하도 소리를 질렀더니 배가 고팠다. 맛있는 걸 먹고 싶었다. 승현은 냉장고에 있는 채소를 다 꺼내고, 냉동실에서 국물 멸치를 꺼내 진하게 육수를 우려 만둣국을 끓였다. 너무 맛있었다.

승현이 산더미처럼 쌓인 설거지를 마치고 〈보이프렌즈〉를 마저 보려고 할 때 영수에게 전화가 왔다.

"얘네…… 뭐야?"

영수의 목소리는 반쯤 넋이 나가 있었다.

"내 말이 맞지?"

"아니, 전생에 나라를 몇 번 구하면 저런 외모로 태어날 수 있는 거야? 아니, 저거 사람 맞지? CG로 만든 거 아니지? 팬클럽은 어디 가면 가입할 수 있대? 그래서 태국은 언제 갈까? 일단 시즌 1 끝나고 얘기하자. 나 끊는다."

영수까지 드라마에 빠져버리자, 승현은 괜히 기분이 좋았다. 영수와 함께한다는 기분은 실제로 같이 살던 때 이후 처음이었다. 기분이 좋은 김에 집 안에 쌓여 있던 먼지를 털고, 청소기를 돌렸다. 그리고 정민에게 전화를 했다. 정민은 코

웃음을 쳤다.

“야, 내가 아이돌 덕질만 반평생이야. 너희들이 덕질을 잘 안 해봐서 뻔한 드라마에 빠지는 거야. 마침 카페 장사도 안 되고 할 일도 없으니까 냉철하게 판단해줄게. 너랑 영수랑 준희랑 보는 넷플릭스 계정 좀 줘봐. 사용자 하나 더 추가할 수 있는 거 알고 있어.”

큰소리를 쳤던 정민은 약 하루 동안 연락이 없었다. 그 사이 승현은 시즌1을 세번째로 다시 보기 시작했고, 영수는 시즌1을 다 보고 도저히 안 되겠다며 태국어를 공부하기 시작했다.

정민에게 카카오톡 메시지가 온 것은 다음 날 아침이었다.

‘내가 자기 전에 딱 한 화만 보고 자려다가.’

‘자려다가?’

‘밤을 새워버렸지 뭐야. 지금 소상공인 대출 신청하러 은행 가는 길인데, 와 졸려죽겠어. 근데 또 보고 싶어.’

사회적 거리 두기니 뭐니 해서 사람들이 집 밖에 나가지를 않으니, 정민의 카페는 장사가 잘될 리가 없었다. 코로나가 퍼지기 전까지는 그래도 그럭저럭 정민 혼자 먹고살 만큼 벌었는데, 지금은 한 달 월세 내는 것도 숨이 턱턱 막힌다고 했었다. 승현도 그 사실을 알고 있었는데, 대출을 받을 지경인지는 몰랐다. 승현은 너무 걱정이 돼서 전화를 걸었다.

"승현아, 이 드라마 뭐니? 내가 남자한테 지금 뭘 느낀 거니? 사랑? 리얼 러브?"

정민의 목소리는 한숨도 못 잔 사람이 아니었다. 목소리가 어찌나 밝은지 승현은 정민이 은행에 대출을 받으러 가는 게 아니라 로또 1등에 당첨돼서 돈을 받으러 가는 사람이라는 착각이 들 뻔했다.

"아니, 너 대출받는다며. 그게 무슨 소리야? 그렇게 힘들어? 내가 많이는 못 주고 한 달 월세 정도는 어떻게……"

"됐어. 이거 정부 지원받는 거라 이자가 거의 없어. 그리고 친구끼리 함부로 돈거래 하는 거 아니야. 버텨보고 정 안 되면 그때 말할게. 지금까진 너희한테 손 벌릴 정도는 아니야. 아니, 어제까지는 진짜 우울했거든? 이게 사는 건가, 뭐 하자고 내가 무슨 부귀영화를 누리겠다고 잘 다니던 직장 때려치우고 카페를 차렸을까 막 그랬는데, 어제 〈보이프렌즈〉 보고 아…… 진짜. 세상이 이렇게 아름답다는 걸 새삼 느꼈다. 연애보다 더 연애 같아. 여튼, 이거 봐봐. 나 은행 다 와서. 끊는다."

전화를 끊은 정민은 카카오톡으로 승현에게 유튜브 링크를 보냈다. 〈보이프렌즈〉 시즌 2의 영상이었다. 코웃음을 치며 승현과 영수를 비웃던 정민마저 〈보이프렌즈〉에 빠져버리다니, 웃기기도 하고 왠지 뿌듯했다. 승현은 정민이 보낸 유튜브 링크를 태국어를 열심히 배우고 있는 영수에게 보냈다. 영수는 카카오톡으로 5분 정도 환호의 메시지를 보내더니 또 연락이 끊겼다.

이쯤 되니 여자가 주인공이 아니거나, 혹은 비중 있는 역할로 나오지 않거나, 성소수자를 혐오하거나 여성을 대상화하는 영화나 드라마는 절대 보지 않는 준희의 반응도 궁금했다. 승현과 정민, 영수가 준희를 페미니즘 대전사, 혐오 철폐의 아이콘이라고 불렀지만, 준희는 그 말을 들을 때마다 당연한 걸 당연하게 생각하지 못하는 너희가 잘못된 거라며 화를 내곤 했다.

승현이 따로 준희에게 연락할 필요는 없었다. 아침 일찍부터 준희에게 카카오톡 메시지가 왔다.

'어제 영수가 화내지 말고, 꾹 참고 1화까지만 보라고 해서 어제 퇴근하고 〈보이프렌즈〉를 봤거든?'

회사에서 몇 안 되는 정규직 직원이었던 준희는 코로나가 전국에 퍼진 겨울부터 보통 퇴근이 오후 9시, 야근하면 자정을 넘길 정도로 일이 많아졌다. 매출이 늘어서가 아니었다. 회사 대표가 매출이 줄었다는 이유로 비정규직 직원들을 하나둘씩 해고하고는 그 일을 정규직 직원들에게 넘겨버렸기 때문이다.

그즈음 준희는 죽고 싶다는 말을 입에 달고 살았고, 승현이나 영수가 전화를 하면 목소리에는 피곤이 가득해서 숨 쉬기도 힘든 듯하거나 짜증을 냈다. 이직을 생각하지 않은 건 아니었지만, 쉬운 일은 아니었다. 이렇게 경기가 안 좋은데 정규직을 그만둔다는 건 모험이었다.

그런 준희였으니, 카카오톡 메시지를 보내면 꼬박 하루가 지나서 답장이 오는 게 가장 빨리 답장을 하는 축에 속했다. 승현은 연락도 안 했는데 준희에게서 먼저 연락이 오자 깜짝 놀랐다. 준희는 계속 말을 이었다.

'이건 분명히 성소수자를 대상화하는 나쁜 드라마야. 이걸 보면 사람들이 뭐라고 생각하겠어? 잘생긴 사람만 게이 될 자격이 있다고 생각할 거 아냐. 그리고 여자애들을 죄다 생각 없는 존재로 만들어놨어! 남자가 잘생기면 다들 그렇게 정신없이 따라만 다녀? 사라왓부인모임이 뭐니? 거기 주인공 따라다니는 걔는 왜 또 쓸데없이 끼스러워? 모든 게이가 저렇지는 않잖아? 사람들이 게이는 여성스럽기만 한 거라고 생각하게 만들잖아. 19세기 수준의 남녀 이분법 정말 아무리 봐도 대단하고, 게다가 태국 인종 구성이 얼마나 다양한데, 왜 배우들은 하나같이 단일민족이야? 물론 그 나라가 흰 피부를 선호하는 건 알고 있는데, 그래도 이건 아니지. 다양성이 결여돼 있잖아. 다양성이. 여성혐오 진짜…… 비중 있는 여자 배역이 고작 치어리딩 하는 사라왓 따라다니는 여선배야? 웃겨 진짜.'

승현이 예상했던 것처럼 준희는 단호했다. 역시, 준희까지 〈보이프렌즈〉를 보게 하는 건 무리였다고 승현은 생각했다. 오랜만에 넷이 함께하는 일이 생길지도 모른다고 생각했던 것은 승현만의 희망이었다.

'어, 그래. 그렇긴 한데.'

왠지 김이 새서, 승현은 시무룩해졌다. 준희는 말을 이었다.

'진짜 어이가 없는 건, 인터넷으로 검색해보니까 시즌 3까지 나왔다고 하던데, 넷플릭스에는 왜 시즌 1만 있는 거야? 나머지는 어디 갔냐고! 당장 연락해야겠어. 넷플릭스 항의 메일은 어디로 보내니?'

그 말에 승현은 큭 하고 웃었다. 준희는 얼마나 흥분했는지 계속 말했다.

'나도 알아. 얼마나 정치적으로 잘못됐고, 기분 나빠야 하는지도 안다구. 회사에서 영혼까지 탈탈 털리고 자정에 집으로 돌아와서 〈보이프렌즈〉를 봤다? 이게 너무 말이 안 되니까 나도 모르게 웃음이 나오는 거야. 불쾌한 것투성이인데, 아무 생각도 안 해도 되니까, 너무 환해서 달달해 미칠 것 같은 사라왓이 너무 좋은 거 있지.'

'사라왓이 네 취향인 건 아니고?'

'물론 내가 잘생긴 남자를 좋아하지만, 사라왓이 취향이 아니기도 힘들지 않아? 이렇게 말하면 너무 외모지상주의자

같지만. 그런데, 아니다 됐다. 나 일하러 갈게.'

준희는 한참 후에 다시 승현에게 말을 걸었다. 근무 시간에 준희가 먼저 말을 거는 건 정민과 단톡방에서 싸운 이후 처음이었다.

'보니까 사라왓이 한국에도 왔었네. 심지어 이대에 왔었어. 우리 살던 데서 지하철로 두 정거장밖에 안 걸리는 데까지 왔었잖아. 아니 우리 왜 몰랐지?'

'지금 일 안 해?'

'현생 포기했어. 맘에 안 들면 자르라고 해. 잘리면 태국이나 갔다 오지. 태국 가고 싶어도 자가격리 기간 어떻게 휴가 처리 하나 고민했는데, 걱정 덜었지 뭐. 나 사라왓 사진으로 회사 컴퓨터 배경화면 바꿨어.'

승현은 준희가 보낸 카카오톡 메시지를 보고는 환하게 웃었다. 준희가 바로 옆에 앉아서 늘 그랬듯 투덜거리면서 이야기를 하는 것 같았다. 너무 좋았다. 감옥 같았던 집이 이제야 쉬는 곳처럼 느껴졌다.

코로나 확진자 수는 조금씩 줄었다가 다시 늘었다가 또 줄었다. 아무리 봐도 나아질 기미가 없었다. 승현의 애인은 치료를 잘 받고 있다고 연락했다. 조금씩 나아가는 중이라고, 계속 치료를 받느라 정신이 없었다고 나 때문에 자가격리까지 겪게 해서 미안하다고 했다. 목소리를 들으니 애인이 너무 보고 싶었다. 하지만 처음처럼 애인이 격리돼 있는 병실로 달려가고 싶을 정도는 않았다. 가면 안 된다는 것도 잘 알고 있었다. 그냥 보고 싶을 뿐이었다. 아직까지는 사라왓만으로 버틸 수 있었다.

그러는 동안에 열흘이 지나갔다. 매일 아침 걸려오는 구청 담당자의 전화도, 체온 측정도 익숙해졌다. 마음도 너무 편했다. 나흘 후면 자가격리가 해제되기 때문이 아니었다. 두려움과 무서움은 계속 가시지 않았다. 자가격리 해제 전에 다시 검사를 받았는데 확진 판정이 나오면 어쩌나, 애인은 언제 볼 수 있을지, 애인이 살아서 못 나올까 무서웠다. 할 수 있는 건 아무것도 없었다. 애인을 간호할 수도, 코로나에 안 걸리려고 필사적으로 손을 씻는 것도 소용이 없었다. 그저 시간이 가기를, 그 이후의 일은 하늘에 맡길 수밖에 없었다. 그래서 승현은 정민이 준, 나중에 보려고 아껴두었던 〈보이프렌즈〉 시즌 2를 클릭했다. 나흘 동안 세상에서 가장 환하고 밝은 곳에서만 있고 싶었다.

그건 영수도, 정민도, 준희도 마찬가지였다. 집이 답답할수록, 카페에 손님이 없을수록, 회사 대표가 일을 늘릴수록 단 걸 찾듯 〈보이프렌즈〉를, 그곳에 나오는 사라왓을 찾았다. 넷이 함께 현실에 눈을 감고, 판타지의 세계에 들어가버렸다.

승현이 영수와, 영수가 정민과, 승현이 준희와 하루 종일 사라왓 얘기를 나누기 시작했다. 서로가 모은 사진과 링크를 공유하다가 말고, 영수가 승현에게 말했다.

'너무 비효율적이지 않아? 지금 내가 똑같은 사라왓 사진을 너랑, 정민이랑, 준희에게 따로따로 보내고 있단 말이야. 그 시간에 사라왓 사진 한 번 더 보겠어. 그냥 단톡방 살려서 한꺼번에 보내면 안 돼?'

'야, 준희랑 정민이가 그렇게 싸웠는데 단톡방을 만든다고? 둘이 같이 있으려고 할까?'

승현도 지금 영수와 똑같은 패턴을 반복하고 있어서 번거롭다고 생각을 하고 있었다.

'몰라. 애들도 아니고, 낼모레 마흔인데 알아서들 하라고 해. 어차피 지금 다들 사라왓만 보고 있는 거 아니야? 준희는 난리 났어. 너도 알지? 혐오 철폐의 아이콘께서 자신의 신념을 버리게 되었다고 괴로워하면서 사라왓 사진만 보고 있어.'

'알아, 요새 준희 〈보이프렌즈〉 보겠다고 6시만 되면 대표가 뭐라고 하든지 말든지 집으로 달려간다면서? 얼마 전에 빨리 집에 가서 사라왓 보려고 과속하다가 딱지 뗐다더라.'

'그러니까. 어차피 이럴 거, 효율적으로 덕질해야지. 나 만든다.'

영수는 승현의 말을 듣지도 않고 승현과 정민, 준희를 초대한 단톡방을 만들었다. 승현은 애써 만든 유니콘의 세계가 깨어질까 봐, 정민과 준희가 다시 싸울까 봐 잔뜩 긴장했다.

승현의 걱정과 달리, 정민과 준희에게 중요한 건 오래전 싸움이 아니었다. 지금을 견딜 수 있는 작은 행복이 더 중요했다.

'사라왓이 고양이 사료 광고하는 거 봤어? 유방암 캠페인도 하던데.'

정민이 먼저 말을 했다. 그러자 승현의 걱정과 달리 준희가 바로 답장을 했다.

'나도 봤어. 근데 태국어라서 무슨 말인지 하나도 모르겠더라. 그게 유방암 캠페인이었어?'

정민과 준희는 언제 싸웠냐는 듯 전처럼 대화를 나눴다.

'너희 둘이 우리도 모르는 사이에 화해했던 거였어?'

영수가 말했다. 승현이 보지는 않았지만, 영수의 입이 귀에 걸려 있는 게 눈에 선했다.

'화해 안 했었어. 화해할 시간도 없었잖아. 그동안 사는 게 사는 거였니. 너희도 못 보고, 일은 산더미처럼 쌓여 있고. 나 요새 눈뜨자마자 사라왓 사진 보고, 자기 전에도 마지막으로 사라왓 사진 본다? 내가 이렇게 신념에 반하는 일을 하면서 행복해도 되는 건가 싶다.'

준희는 그렇게 말하면서 사라왓의 유방암 캠페인 사진을

공유했다. 보는 승현도 저절로 웃음이 새어 나왔다.

'일은 좀 나아졌어? 근무 시간에 카톡해도 괜찮아? 대표가 아직도 직원들 해고하고 다녀? 잠은 자는거야?'

'더 이상 해고할 직원이 없어지니까 몇 안 남은 직원들 들들 볶아. 그래도 괜찮아. 정민이 네가 걱정이지.'

'아직까지는 견딜 만해. 되게 우울했는데, 〈보이프렌즈〉 보고 좀 살 만해진 것 같아 ㅎㅎ.'

정민의 웃음소리가 옆에서 들리는 것 같았다.

넷이서 함께 이야기를 나누니 시간이 금방 갔다. 승현의 자가격리는 하루 남았다. 단톡방을 만들고 나서는 그렇게 안 가던 시간이 어찌나 잘 가는지, 애인이 아직 병원에 있는데 이렇게 행복해도 되는 건가 싶었다.

상황이 나아진 건 없었다. 상황을 보는 눈이 바뀐 것도 아니었다. 넷은 대화를 나누며 깔깔거리다가도 고개를 돌려 밖을 보면 숨이 턱턱 막혔다. 그래도 전처럼 당장이라도 밖으로 뛰쳐나가고 싶지는 않았다. 우울의 세상에서 사라왓이라는 보호막을 걸친 것뿐이었다. 모두가 이게 답이 아니라는 걸 잘 알고 있었다.

거리에는 사람들이 뜸했고, 하나둘씩 '점포 임대'라고 써 붙인 가게가 늘었다. 마스크를 쓰지 않고는 거리를 나갈 수도 없었다. 서울에서 대학교에 다니는 영수의 사촌 동생이 방역 아르바이트를 하다가 코로나 확진자가 되었다. 어느 지역에서는 코로나 확진 판정을 받은 사람이 보건소 직원에게 욕을 하며 침을 뱉었다는 소식이 뉴스에 보도되었다. 모든 것이 지옥이었다. 나아지는 것은 없었다. 추석이 다가오고 있었지만 분위기는 침울했다. 그저 넷은 넷만의 살 길을 찾으려 애를 썼다.

그사이 시즌 2를 보기 시작한 준희는 뒤늦게 더 이성을 잃었다. 이미 전부 다 본 승현과 영수, 정민은 시즌 1부터 또다시 보기 시작했다. 단톡방에서 영수의 태국어 강의가 시작되었다.

봐도 봐도 사라왓은 환했다. 그리고 넷이 함께 본다는 것이 더 신났고, 더 환했다. 이유가 없어도 서로의 집을 드나들던 시절이 사라지고 나서도 함께할 방법을 조금이나마 찾은 것 같았다. 그것만으로도 행복했다. 아니, 그 정도의 행복이면 충분했다.

정민이 단톡방에 페이스북 링크를 공유했다.

'태국에서 〈보이프렌즈〉 팬미팅 한대. 가자 가자.'

'여기도 대단하다. 태국이 우리보다 코로나 확진자 수 더 많지 않아? 그런데 팬미팅을?'

'그래서 열 명씩 나눠서 한다더라. 가고 싶다. 우리, 코로나 잠잠해지면 태국 가자.'

'좋아.'

준희가 거들었다. 얼마 지나지 않아 단톡방에 2021년 인천에서 방콕으로 가는 비행기 시간표가 공유되었다. 모두가 신나서 떠들기 시작했다.

누구도 정말 태국에 갈 거라고 생각하지 않았다. 아직 백신도 없고, 그나마 방역이 잘되고 있다는 대한민국이 이 난리인데 다른 나라로 나가는 건 내년, 아마 내후년도 위험할지 몰랐다. 하지만 함께할 수 있다는 것만으로도 좋았다. 어떻게든 닿아 있다는 것이 좋았다. 너무 소중했다.

승현은 눈을 감았다. 서울에서 넷이 함께 보낸 마지막 추석이 떠올랐다. 그해 겨울에 준희를 시작으로 하나둘씩 떠나기 시작했어서 넷이 함께 보내게 될 마지막 명절이었다. 승현이 유튜브에서 본 대로 매운 갈비찜을 하는 동안, 준희는 육전을 부쳤었다. 집 안 곳곳에 기름 냄새, 풋풋한 채소 냄새, 갈비 양념 냄새가 가득했다. 영수는 준희가 사 온 밤막걸리를 맛있다고 마시다가 대낮부터 취해서 서툴게 기타를 치면서 노래를 불렀고, 정민은 이제 막 다니기 시작한 바리스타 학원에서 배운 음료를 만들어서, 먹기 싫다고 그만 만들라고 하는 승현과 영수, 준희를 쫓아다니면서 강제로 한 입씩 시음을 시켰다. 먹기 싫다고 하는 걸 정민이 억지로 먹이다가 준희의 입술과 옷에 생크림을 잔뜩 묻혀서 준희에게 뒤집

개로 등짝을 세게 맞았다. 정체불명의 초록색 음료수를 들고 시무룩해하는 정민이 너무 웃겨서 승현은 미친 듯이 웃다가 침이 코로 넘어가서 사레들렸었다. 그 모습이 또 웃음이 나서, 넷이서 한참을 깔깔거리고 웃었었다. 웃다가 넷은 승현이 만든 갈비찜을 먹고, 준희의 육전에, 정민이 만든 칵테일을 마시면서, 영수가 치는 서툰 기타에 맞춰 노래를 불렀었다. 슬픔, 두려움, 분노, 힘듦 같은 것은 전혀 생각나지 않는 명절이었다.

내일이면 승현의 자가격리는 끝날 예정이었다. 추석이 곧 다가왔다.

운동은 몸에 좋아요

여기가 어딘지도 몰랐다. 영진은 골목이 나오면 왼쪽으로, 오른쪽으로 몸을 돌렸다. 계속 달렸다. 등 뒤에서는 계속 발소리, 아니 급하게 뛰어오는 사람의 소리가 났다. 한 명이 아니었다. 영진은 뒤를 따라오는 사람 때문에 땀을 흘리는 건지, 아니면 너무 뛰어서 숨이 차는 건지 모를 지경이었다.

골목은 끝이 없었다. 뒤쫓아오는 사람들도 끝이 없이 따라왔다. 막다른 길이 눈앞에 보였다. 영진은 곧 숨이 가빠 죽거나 뒤따라오는 사람들에게 붙잡히거나 둘 중 하나일 것 같았다. 고민을 하면서도 발은 끊임없이 뛰었다. 계속 뛰었다. 낮은 담들이 보였다. 담을 넘을까 고민했다. 어쨌든 다시 경찰서로 가고 싶지 않았다.

신발이 벗겨졌다. 영진은 벗겨진 신발을 집는 대신, 담을 넘었다. 담을 넘으면서 날카로운 것에 발이 찔렸다. 무엇에

찔린 건지, 얼마나 다쳤는지 살펴볼 시간도 없었다. 영진은 다시 달렸다.

눈앞에 영진을 보며 쓸쓸하게 웃던 주현의 얼굴이 떠올랐다. 보고 싶었다. 눈물이 났다. 후회해도 소용이 없었다.

1. 필라델피아 치즈는 몸에 좋아요

영진은 주현이 일하는 편의점으로 내려갔다. 주현은 넓은 편의점 안에 혼자 있었다. 편의점에는 주현이 틀어놓은 라디오 소리만 흘러나왔다. 영진은 냉장 코너에 서 있는 주현에게 다가갔다. 주현은 영진이 오는 것을 모르는지 아니면 모른 척하는지 미동도 없이 가만히 서 있었다.

"주현아, 이제 화 풀어. 미안해, 내가."

주현은 아직 화가 풀리지 않은 듯, 아무 말도 하지 않았다.

"주현아! 야! 이주현!"

영진이 큰 소리로 부르자 그제야 뒤를 돌았다.

"아니, 양말 뒤집어서 빨래통 안에 넣은 게 하루 종일 화낼 일은 아니잖아. 응? 내가 앞으로는 꼭 한 번 더 확인할게. 미안해."

영진은 싹싹 빌었다. 하지만 주현은 여전히 미동도 하지 않았다. 슬슬 짜증이 나기 시작했다.

초등학교 때부터 쭉 친구였고, 고등학교까지 같은 학교를 나온 영진과 주현은 고향을 떠나 서울에 오면서도 함께 지냈다. 먼저 서울에 도착한 것은 고등학교에서 현장실습을 마치고, 취업을 포기한 주현이 먼저였고, 그 뒤로 취업까지 했다가 사직서를 내고 대학을 다니겠다고 올라온 영진이 나중이었다. 서로에 대해서 알 만큼 알았지만, 모든 것이 제자리에 있어야만 편히 잠드는 주현과 내 몸 하나만 편하면 장땡이라는 영진이 같이 사는 건 또 다른 문제였다.

어제 주현은 빨래통에 잔뜩 쌓인 빨래를 세탁기에 넣다가 말고, 양말을 영진에게 집어 던지며 소리를 질렀다.

"몇 번을 말해야 해? 이쯤 말했으면 세 살 먹은 애도 양말은 똑바로 다시 뒤집어서 빨래통에 넣겠다. 빨래도 내가 하지, 청소도 내가 하지, 네가 하는 거라곤 고작 양말 하나 제대로 빨래통에 넣는 건데 그걸 못해?"

침대 위에서 핸드폰 게임을 하던 영진은 이런 주현의 잔소리를 듣는 게 하루 이틀이 아니어서 대수롭지 않게 생각했다. 영진은 핸드폰에서 눈도 떼지 않은 채 건성으로 말했다.

"어, 미안. 깜박했다."

이번에는 주현에게 양말이 대수로운 일이었는지, 세탁기를 돌리다 말고 집을 나갔다. 영진은 그제야 침대에서 몸을 일으켰다.

“야, 주현아. 이 밤에 어딜 나가? 위험해!”

영진이 붙잡았지만 주현은 아무 말도 하지 않았다. 세탁기가 빨래를 다 하고, 영진이 그걸 빨래 건조대에 다 널고, 씻고 자려고 누울 때까지 주현은 돌아오지 않았다.

그래서 영진은 PC방에서 일해야 하는 시간인데도 일부러 짬을 내서 주현이 일하는 1층 편의점으로 내려온 거였다. 주현은 어제저녁부터 그랬듯 아무 말이 없었다. 누가 청소를 하고 빨래를 하라고 떠민 것도 아니고, 자기 성질에 못 이겨 집안일을 도맡아 하는 거면서 왜 이제 와서 엄청난 잘못을 저지른 사람 취급을 하는 건지 이해되지 않았다. 영진은 참다못해 소리를 질렀다.

“야, 이게 보자 보자 하니까 진짜. 자꾸 이럴래? 지금 너 나한테 시험 떨어졌다고 화풀이하는 거지? 아니, 내가 너 시험 떨어지라고 두 손 모아 빌기라도 했어?”

영진은 자신이 말을 해놓고도 깜짝 놀랐다. 아무리 평소에 둔하고 남의 기분을 신경 안 쓰는 영진이었지만, 주현이 공무원 시험에 떨어지고 얼마나 우울해하는지 잘 알았기 때문이다. 그제야 주현은 고개를 돌렸다.

“공허해.”

뜻밖이었다. 무슨 말일까. 무슨 뜻이 숨어 있는 걸까. 한참을 고민하던 영진은 다시 물었다.

"뭐라고?"

주현은 길게 한숨을 쉬었다.

"됐다. 가봐. 마무리하고 퇴근할 준비 해야지. 너 오늘 학교 가는 날이잖아."

주현은 영진의 등을 떠밀었다. 영진은 마지못해 PC방으로 올라갔다. 이상했다. 고등학교 때 열심히 딴 자격증과 상관없는 곳에서 현장실습을 하면서, 적성도 전공도 안 맞는 이런 일을 하면서 계약직으로 사느니 차라리 공무원을 하겠다며, 모두가 뜯어말리는데도 서울로 올라온 건 주현이었다. 자신이 스스로 선택한 일을 하면서 이제 와서 공허하다니, 이해가 되지 않았다.

영진은 단 한 번도 공허라는 말을 생각해본 적도, 내뱉은 적도 없었다. 공허라니, 그게 뭘까. 9번 좌석에서 컵라면을 주문했다는 벨소리가 울렸다. 자리에서 일어났다.

공허라는 단어를 생각해본 적이 없는 영진은 주현과 사는 것도 조금 귀찮을 뿐이지 불만은 없었다. 사는 게 마냥 행복해서는 아니었다. 세상은 이상한 것도, 무서운 것도 많았다. 디자인고등학교를 다니면서 자격증을 열심히 딴 영진과 주현에게 담임 선생님이 갑자기 현장실습을 통신회사의 납부독촉 파트로 들어가라고 했을 때도, 그리고 그 일을 제대로 못한다면서 매일 아침 욕을 먹으며 살이 쭉쭉 빠져갈 때도, 현장실습을 나간 다른 학교 학생이 자살했다는 소식이 들려왔을 때도, 무섭고 싫기만 했지 공허함을 느껴본 적은 없었다. 지금은 그곳에서 일을 하지 않으니 다행이었고, 고향을 떠났으니 그걸로 된 거였다. 그런데 공허라니, 그 말을 한 게 세상에서 가장 열심히 살고 있는 주현이라니 믿기지 않았다.

영진은 카운터에 멍하니 앉아 눈을 끔벅거렸다. 눈을 뜰 때마다 세상이 바뀌기를, 주현이 조금은 덜 공허해하기를 바랐다. 영진은 눈을 질끈 감았다. 하나, 둘, 셋. 바뀐 건 없었다. 한숨이 나왔다. 야간 아르바이트생이 왔고, 영진은 짐을 챙겼다. 야간 아르바이트생이 라이터를 두고 갔다며 영진을 부르고는 느릿느릿 영진이 앉았던 자리에 앉았다. 야간 아르바이트생에게 사는 게 공허하냐고 물어보고 싶었지만, 그 대신 야간 아르바이트생처럼 느릿느릿, 아래층으로 내려갔다.

1층 문 앞에 낯익은 뒷모습이 앉아 있었다. 주현이었다. 영진은 주현의 어깨를 쳤다. 주현은 떨고 있었다. 주현의 얼굴은 창백했고, 겁에 질려 있었다. 영진도 덩달아 겁에 질렸다.

"왜 그래? 무슨 일이야?"

주현은 고개를 저었다. 무슨 말을 하려고 입을 열었다가 다시 입을 다물었다.

"어디 아파?"

주현은 고개를 끄덕였다. 주현의 온몸이 차가웠다. 눈은 초점이 없었고, 고개를 들 힘조차 없어 보였다. 옆에는 주현이 늘 들고 다니는 원룸 열쇠, 라이터, 담배가 놓여 있었다. 영진은 열쇠를 주현의 손에 쥐여주었다. 바로 떨어뜨렸다.

"무슨 일이야. 어? 말을 해봐. 응?"

많이 이상했다. 이런 적이 한 번도 없었다. 현장실습을 가면서, 매일 아침 불편한 유니폼을 입고, 얼차려를 받을 때도 끄떡없던 주현이 온몸을 덜덜 떨다니, 너무 이상했다. 어디가 아픈 건가, 주현의 이곳저곳을 살펴보던 영진은 주현의 티셔츠에서 빨간 얼룩을 발견했다. 피였다.

"야, 이거 뭐야?"

영진은 주현의 티셔츠를 들췄다. 옆구리에서 피가 흐르고 있었다. 어떻게 해야 할지 몰랐다. 영진의 머릿속이 하얘지고 말았다. 영진은 밖으로 나가 주위를 두리번거리다가, 안 되겠다 싶어서 핸드폰을 꺼냈다. 112를 눌러야 하나, 119를 눌러야 하나 한참을 고민하다가, 다시 주현의 옆에 앉았다.

"아니다, 구급차부터 구급차부터. 침착하게 침착하게."

영진은 구급차를 부르려다가, 다시 112에 전화를 해야 하나, 119에 전화를 해야 하나 패닉에 빠졌다. 주현은 영진의 팔을 잡았다. 손이 얼음처럼 찼다.

"가만히 있어. 나 괜찮아. 많이 안 다쳤어."

목소리에 힘이 하나도 없었다.

"무슨 소리야? 이렇게 피가 났는데. 이게 뭐야, 응?"

힘없는 주현의 목소리가 왜 그렇게 서러운지, 영진은 울컥 눈물이 났다.

"울 일 아니야. 괜찮아. 집에 좀 데려다줘."

영진은 주현을 업으려 했지만, 주현이 그냥 부축만 해달라고 해서 자신의 어깨에 주현의 팔을 둘렀다. 둘이 사는 원룸까지 걷는 데 원래 5분도 안 걸리는데, 30분이 넘게 걸렸다. 주현은 중간중간 많이 쉬었다. 숨을 헐떡거렸고, 다리에 힘이 없었다.

"병원에 가야지. 어? 내일이라도 같이 가자. 어?"

주현은 고개를 저었다.

"그럼 소독이라도 하자. 어?"

영진은 주현을 침대에 눕히고는 근처 약국에 들러 소독약과 붕대를 샀다. 상처는 그렇게 크지 않았다. 약사는 혹시 모르니 물을 많이 먹이라고 했다. 영진은 약사가 시키는 대로 했다. 그리고 근처 마트에 들러 인스턴트 죽을 샀다. 주현은 영진이 상처를 소독하고, 옷을 갈아입힐 때까지 얌전히 있었다.

피는 금방 멈췄지만, 티셔츠에 묻은 피는 잘 지워지지 않았다. 영진은 핏자국을 볼 때마다 마음이 좋지 않아서, 버릴까 생각했지만, 주현이 가장 좋아하는 티셔츠라서 함부로 버릴

수도 없었다. 그래서 최대한 핏자국을 지워서 잘 빨아두었다.

다음 날 아침, 주현은 편의점에 출근하지 않았다. 영진이 PC방 일을 끝내고 학교에 갔다가 돌아올 때까지 주현은 침대에 누워만 있었다. 자는 것도 아니었고, 영진처럼 핸드폰으로 게임을 하는 것도 아니었다. 며칠을 그렇게 누워 있었다.

상처는 금방 아물었다. 하지만 주현은 내내 누워만 있었다. 일주일이 지났다. 주현은 계속 누워 있었다. 아무 말도 하지 않았다. 방 안에 먼지가 쌓여도 걸레질을 하지 않았다. 집이 점점 더 더러워졌다.

매일 저녁이면 주현은 물때가 끼고, 하도 많이 빨아서 너덜너덜해진 걸레를 들고 방바닥을 닦았다. 둘이 눕기에도 빠듯할 만큼 좁은 방에서 청소할 게 많으면 얼마나 많다고 주현은 이마에 땀이 송골송골 맺히곤 했다. 집 안에 먼지 한 톨 없는 것을 확인하고야 뿌듯한 미소를 지었다.

영진은 아무리 봐도 일하다가 다친 건 아닌 것 같아 편의점에서 무슨 일이 있었는지 알고 싶었지만, 아무것도 물을 수 없었다. 주현이 스스로 입을 열기 전까지는 물어보면 안 될 것 같았다.

보름이 지났다. 그동안 주현은 집에만 있었다. 영진이 밥을 사 오면 밥을 먹었고, 라면을 끓여 주면 라면을 먹었다. 겨울이 다가오고 있었다. 영진은 집으로 들어가기 전, 담배를 한 대 피웠다. 겨울이라니, 주현을 따라서 서울에 오던 날도 바람이 찼다.

1년만 지나면 정규직이 될 수도 있다는데, 그 좋은 데를 왜 그만두냐고, 조금 더 있다가 적어도 1년은 다녀보고 아니다 싶으면 나중에 대학에 갈 수 있는데 왜 꼭 지금, 그것도 좋은 4년제 대학도 아니고 2년제 전문대학, 그것도 야간대학을 굳이 서울에서 다니려고 하는 거냐고 영진을 아는 사람들은 모두 말렸었다. 그래도 주현이 있는 곳에서, 주현과 함께, 적어도 사람답게 살고 싶어서 올라왔다. 나는 잘 살 거라고 큰소리를 쳤지만, 사실 서울로 가는 내내 기분이 좋지 않았었다. 과연 잘하는 짓인지 버스 안에서 내내 고민을 했다. 영진의 모든 짐이 든 가방을 가슴에 꼭 안고 버스에서 내렸을 때, 서 있던 주현을 보자 걱정이 눈 녹듯 사라졌었다. 주현은 영진을 보고는 바로 달려왔다. 너무 반가웠었다.

PC방에서 일을 하며, 매일 구인구직 사이트에 접속해서 괜찮은 일자리가 있나 찾아보다가 퇴근을 하고, 수업이 있는 날은 학교에 가서 수업을 듣는 생활을 주현과 함께하는 것을 후회해본 적은 없었다. 지금도 나쁘지 않았다. 가끔 어느 공장에서, 어느 콜센터에서 직원의 사망이나 자살 소식을 들을 때마다 현장실습 나갔던 게 생각이 나서 기분이 좋지는 않았고, 뭔가 계속 석연치 않았지만 나쁘지는 않았다. 큰 불만은 없었다.

주현도 그러리라 생각했다. 그것은 영진의 착각이었다.

담배를 끄고 집에 들어간 영진에게 주현은 다짜고짜 말했다.

"나 고향으로 내려갈래."

"뭐?"

영진은 깜짝 놀랐다. 겁이 덜컥 났다.

"내가 한 시간에 최저시급도 못 받으면서 무슨 짓을 하고 있는지 모르겠어. 내가 편의점에서 일을 한 게, 머리도 많이 안 써도 되고, 남는 시간에 틈틈이 공부도 할 수 있어서 하는 거기는 한데, 이제는 모든 게 다 불투명해졌어. 빨리 돈 벌어서 안정적으로 살고 싶어."

"지금 그게…… 무슨 말이야? 차근차근 말해봐, 어?"

"……"

"아니…… 이런 거 하루 이틀 보는 것도 아니고. 나름 열심히 살고 있잖아. 나도 이제 곧 있으면 졸업하고. 더 좋은 일자리 찾을 수 있어. 너도 시험 합격하면……"

주현은 영진의 말을 잘랐다.

"필라델피아 알아? 필라델피아 치즈 할 때 그 필라델피아 말이야. 그게 지명이잖아."

"응. 알아, 알지."

"보름 전이었지 아마? 너한테 화를 내고, 네가 PC방으로 돌아가고, 유통기한이 지난 물건들을 정리하고 있었어. 라디오에서 광고를 하더라. 연인과 함께 가족과 함께 푸켓, 자연이 숨 쉬는 푸켓으로 여행을 떠나요. 여행을 떠나요. 푸켓. 아름다운 자연과 사랑이 있는 곳. 그때 내가 손에 들고 있는 게 필라델피아 치즈였어. 난 매일 필라델피아라는 지명이 붙은 치즈를 팔면서 한 번도 못 가봤단 말이야. 필라델피아는 어떤 곳일까, 매일매일 편의점에 도착하는 치즈처럼, 엄청나게 큰 치즈 공장이 있는 걸까. 캘리포니아는 오렌지가 많을까, 거긴 사시사철 덥다는데, 1년 내내 늘 따뜻한 건, 크리스마스에 반바지를 입는다는 건 어떤 느낌일까. 푸켓은 어디에 있는 도시일까. 거기 동남아잖아. 동남아는 어떨까. 어떤 곳일까. 그런데 편의점에 담배를 사러 남자가 들어왔어. 모자를 눌러쓰고 있었어. 마일드세븐을 달라며 돈을 건네듯, 갑자기 나한테 바짝 다가오는 거야. 허리에 날카로운 게 닿았어. 날카로운 게 칼이더라. 남자는 돈을 내놓으라고 했지. 나는 카운터 밑에 달린 버튼을 누르려고 했어. 그걸 누르면 1분 안에 경찰이 온다고 점장이 말해줬거든. 나는 돈을 받는 척하면서 버튼을 눌렀지. 경보음이 울렸어. 남자는 들고 있던 칼로 내 옆구리를 찌르더니, 내가 받아서 들고 있던 돈과 마일드세븐을 들고 도망가버렸어. 한참 후에 경찰이 왔지만, 난 남자의 얼굴을 기억하지 못했어. 피를 흘렸고 얼마나 다쳤는지도 몰랐지만, 너무 놀라고 무서워서 아픈 것도 모르겠더라. 내가 왜 살아야 하나, 내가 무슨 부귀영화를 누리겠다고 살고 있나 싶더라. 공허하다고 했지, 강도를 만날 정도의 스펙터클함을 원한 건 아니었는데 말이야."

영진의 눈에 눈물이 고였다.

"아니…… 그런 일이 있으면 바로 말을 해야지. 나는 그런 것도 모르고 괜히……"

주현은 영진의 말을 듣고 있지 않은 것 같았다.

"그러니까 고향에 다시 가기 전에 나 서울 구경 한번 해보고 싶어. 1년 사는 동안 한 번도 돌아다닌 적이 없어."

주현의 마음을 돌리기에는 이미 늦은 것 같았다. 영진은 주현을 따라서 다시 고향으로 가야 할지 혼자서 월세를 내며 원룸에서 계속 살아야 할지 고민하기 시작했다. 일단은 주현이 하자는 대로 해주고 싶었다.

2. 방석 깔고 앉기는 몸에 좋아요

둘이 가장 먼저 간 곳은 남산타워였다. 주현은 돌아다니다가 배가 고프면 비싸고 맛도 없는 걸 사 먹게 되니 지금 많이 먹어둬야 한다며 라면을 네 개나 끓였다. 영진이 배가 불러서 더 이상 못 먹겠다고 하는데도, 주현은 라면을 다 먹고 밥까지 말아 먹었다. 둘은 노량진역으로 가서 1호선을 타고, 서울역에서 내려 보성여중고에 가는 402번 버스를 탔다. 보성여중고에서 내려 남산타워까지 걸어 올라갔다.

남산타워에 가는 동안 둘은 아무 말도 하지 않았다. 영진은 영진대로, 주현은 주현대로 생각이 너무 많았다. 영진은 당장이라도 주현이 떠나버릴까 봐 전전긍긍했고, 주현은 주현대로 어떻게 살아야 하나 막막했다. 둘에게는 둘밖에 없었다. 어쩌다가 친구가 되었는지 같은 건 생각나지 않았지만, 어쨌든 둘은 늘 함께였다. 불안한 영진은 주현의 손을 꽉 잡았다. 주현은 그 손을 뺐다.

남산타워에 도착했을 때는 이미 한낮이었다. 서울 야경이 아름답게 보인다는 곳이지만, 한낮에 가니 뿌연 먼지 때문에 아무것도 보이지 않았다. 사람들은 경치를 보면서 이런저런 얘기를 나누는 것 같았지만 영진과 주현은 아무 말도 하지 않았다. 세상이 끝난 사람처럼 침울한 표정으로 가만히 서 있기만 했다. 추락 사고 방지용으로 세워놓은 철조망에는 자물쇠가 촘촘하게 걸려 있었다. 어찌나 촘촘한지 철조망 사이사이가 보이지 않을 지경이었다. 자물쇠에는 사람들의 이름이 적혀 있었다. 옆에도 커플로 보이는 사람들이 자물쇠를 걸고 있었다. 작은 갈고리 같은 자물쇠가 가장 든든한 약속이라도 되는 듯이 뿌듯하고 행복해했다. 영진은 그 행복해 보이는 얼굴이 너무 부러웠다. 주현과는 연인도 아니고, 연인이 될 생각도 없으니 자물쇠를 걸 일은 없겠지만, 주현이 고향으로 내려가지 않을 어떤 일을 눈앞에 보여주고 싶었다. 적어도, 아무것도 읽을 수 없는 주현의 얼굴에 행복을 가져다주고 싶었다. 그런데 그게 뭔지 몰라서 답답했다.

"가자."

주현이 말했다. 집을 나선 이후 첫 마디였다.

"버스 타고 내려가자. 너무 힘들다."

주현은 영진의 대답은 듣지도 않고, 버스에 올랐다. 버스는 남산도서관을 지나서 남산을 내려가 남대문을 지났다. 버스가 명동에 멈추자, 주현은 영진의 팔을 잡아끌었다.

"나 명동도 한 번도 못 가봤어. 가자."

명동은 사람들이 북적였다. 길게 늘어선 가게에서는 음악 소리가 시끄럽게 울렸다. 사람들과 자꾸 어깨가 부딪혔다. 어깨가 움츠러들었다. 주현은 사람들과 어깨가 부딪히든지 말든지 걷기만 했다. 주현은 계속 걸었다. 그러다가 지하상가가 나오자 그리로 내려갔다. 표지판에는 이곳을 따라서 쭉 걸어가면 서울시청과 서울광장에 갈 수 있다고 했다. 길은 잘 닦여 있고 넓었지만, 걸으면 걸을수록 한산해졌다. 주현은 멈출 생각이 없었다.

"야, 어디 가? 어디까지 갈 거야? 걸어서 서울 일주라도 하게?"

"서울광장. 2002년 월드컵 때 사람들이 같이 모여서 응원한 곳이라며? 텔레비전에서 봤던 게 기억나서. 멀지도 않아 보이고."

주현은 다시 걸었다. 영진은 주현을 붙잡았다.

"내가 돈을 벌어다 주면, 필라델피아든 푸켓이든 갈 수 있다고 하면 고향에 안 내려갈 거야? 지금 가서 뭐 하게? 우리가 할 수 있는 일이 없는데. 너 다시 콜센터 들어갈 거야? 가서 실적 안 나온다고 욕먹고, 월급 까이면서 살 거야?"

"여행이 중요한 게 아냐. 더 이상 열심히 살고 싶지 않아. 그냥 평범하게 살래. 욕 안 먹는 직장인이 어딨니?"

주현은 단단히 마음을 먹은 듯했다. 어떤 것도 주현의 결심을 되돌릴 수는 없을 것 같았다.

둘이 서울광장에 도착했다. 벌써 해가 지고 있었다. 얼마나 걸었는지 영진은 다리에 감각이 없었다. 주현은 여전히 아무 표정이 없었다.

"별거 아니네. 가자."

주현이 영진의 어깨를 쳤다. 광장은 생각만큼 크지 않았다. 그건 이미 사람들이 가득 차 있어서일지도 몰랐다. 광장 주변에는 경찰차들이 모여 있었고, 방패를 든 경찰들이 모여 있었다. 방패를 들지 않은 경찰들은 몇씩 무리를 지어서 주변을 돌았다. 그 경찰들과 경찰차 한가운데는 사람들이 모여 있었다. 사람들은 손에 종이컵에 끼운 초를 들고 잔디밭에 앉아 있었다. 종이컵에는 '부당 해고 철폐' '자살이 아닙니다 타살입니다'라는 글씨가 적혀 있었다. 광장 앞에 있는 작은 무대에 한 사람이 올라갔다. 빨간 조끼를 입고, 한 손에는 불을 붙이지 않은 초를 들고 있었고, 다른 한 손에는 확성기를 들고 있었다.

"어제 또 한 명의 노동자가 하늘로 떠났습니다. 2009년 4월부터 지금까지 스물두 명이 생을 마감했습니다. 경찰에서는 이 사건을 자살로 마무리했습니다. 이것은 자살이 아닙니다. 사회의 부당한 시스템이 만들어낸 타살입니다. 스물세번째, 스물네번째 희생자가 나오도록 내버려둘 수 없습니다. 그들이 우리를 짓밟도록 내버려둘 수 없습니다. 자, 이제 초에 불을 붙입시다. 우리의 싸움은 승리로 끝날 겁니다. 끝까지! 웃으면서! 투쟁!"

"투쟁! 투쟁! 결사 투쟁!"

잔디밭에 앉아 있던 사람들이 주먹을 하늘로 쥐며 외치더니 초에 불을 붙였다. 그 모습을 보는 영진의 명치가 아팠다. 왜 아픈지는 몰랐다. 기분이 이상했다. 빨리 광장을 떠나고 싶었다. 누군가 영진과 주현에게도 초를 건넸다. 둘은 초에 불을 붙이는 대신 주머니에 넣었다.

"가자."

영진이 주현의 팔을 끌었다.

"잠시만. 이거 봐봐."

주현이 촛불을 든 사람들을 가리켰다.

"아니, 실컷 봤잖아. 왜 너도 촛불 켜고 싶어?"

"아니, 데모하는 사람들 말고, 저기."

영진은 주현이 가리키는 곳을 다시 한번 보았다. 사람들 사이로 작은 손수레에 휴대용 방석을 가득 실은 아주머니가 지나갔다. 아주머니는 노란색 옷을 입고, 챙이 넓은 모자를 푹 눌러쓰고 있었다. 아주머니가 하는 일은 간단했다. 손수레를 밀면서 천천히 사람들 사이를 지나가면, 사람들이 아주머니를 불러 세워 방석을 샀다. 아주머니의 전대가 돈으로 점점 부풀어 올랐고, 그와 비례해 손수레에 쌓인 방석이 빠르게 사라졌다. 아주머니가 손수레에 가득 쌓여 있던 방석을 전부 파는 데는 30분도 걸리지 않았다.

"영진아, 저거. 우리도 할까?"

"방석? 저걸?"

"응. 부업으로 괜찮겠다. 저거 돈 꽤 될 거 같아."

보름 만에 처음으로 주현의 눈이 반짝였다. 영진은 차마 하지 않겠다고 말할 수 없었다. 주현이 고향으로 내려가지 않을 수만 있다면 뭐든 하고 싶었다.

3. 주먹밥은 몸에 좋아요

둘은 인터넷 쇼핑몰에서 9백 원짜리 휴대용 방석을 주문했다. 무료 배송이었다. 방석이 도착하는 동안 영진과 주현은 트위터, 페이스북, 인스타그램에 가입해, 서울광장에서 보았던 단체를 팔로잉했다. 비슷한 단체들이 친구 추천으로 뜨길래 모두 팔로잉을 했다. 둘의 SNS 계정은 노조, 집회, 파업, 인권 같은 단어들로 가득했지만, 그게 무슨 말인지는 잘 몰랐다. 그냥 집회 일정이 나오면 달력에 체크를 했고, 주현이 집회하는 곳의 위치를 파악하면, 거기로 갔다. 서울 곳곳에서 집회가 열렸다. 사람이 많은 곳은 서울광장, 광화문광장이었다. 대한문 앞은 늘 사람들이 북적였다. 분향소가 차려져 있었고, 사람들이 그곳에서 먹고 자면서 시위를 계속하는 것 같았다. 9백 원짜리 방석을 2천 원에 파는데도 빠르게 팔렸다. 둘은 금방 돈을 모았다. 주현이 다친 곳은 금방 아물었다. 흉터가 남았지만, 자세히 보지 않으면 잘 안 보였다. 주현은 다시 말이 많아졌고, 매일 밤 청소를 하고, 양말을 뒤집어서 빨래통에 넣는 영진을 끊임없이 질타하기 시작했다. 모든 것이 제자리로 돌아왔다.

둘은 이틀에 한 번꼴로 열리는 집회, 그 집회가 진보라고 하는 사람들이 주최하는 노동자대회든, 군복을 입고 선글라스를 낀 할아버지들이 빨갱이를 몰아내야 한다고 외치는 행사든, 해고당한 비정규직 노동자들이 시위를 하는 곳이든, 동성애자들이 방송국 앞에서 하는 시위든 가리지 않고 열심히 따라다녔다.

사람들은 보통 깃발을 들고 집회에 왔다. 무슨 당, 무슨 연합…… 영진과 주현은 그게 뭔지 몰랐다. 그들이 하는 말이 무슨 말인지 하나도 몰랐다. 부당 해고는 뭔지, 똑같은 일로 시위를 하는 것 같은데 왜 두 단체의 말이 완전히 다른 건지, 협동조합에서 노동자들이 노동조합을 만들었다고 집에서 차로 두 시간이 떨어진 곳에 발령을 받은 게 왜 노동자 탄압인지, 방송국에서는 왜 커밍아웃한 동성애자를 방송에서 잘라버렸는지 몰랐다.

사람들은 영진과 주현이 태어나서 단 한 번도 들어본 적이 없는 낯선 단어들을 말하면서 울었고, 악을 질렀다, 죽은 사람의 사진을 들고 엉엉 울었다. 어떤 사람은 1년 가까운 시간 동안 크레인 위에서 살고 있었고, 어떤 사람은 자살을 했다. 어떤 날은 길 하나를 사이에 두고 서로를 헐뜯기도 했다.

뭐가 옳은지는 잘 몰랐다. 주현은 그들의 눈물과 분노에 신경 쓰지 않았다. 방석을 많이 사주는 쪽이 최고였다. 방석을 팔고 온 날이면 주현은 푸켓이나 필라델피아에 가는 비행기 표를 검색해보면서 행복해했다. 주현은 차근차근 여권을 만드는 법부터, 환전하는 법을 알아봤다. 겨울이 되자, 주현은 휴대용 손난로를 함께 팔까 고민했다.

영진은 돈을 많이 벌고, 주현이 고향으로 가지 않으면 행복해질 줄 알았는데 아니었다. 싸우는 사람들을 볼 때마다 답답했다. 아니, 주현이 말했던 것처럼 공허했다. 통장에 쌓이는 돈을 보며 즐거워하는 주현에게 차마 공허하다는 말을 할 수는 없었다. 매일 밤 영정을 부여잡고 울던 사람들이 꿈에 나온다는 걸 말할 수 없었다.

"이번에 서울광장에서 엄청 크게 모인대. 방석 많이 사놔야겠다."

주현이 페이스북을 보면서 말했다. 영진은 더 이상 방석을 팔고 싶지 않았다. 더 이상 밤마다 악몽을 꾸고 싶지 않았다.

"저기, 이번에 좀 쉬면 안 될까?"

"그게 무슨 말이야? 지금 이 좋은 기회를 놓치겠다고? 너 진짜 말이 된다고 생각해? 빨리 돈을 모아야 편의점도 안 가고 공부만 할 수 있는데, 이 좁아터진 집을 벗어날 수 있는데 안 가겠다고? 진짜 너 왜 그래?"

주현은 영진을 질타했다. 영진은 주현과 싸우기 싫어서 입을 다물었다.

주현의 말처럼 서울광장에는 사람들이 많이 모여 있었다. 버스를 타고 서울광장으로 오는 길은 이상했다. 평소에도 경찰자들이 많이 있기는 했지만, 그렇다고 서울역, 남영역까지 경찰차가 죽 서 있지는 않았기 때문이다. 경찰들도 너무 많았다. 심지어 그냥 경찰도 아니었다. 방패와 몽둥이를 들고 잔뜩 무장한 경찰투성이였다. 많다는 것을 제외하고는 늘 보던 풍경이었다. 그런데 영진의 눈에 낯선 것이 눈에 띄었다. 화물 트럭처럼 생긴 차가 서울광장 옆에 서 있었다. 처음 보는 거였다. 뭔가 이상했다. 주현에게 말하고 싶었지만, 주현은 방석을 파느라 정신이 없었다. 둘이 가져온 방석은 금방 다 팔렸다.

집에 가려던 영진과 주현은 확성기 소리를 들었다.

"여러분은 지금 불법집회 중입니다. 1차 경고입니다. 해산하십시오. 1차 경고입니다."

무대 위에 있던 사람이 말했다.

"우리는 집회신고를 마치고 모였습니다. 경찰은 지금 우리의 합법적 집회를 불법으로 몰아가고 있습니다."

경찰은 다시 확성기로 2차 경고를, 그리고 얼마 지나지 않아 3차 경고를 했다.

"야, 빨리 가자. 무슨 일 생길지 모르잖아."

주현이 영진의 팔을 끌었다.

"가만히 있어봐. 무슨 일인지 좀 들어야겠어."

영진은 끝까지 버텼다. 궁금했다. 3차 경고까지 마친 다음에 무슨 일이 일어날지도 궁금했고, 오늘은 무슨 일로 이렇게나 많은 사람이 모여서 시위를 하는지도 궁금했다.

어느 아주머니가 둘에게 다가왔다. 그 아주머니는 광장에서 늘 보는 김밥이나 모자, 물을 파는 분이 아니었다. 환하게 웃는 얼굴부터가 다른 사람들과 달랐다.

"안녕하세요? 많이 힘들죠? 우리 여성상담소에서 만든 주먹밥이에요. 이거 드시고 함께 힘냅시다."

아주머니는 둘에게 은박지로 둘둘 싸인 주먹밥을 주었다. 영진은 낯선 사람이 와서 먹을 것을 건네다니, 판촉이나 홍보를 하려는 줄 알고 경계를 했다. 하지만 아주머니는 주먹밥을 주고 다시 한번 영진과 주현을 보더니 다른 사람에게로 갔다. 주먹밥은 방금 만들었는지 따뜻했다. 함께 힘내자는 말이 계속 영진의 머릿속에 맴돌았다. 생각하면 생각할수록, 따뜻했다. 집회하는 사람들을 볼 때마다 느끼던 답답함, 석연치 않음이 조금은 해결되는 듯했다. 영진은 아주머니의 뒷모습을 물끄러미 바라보았다. 영진은 배도 고프지 않으면서 그 주먹밥을 한 입 베어 물었다. 맛있었다.

"빨리 가자."

주현은 계속 영진을 재촉했다. 영진은 발이 떨어지지 않았다. 무대 위에 있던 사람이 말했다.

"동지 여러분, 정부는 이곳에 모인 시민을 보호하는 대신 자신들의 이익을 보호하고 있습니다. 여러분! 청와대로 갑시다. 우리의 힘을 보여줍시다. 투쟁!"

"투쟁! 투쟁! 결사 투쟁!"

"야, 가자. 무서운 일 생길 것 같잖아."

주현이 다시 재촉했다. 영진은 주현의 말을 듣지 않고 손가락으로 무지개 깃발을 가리켰다.

"이거 봐. 되게 예쁘다. 뭐라고 써 있는 거지?"

"됐어. 빨리 가자니까."

주현이 팔을 끌었다. 영진은 마지못해 끌려갔다. 둘은 서울광장 맞은편에 있는 플라자호텔 쪽으로 걸어갔다. 차량을 통제한 건지 도로에는 차들이 한 대도 없었다. 도로 가장자리에는 경찰버스들이 벽처럼 빽빽하게 서 있었다. 영진이 방석을 팔기 전에 보았던 큰 차가 서울광장 가까이에, 청와대로 가고 있는 사람들에게 다가왔다. 영진은 겁이 났다. 무서워서 주현의 손을 잡았다.

"괜찮아. 우린 방석 판 거니까 죄가 없어. 괜찮아."

하지만 영진과 주현은 서울광장을 벗어나지 못했다. 경찰이 둘의 앞을 가로막았다. 뒤에서 사람들이 소리쳤다. 가자,

앞으로 가자. 앞으로 가자. 그 큰 차가 작동했다. 비가 내리기 시작했다. 비에서는 까나리액젓 냄새가 났다. 사람들이 가방에서 비옷과 우산을 꺼냈다. 뒤에서 사람들이 외치는 소리를 듣고서야 그것이 살수차라는 것을 알게 되었다. 물줄기는 엄청나게 셌다. 앞에 서 있는 사람들이 물줄기를 버티지 못하고 뒤로 밀려났다. 우산은 찢어졌다. 물줄기를 맞은 도로가 움푹 파였다. 도로가 패는 것을 본 영진은 등줄기에 소름이 돋았다. 저걸 맞으면 죽을 것 같은데, 왜 저걸 아무렇지도 않게 사람에게 쏘고 있는지 무서웠다. 여기저기에서 비명 소리가 났다. 사람들이 힘없이 쓰러졌다. 물줄기는 사방으로 흩어졌다. 대열은 흩어졌다. 서울광장에 있던 사람들이 모두 물에 흠뻑 젖었다. 다 같이 온몸에서 까나리액젓 냄새가 났다. 영진과 주현도 마찬가지였다.

잠시 잠잠하던 물줄기가 다시 쏟아졌다. 우산이 부러졌다. 사람들은 모두 떨었다. 무서워서 떠는 건 아닌 것 같아 보였다. 분노였다. 영진은 물줄기를 맞으면서도 도망을 가지 못했다. 공포와 분노가 뒤섞인 얼굴을 계속 보고 싶었다. 여기서 사람들이 꺾이지 않았으면 하고 바랐다. 응원하고 싶어졌다.

물줄기가 멈추자 경찰들이 사람들에게 다가왔다. 그리고, 물에 흠뻑 젖은 사람들을 잡아가기 시작했다. 경찰들이 평소보다 많은 이유가 있었다. 경찰은 영진과 주현의 두 팔을 잡왔다.

“어어, 이거 놔요. 저 그냥 구경하던 사람이에요. 이거 놓으라구요!”

주현이 필사적으로 몸부림을 쳤지만 소용없었다. 영진도 경찰에게 끌려가면서 바둥거렸다. 바둥거릴수록 경찰은 더 세게 영진을 잡았다. 아팠다. 누군가 영진의 머리를 내려쳤다. 영진은 정신을 잃었다.

한참 후에 영진은 눈을 떴다. 영진의 머리맡에는 담요 하나가 놓여 있었다. 일주일은 지난 것 같았다. 밀린 잠을 잔 듯 머리가 맑았다. 옆에는 주현이 있었고, 주현 옆에는 흠뻑 젖은 사람들이 앉아 있었다.

“일어났어?”

영진은 고개를 끄덕이며 몸을 일으켰다. 방금 전에 누구한테 맞은 것이 기억나서 머리를 만졌다. 다친 데는 없었다.

“나 아까 누구한테 맞지 않았어? 피 나지 않았어?”

“왜, 피를 분수처럼 쏟을 줄 알았어?”

“아니…… 그런 건 아니지만 아까 다친 건 기억이 나는데……”

주현은 콧방귀를 세차게 뀌었다.

“열사 나셨네, 열사 났어. 경찰차에 머리 부딪히고 정신을 잃은 게 누군데? 너 저기 경찰 보이지? 얼굴 하얗게 질린 거 보여? 너 아까 끌고 온 경찰인데, 네가 바둥거리다가 결국 경찰차에 머리 부딪히고 정신을 잃으니까 너무 놀라서 토하더라. 너 죽은 줄 알고, 난리도 아니었어. 구급차를 부르니 마니 이러고 있는데 아니…… 너 금방 코를 골더라? 피가 나기는, 입에 흘린 침이나 닦아. 어휴, 내가 못 살아. 무지개 깃발이 예쁘다 뭐다 할 때 머리채 잡고 집으로 끌고 갔어야 했어."

영진은 소매로 입가를 닦았다. 소매가 금방 축축해졌다.

시위를 구경하고 그들을 응원했을 뿐인데 경찰서라니, 정신이 아득했다. 벌금, 유치장, 감옥…… 이런 단어들만 생각났다. 지금까지 경찰서에 와본 적도 없는 둘은 앞으로 어떻게 되는지 막막했다. 영진은 화장실에 가고 싶었다. 너무 막막해서 담배도 한 대 피우고 싶었다. 자리에서 일어나자마자 경찰이 가로막고 섰다. 움직이면 안 된다는 거였다.

한 무리의 사람들이 경찰서로 들어왔다. 비옷을 입고 있는 것으로 봐서 방금 집회를 하다가 잡힌 사람들 같았다.

"이게 경찰입니까? 시민이 낸 세금으로 시민을 때려잡습니까?"

묵직하고 카랑카랑한 목소리가 들렸다. 반쯤 찢어진 비옷을 입은 사람이 들어오면서 소리를 지른 거였다. 경찰들은 아무 말이 없었다.

"왜 대답이 없습니까? 나를 왜 잡아 온 겁니까? 법적으로 무슨 문제가 있길래 잡아들인 거죠?"

"선생님, 조용히 하시지 말입니다. 다른 분들도 다 조용히 계시지 않습니까. 선생님은 지금 불법집회를 하셨고……"

"불법집회요? 내가 가서 신고한 집회이고 정당에서 연 행사인데, 이게 불법이란 말입니까?"

"아니…… 선생님, 선생님이 무슨 법관도 아니고 변호사도 아니고 왜 그러십니까. 네?"

"변호사면 어쩔 건데요?"

"그럼 저희가 지금 당장 뭘 못 한다는 것도 잘 아시겠네요. 일단 앉아 계십시오."

그 사람은 씩씩거리면서 영진의 옆에 앉았다. 추운지 떨고 있었다. 영진은 옆에 있는 담요를 건넸다. 감사하다며 방금 전에 영진과 주현이 팔았던 방석을 내밀며 이거라도 깔고 앉으라고 했다.

"동지들, 다친 데는 없어요?"

그 사람은 스스럼없이 영진과 주현에게 말을 걸었다. 영진과 주현은 깜짝 놀랐다.

"아 이런, 미안해요. 내가 이름을 말 안 했네. 내가 집회에서 만난 사람들은 그냥 다 친구처럼 여기는 버릇이 있어가지고. 정민주라고 해요. 그런데 어디서 많이 뵌 분들 같은데."

민주는 영진과 주현을 보면서 고개를 갸웃거렸다. 옆에 있는 사람이 거들었다.

"지난주엔가? 재능교육 농성장에서 뵌 것 같은데? 그쵸?"

어쨌든 재능교육 농성장에 간 건 사실이었다. 영진은 고개를 끄덕였다.

"반가워요. 전 진우라고 해요. 송진우."

진우가 영진에게 손을 내밀었다. 손이 찼지만, 영진은 그걸 느끼지 못했다. 물대포, 경찰차, 경찰서, 스스럼없이 말을 거는 사람들까지 모든 게 처음이었고, 낯설었다. 싫지 않았다. 오히려 기분이 좋았다. 주현은 빨리 여기만 나가면 된다는 듯 고개를 돌리고 새침하게 앉아 있었다.

"그런데 어디서 오셨어요?"

민주가 물었다.

"저흰 노량진이요."

영진이 말하자, 진우가 다시 물었다.

"아니, 어느 단체 소속이냐고 물었던 건데. 저희는 재단 함께에서 왔어요. 들어보셨어요? 이번 주에 성소수자 차별 실태 보고서도 발표했는데."

처음 듣는 이름이었다. 일단 영진은 성소수자가 누굴 말하는지도 잘 몰랐다.

"그런데 송 변, 몇 년 전에 노량진 고시원에서 불나지 않았어? 우리 거기도 갔던 것 같은데. 수산시장이었나."

"저 머리로 어떻게 변호사를 하고 있는 거야. 이봐요, 정민주 씨. 불나서 우리 가서 집회한 데는 청량리였잖아. 창문에 잠금장치 달아놔서 탈출 못 했던. 기억 안 나?"

진우가 혀를 끌끌 찼다.

"그랬나? 물대포 맞아서 좀 멍해졌나 봐. 나 기억력 좋은 거 알면서."

"물대포 맞기 전에도 기억력이 그렇게 좋지는 않았던 것 같은데. 아니, 그런데 우리 물대포 오랜만에 맞지 않아? 동지들도 요즘 맞아본 적 없죠? 이게 무슨 난린지 모르겠어. 불법 집회라는 소리는 또 뭐야. 경찰들도 어마무시하게 많고 말이야. 최루탄이 사라진다 했는데 살수차라니, 세상 진짜. 참, 동지들 배고프지 않아요? 나가려면 시간이 좀 걸릴 거니까 이거라도 먹고 있어요."

진우가 주머니에서 은박지를 꺼냈다. 살수차를 만나기 전 영진과 주현이 받은 주먹밥이었다. 아직 온기가 남아 있었다. 영진은 마음이 뭉클해졌다. 함께 힘내자는, 주먹밥을 주었던 아주머니의 말을 실감했다. 화장실이나 다녀오겠다고 경찰을 찾아간 주현을 버려두고, 영진은 민주와 진우 주위로 하나둘씩 몰려드는 사람들과 섞였다. 그들과 함께 있고 싶었다. 그들과 있을수록 마음의 공허함이 해소되는 것 같았다.

사람들은 열두 시간이 지나지 않아 풀려났다. 그동안 많은 사람이 경찰서에 있었다. 처음 간 경찰서였지만, 영진은 너무 즐거웠다. 구름 위를 걷는 것 같았다. 함께 있으니, 경찰서에 있는 게 춥지도 않았고, 우울하지도 않았다. 경찰서를 나왔을 때는 해가 뜨고 있었다. 밤새 잠을 자지 못했는데, 이제 곧 PC방에 일을 하러 가야 하는데도 하나도 피곤하지 않았다.

4. 연대는 몸에 좋아요

경찰서에서 나온 이후로 둘의 일상은 바뀌지 않았다. 보름 동안 무단결근을 하고 편의점에서 해고당한 주현은, 민주가 소개해준 노무사의 도움으로 받지 못한 월급을 독촉하면서 동네 카페에서 일을 했다. 카페도 역시 점심시간을 빼고는 한가해서, 음료 한 잔을 시켜놓고 인강을 듣는 손님들처럼 카운터에서 인강을 들었다. 영진은 계속 PC방에서 일을 했다. 겨울방학이 시작되었고, 영진은 학교에 가는 대신 민주와 진우를 만났다.

주현은 그즈음 자주 영진에게 투덜거렸다.

"투사 나셨어. 일제강점기에 태어났으면 독립운동하겠다고 만주로 이주하셨겠어. 그때그때 주문해서 방석을 팔았으니 망정이지 안 그랬으면 방석에 깔려 죽을 뻔했다구."

"같이 가자. 민주 씨도 그렇고 진우 씨도 그렇고 재밌고 좋은 사람들이잖아. 난 요즘 기분 되게 좋은데.”

“갈 거야. 갈 거긴 한데, 네가 걱정이다. 너 요즘 되게 변했어. 이상한 말이나 자꾸 하고.”

영진은 자신이 많이 변했다는 걸 몰랐다. 자신이 원하던 것을 드디어 찾게 되었다고 생각했지, 주현이 걱정하는 것도 알아채지 못했다.

주현이 뭐라고 생각을 하든, 영진과 주현은 서울 이곳저곳을 열심히 다녔다. 재능교육 농성장부터 노동자대회까지, 국회의사당 앞에서 서울시청 앞까지 눈을 감고도 지도를 그릴 수 있을 정도로 열심히 움직였다.

영진은 민주와 진우가 하는 말을 스펀지처럼 모두 흡수했고, 모르는 건 책을 읽거나 인터넷으로 검색을 했다.

조그만 나라에서 너무 많은 일이 일어나고 있었다. 어떤 회사는 노조를 만들었다는 이유로 직원들을 모두 해고했다. 해고당한 직원들이 시위를 하자 용역을 고용해서 쫓아냈다. 어떤 곳에서는 아르바이트를 하던 학생이 안전 수칙을 지키지 말고 빨리 일을 하라는 회사의 말을 그대로 따르다가 죽고 말았다. 지하철 스크린도어 수리 아르바이트를 하던 열아홉 살의 청년이 사고로 죽었다. 대기업에서는 주민들의 반대에도 마을에서 신앙처럼 지켜오던 바위와 우물을 파괴하고 건물을 지었다. 영진은 인터넷에서 바위와 자신의 몸을 쇠사

슬로 동여맨 사람을, 그리고 법대로 하는 거라면서 그 사람의 몸에 전기톱을 들이대는 경찰의 사진을 보았다. 부부로 살던 두 여성 중 한 명이 암으로 죽자, 남은 사람은 가족이 아니라는 이유로 40년간 함께 산 집에서 쫓겨났다. 결국 그 사람은 먹고살 길이 막막해져 자살을 했다.

가벼우면 안 되는데, 사람의 죽음은 너무 가벼웠다. 민주와 진우를 만나고, 그들과 함께 다른 사람들을 만나면서 계속 영진은 생각했다. 아무도 자살하지 않고, 아무도 사고로 죽지 않는 세상에서 살고 싶었다. 혼자만 행복하고 싶지 않았다. 아무도 죽지 않는 방법을 찾고 싶었다.

영진이 자신만의 문제에 빠져 있는 동안 주현은 일반 행정직 시험을 포기하고 교정직 시험을 보기로 했다. 아무리 영진을 따라다녀봐도 자신은 계속 그곳에 있고 싶지 않았다. 평범하게, 아무 문제 없이 제도권 안에서 살아가고 싶었다. 영진은 소중한 친구였지만, 지금의 영진은 볼 때마다 낯설었다. 낯설어서 말을 붙이기도 어려웠다. 주현은 점점 영진이 가는 집회에, 집회가 끝나고 사람들과 함께하는 술자리에 가지 않았다. 영진과 주현은 점점 대화가 없어졌다.

영진은 그 사실을 몰랐다. 주현의 고민도, 주현의 결심도 몰랐다. 그냥 주현은 피곤하고 공부할 게 많아서 집에 있고만 싶나 보다 생각했다.

시간은 금방 흘렀다. 한 해가 바뀌고 있었고, 대통령 선거가 다가오고 있었다. 인권변호사 출신에, 독재정권 시절에는 민주화 운동에 앞장섰던 사람이 대통령 후보로 나왔다. 지난 대통령 선거에 나왔었지만 떨어졌던 사람이었다. 사람들은 이번에는 드디어 저 사람의 차례가 왔다며, 이번에는 꼭 대통령이 될 거라고 술렁였다. 민주도, 진우도 덩달아 영진도 어쩌면 이번에는 다른 대통령이 나올 수 있다는 희망이 있었다.

영진은 오랜만에 주현과 함께 민주, 진우를 만났다. 종로 근처의 술집에서는 대통령 후보 토론회를 켜놓았다. 넷은 함께 맥주에 치킨을 먹으며, 모든 기억이 가물가물한 민주의 오류를 진우가 지적하는 것을 들으면서 텔레비전을 보았다.

토론 주제가 동성애에 관한 것이기 전까지 분위기는 좋았다. 민주는 한껏 흥이 올랐고, 주현도 어쩐 일인지 민주의 말을 기분 좋게 받아쳤다. 인권변호사 출신 대선 후보는 동성애는 반대한다고 말했다. 동성결혼을 합법화할 생각도 없다고 했다.

그 한마디에 술자리 분위기는 초상집처럼 변했다. 동성결혼 합법화에 온 인생을 바치겠다고 입버릇처럼 말하던 민주는 말없이 맥주를 벌컥벌컥 마시더니 담배를 피워야겠다며 비틀거리며 나갔고, 진우의 핸드폰은 쉴 새 없이 전화가 울렸다. 분노와 억울함, 존재를 인정받지 못한 데서 오는 자괴감이 민주와 진우의 얼굴에 가득했다. 영진은 그 표정을 똑똑히 보고 말았다. 다른 사람을 위해 힘껏 싸우는 민주를 행복하게 하고 싶었다. 뭐든지 하고 싶었다. 민주가 담배를 피우고 돌아오자, 술자리는 갑자기 내일 있을 긴급 기자회견 준비로 바뀌었다.

집으로 돌아오는 지하철 안에서 영진은 의자에 몸을 기대고 눈을 감고 있는 주현에게 말했다.

"아까 민주 씨가 한 말 기억나?"

"말을 하도 많이 했어야지. 무슨 말?"

주현은 건성으로 대답을 했다.

"왜 우리 인권을 자기들이 멋대로 판단하냐는 말."

"아, 그 대통령 후보가 했다는 말? 사회적 합의? 그것 때문에 민주 씨가 정색했지. 말이 나와서 말인데, 사람들이 싫어하면 안 해야지. 다 같이 사는 세상인데. 민주 씨나 진우 씨는 보면 너무 자기 세상에만 갇혀 사는 것 같아."

"아니, 내가 하려는 말은 그게 아니라…… 민주 씨랑 진우 씨 얘기는 나중에 하고. 아까 국회의사당 앞에서 긴급 기자회견 한다고 했잖아? 그거 기자회견 아니래. 기습 시위 할 거래. 민주 씨가 담배 피울 때 따로 얘기하더라구. 같이 가자고."

주현은 그제야 감고 있던 눈을 떴다. 눈을 부릅뜨고 영진에게 말했다.

"야, 서영진. 지금 미쳤어? 너 지금 민주 씨랑 진우 씨 어울리면서 몇 번이나 경찰서에 들락거렸는지 알아? 진짜 교도소 살려고 작정했어? 돌았어? 거기 방송국에서도 온다잖아. 사람들이 다 본다고. 다음 대통령이 될 게 뻔한 사람이야. 진짜 너…… 가기만 해. 나 그럼 너 다신 안 봐. 그 사람들하고 어울리면서 너 얼마나 이상해졌는지 모르지? 네가 하도 좋아하니까 만나는 거지, 난 민주 씨도 진우 씨도 싫어. 다른 사람들은 편히 사는데 왜 우리가 나서서 힘든 일을 맡아서 해야 해? 미친 거 아냐? 돈도 안 나오는데 왜 네가 나서서 고생을 사서 하냐고. 이유가 뭐야? 네가 동성애자야? 그렇다고 해도 왜 꼭 네가 가야 해?"

주현의 목소리가 높아졌다.

"주현아, 너 혹시 우리 고 3 때 콜센터에서 일하다가 자살한 사람 얘기 기억나?"

"나지. 그때 한참 말 많았잖아. 너 되게 심각했어서 왜 그러냐고, 자살한 건 슬프고 안타까운 일이지만, 이렇게까지 슬퍼할 일은 아니라고 그랬었잖아."

"나 그때 안 슬펐어. 너나 나나 왜 전공도 아닌 일을 이렇게까지 열심히 해야 하나 싶고, 사람이 이렇게나 쉽게 죽어야 할 일인가 싶었어. 뭔가가 단단히 잘못된 것 같은데, 그게 뭔지 몰라서 혼란스러웠어. 알면 고칠 텐데, 적어도 고치려는 노력이라도 할 텐데 말이야. 그런데, 나 지금은 내가 왜 그때 혼란스러웠는지 알았어. 이제야 뭐가 잘못됐는지 알 것 같아. 나 가면 또 잡혀갈 거야. 그래도 뭔가를 할 수 있잖아. 나는 이게 내가 원하는 삶이라는 걸 깨달았어. 사람들에게 끌려다니는 것처럼 보이겠지만, 이런 끌려다님이라면 얼마든지, 기꺼이 끌려가고 싶어."

주현은 고개를 저었다.

"난 그렇게 못 살 것 같다. 그냥 편하게 살고 싶어. 우리 이미 고등학교 때 한 번 실패했었잖아. 또 실패하고 싶지 않아. 경찰서 그만 들락거리고 싶어. 나 공무원 될 거야. 보란 듯이 평범하게 살고 싶어."

"주현아, 나는 다 같이 보란 듯이 잘 살고 싶어. 틀린 걸 틀렸다고 말하면서 지금처럼 살고 싶어. 응원해줘."

주현은 단호하게 말했다.

"영진아, 네가 다른 사람의 행복이 어쩌고 하면서 경찰서에 들락거리는 거 도저히 못 보겠어. 네가 너무 소중한 친구라서 난 너무 괴로울 거 같아. 너 내일 거기 간다면 나는 널 다시는 안 볼래."

"나, 갈 거야."

"알았어."

주현은 쓸쓸하게 웃었다. 영진도 쓸쓸하게 웃었다. 지하철이 노량진역에서 멈췄다. 둘은 사이좋게 내렸다. 하지만 이제 영영 만날 일이 없을 것 같았다.

5. 달리기는 몸에 좋아요

아침이 되었다. 영진이 눈을 떴을 때 침대 옆에 주현은 없었다. 마음이 아팠다. 영진은 몸을 벌떡 일으켰다. 평범하게 살고 싶다는 주현의 말을 비웃거나 다 같이 잘 살아야지 왜 너만,이라고 말하고 싶지는 않았다. 민주가 개인의 의사를 존중해야 한다고 입버릇처럼 말했기 때문이다. 영진은 주현이 공무원 시험에 합격하기를 진심으로 바랐다. 영진은 PC방 사장에게 앞으로 일을 못 하겠다고 말한 뒤, 민주에게 잠깐 얹혀살겠다는 허락을 받고 짐을 챙겼다. 고향에서 서울에 올 때보다 짐이 조금 늘어 있었다. 배낭에 늘어난 짐을 꾹꾹 눌러 담았다. 현관을 나서기 전, 집을 한번 바라봤다. 땀을 뻘뻘 흘리면서 쪼그리고 앉아 걸레질을 하던 주현이 보이는 것 같았다. 눈물이 나 고개를 돌렸다.

영진은 굳은 결심을 하며 국회의사당 앞으로 갔다. 잔뜩 긴장한 영진과 달리, 단순히 어제 있던 텔레비전 토론회 때문에 긴급 기자회견을 하는 줄로만 아는 사람들은 느긋하게 움직였다. 민주는 시위를 시작하기 전 영진에게 말했었다.

“사람들이 많이 모를수록 좋아. 행동 10분 전에 알릴 거야. 가방에 깃발을 넣어둬. 내가 그 후보 앞에 가서 깃발을 꺼내 들면, 그때 사람들 틈에 끼어 있다가 너도 깃발을 꺼내 드는 거야. 알았지?”

영진이 민주에게 뭐라고 말했는지는 기억나지 않았다. 민주가 영진의 어깨를 두드린 것, “잘할 거야, 걱정하지 마”라고 한 말만 기억났다.

영진은 다른 활동가들과 함께 연설을 보려고 온 사람들 속으로 섞여 들어갔다. 혹시 허둥대다가 까먹을까 봐 깃발을 바로 꺼낼 수 있도록 가방을 앞으로 멨다. 손에 땀이 흥건했다. 고개를 들었다. 오랜만에 미세먼지 없는 하늘이 파랬다. 손이 시렸다.

연설이 시작되었다. 세상에서 가장 정의롭고 분명하고 확신에 찬 목소리가 파란 하늘에 퍼졌다. 연설이 거의 끝나갈 때쯤 민주가 대통령 후보 앞으로 성큼성큼 빠르게 달려나갔다. 그와 동시에 무지개 깃발을 펼쳤다. 영진과 다른 활동가들도 사람들 속에서 깃발을 펼쳤다. 국회의사당 전체가 분노를 담은 무지개 깃발로 뒤덮였다. 연설은 중단되었다. 경호원이 민주를 가로막았다. 순식간에 경찰들이 몰려왔다. 영진도 다른 활동가들도 팔과 어깨가 경찰들에게 꽉 잡힌 채 끌려 나왔다. 모두 깃발을 빼앗기고, 국회의사당 밖 인도로 쫓겨났다. 이 모든 일은 5분도 걸리지 않았다.

경찰들은 민주와 영진을 비롯한 활동가들을 포위했다. 대통령 후보는 무슨 일이 있었냐는 듯 연설을 계속했다. 영진은 한숨을 쉬며 인도에 쪼그리고 앉았다. 얼마나 세게 붙잡혔는지 팔목이 시큰거렸다. 민주의 말처럼 대통령 후보의 연설이 끝나면 경찰들도 돌아갈 것 같았다. 영진은 이제 곧 끝나니, 돌아가 민주와 언제까지 지낼 건지, 앞으로 뭘 하며 살지 고민을 해봐야겠다고 생각했다.

대통령 후보가 국민 모두 안전하고 평화롭게, 모두의 인권이 존중받으며 살 수 있으면 좋겠다고 연설을 마쳤다. '모두의'라는 말 속에는 민주가 그토록 원하는 성소수자의 인권은 없는 듯했다. 무지개 깃발까지 펼쳤는데, 우리는 이렇게 포위당하고 있는데, 영진은 참을 수가 없었다. 없는 존재, 없는 취급. 수치스럽고 화가 났다. 이대로 대통령 후보가 연설을 마치게 하면 안 될 것 같았다. 도대체 당신의 국민 속에는 누가 포함되고 누가 빠진 건지, 왜 자기 마음대로 개인의 인권을 골라내는지 따지고 싶었다. 영진은 자리에서 벌떡 일어나 대통령 후보에게 달려가려 했다.

하지만 민주가 더 빨랐다. 민주는 경찰들을 뚫고 걸어가고 있는 대통령 후보에게 달려갔다.

"당신의 국민 속에, 성소수자는 없는 겁니까? 대한민국에 살고 있는 여성이며 성소수자인 나는 그럼 여성이며 성소수자인 채로 안전하고 평화롭게 사는 당신의 국민이 될 수 없다는 겁니까?"

민주는 큰 소리로 외쳤다. 울먹였다. 울고 있었다. 경찰이 달려들었다. 민주는 그대로 붙잡혔다.

경찰들은 앉아서 쉬고 있던 다른 활동가들도 잡아끌기 시작했다.

"왜 잡아가는 거죠? 이유가 뭡니까?"

진우도 따라가면서 소리를 질렀다. 옆에 서 있던 경찰버스에 하나둘씩 실려 갔다. 경찰들은 한 버스에 활동가들을 싣지 않고, 여러 버스에 나눠서 실었다. 순순히 실려 가는 사람은 없었다. 소용없었다. 모두 질질 끌려갔다.

영진의 양옆에도 경찰들이 붙었다. 영진도 끌려가지 않으려고 몸부림을 쳤다. 또 경찰서라니, 아니, 행복하게 살자고 하는 일인데, 입까지 틀어막으려고 하다니 화가 치밀었다. 끌려가는 게 힘들어서가 아니라 화가 나서 얼굴이 벌게졌다. 잡혀가야 할 이유가 없다고 생각했다. 없었다.

"성소수자의 존재 자체가 없어져야 한다고 말하는 게 무슨 대통령 후보입니까? 그런 대통령이 있는 나라에서 살고 싶지 않아요. 무슨 잘못을 했길래 끌고 가는 겁니까? 이거 놓으라구요! 빨리 안 놔?"

영진은 온 힘을 다해 버둥거렸다. 무슨 힘이 어디에서 났는지, 영진을 경찰버스에 넣으려던 경찰은 팔을 다치기까지 했다. 경찰의 손이 잠시 느슨해졌다. 영진은 그때를 놓치지 않고 경찰의 손을 뿌리쳤다. 사람들을 헤치고 달리기 시작했다. 영진은 국회의사당 앞 도로를 달려, 여의2교 쪽으로 갔다. 경찰들이 쫓아왔다. 샛강공원 다리를 빠르게 건너자마자 왼쪽으로 몸을 틀었다. 오피스텔촌이 나왔다. 영진은 좁은 골목으로 더 구불구불한 길로, 영등포시장 쪽으로 달렸다.

어지러웠다. 눈앞에 캄캄했다. 다리에 힘이 풀리면서 푹푹 꺾였다. 여기에서 멈추면 그대로 잡혀갈 터였다. 공무집행방해죄로 정말 구치소에 가게 될지도 몰랐다. 영진은 이를 악물었다. 입술에서 피 맛이 났다. 다시 뛰었다. 뛰는 것보다 걷는 것에 가까웠지만 계속 뛰었다.

담을 넘었고, 숨이 턱까지 차면서 주현을 생각했다. 고속버스 터미널에서 환하게 웃던, 매일 저녁 걸레질을 하던, 신이 나면 옛날 노래를 흥얼거리던 주현이, 마지막에 쓸쓸하게 웃던 주현이 생각났다. 다시 가고 싶었다. 하지만 갈 수 없었다. 사이렌 소리가 들렸다. 영진은 그쪽으로 뛰었다. 뛴다고 생각하면서 걸었다.

좁은 골목 사이로 멀리 큰 빌딩들이 보였다. 빌딩들이 반짝였다. 경찰들이 따라오는 소리가 들리지 않았다. 영진은 천천히 큰길 앞의 벤치에 주저앉았다. 바람이 불었다. 바람이 찼다. 그제야 발이 아팠다. 신발이 벗겨진 발바닥은 피투성이었다. 도로에 차들이 지나갔다.

아마도 영진은 평생 이렇게 달려야 할지 모르겠다고 생각했다. 앞으로 이런 일이 더 많은 것 같았다. 핸드폰이 울렸다. 민주였다. 영진은 전화를 받았다. 민주는 경찰서에 도착한 건지 소란스러웠다. 숨이 차서 말이 나오지 않았다. 눈물이 날 것 같아서, 말을 하지 못했다.

"어디야? 지금? 도망친 거야? 응?"

영진은 말하는 대신, 민주가 옆에 있는 듯 고개를 끄덕였다. 응, 지금 도망쳤어. 나는 괜찮아, 다시 거기로 갈게, 어디야? 속으로 말했다.

안녕, 피터

영수는 운전대를 쾅 하고 쳤다. 그 소리에 유진이 거울을 보고 있다가 깜짝 놀랐다.

"도로만 뚫으면 단가? 운전을 하게 해야 할 거 아냐!!"

영수는 다시 한번 운전대를 쳤다. 13번 국도로 들어가는 고가도로는 교외로 나가려는 차들 때문에 꼼짝도 할 수 없었다. 영수와 유진, 진석이 탄 차는 고가도로에서 한 시간째 가다 서다를 반복했다. 더위를 잘 타지 않는 유진의 이마에도 땀이 송골송골 맺혔다. 유진은 왼손을 들어서 땀을 닦았다. 손끝에서 땀이 떨어졌다. 조수석에 있던 유진이 고개를 뒤로 돌렸다. 진석이 땀을 뻘뻘 흘리면서 자고 있었다. 진석의 회색 셔츠는 땀에 절어 진회색이 되었다. 진석이 숨을 쉴 때마다 거대한 배가 부풀었다가 가라앉았다. 셔츠 단추가 터질 것 같았다. 진석이 몸을 뒤척이자 땀냄새가 훅 끼쳤다. 유진은 고개를 돌려 창밖을 바라봤다. 얼마 전 내린 눈이 논 위에 그대로 쌓여 있었다. 보리를 심지 않은 논에서 까치들이 뛰고 있었다. 평화로웠다. 눈이라니, 밖은 무척 시원할 것 같았다. 유진은 다시 이마에 맺힌 땀을 닦았다.

영수는 주머니를 뒤져 담배를 입에 물었다. 라이터가 고장 났는지 불이 붙지 않았다. 영수는 창밖으로 라이터를 던졌다. 날씨가 무척 맑았다. 낙엽은 잘 말라서 바람이 불 때마다 바삭거리는 소리가 났고, 하늘은 눈이 부셨다. 파랬다. 바람도 적당히 불고, 배드민턴 치기 딱 좋은 날씨였다.

히터가 고장 난 건 차에 탄 지 얼마 되지 않아서였다. 차의 히터 스위치를 힘껏 돌린 사람이 장갑을 끼고도 손이 시리다고 말한 유진이었는지, 성질 급한 영수였는지는 잘 기억이 나지 않았다. 누군가 히터를 최대치로 힘껏 돌렸을 때, 힘없이 뽑혀버린 것뿐이었다. 뽑힌 스위치를 다시 제자리에 꽂아봤지만 히터는 꺼지지 않았다. 셋은 서로 고성을 내며 잘못을 탓해봤지만, 사실 누구의 잘못도 아니라는 걸 잘 알았다. 셋은 창문이란 창문은 다 연 채로 너무 건조해 눈까지 빽빽해지는 히터의 열기를 그대로 맞으면서 길을 달렸다.

여행의 시작은 늦게 군대에 간 영수의 말년휴가였다. 오랜만에 한자리에 모인 셋은 너무 즐거웠다. 진석과 영수, 유진은 초등학교부터 고등학교까지 같은 학교를 나왔고, 재희는 초등학교 6학년 때 전학을 왔다. 넷은 1년 동안 친하게 지내다가 진석과 영수를 빼고 각각 다른 중학교로 갔다가, 고등학교 때 다시 만났다. 재희의 어머니가 이사장으로 있는 고등학교였다. 재희는 그 고등학교를 별로 좋아하지는 않았지만, 연애할 수 있는 애들이 많아서 다닐 만하다고 입버릇처럼 말했다.

새로 지은 고등학교 주변에는 재밌는 게 없었다. 작은 문구점과 분식집, 곧 재개발에 들어갈 아파트 단지 외에는 아무것도 없었다. 수업 시간에 잠만 자는 진석이나 틈만 나면 구석진 곳으로 숨어 들어가 담배를 피우는 영수나 좋아하던 학교 선생님이 결혼하던 날 펑펑 울던 유진이나 가출을 밥 먹듯이 하는 재희도 모두, 뭐가 좋았는지 넷은 늘 깔깔거리며 잘 지냈다. 매일매일 비슷했다. 넷은 아니, 셋은 그 세월에 만족했다. 재희가 가버리고, 진석이 고등학교를 자퇴하고 검정고시를 준비하고 난 뒤 넷은 영영 모이지 못했다.

아예 보지 않은 것은 아니었다. 진석이 서울로 대학을 갈 때, 유진이 특전사로 군대에 갈 때, 진석이 공익근무요원으로 한 달짜리 훈련을 갈 때, 그리고 영수가 군대에 갈 때도 만나기는 했었다. 아무 말도 없이 동네 맥줏집에 앉아서 아무 말 없이 맥주를 마시며 텔레비전만 보다가 헤어졌을 뿐이었다. 그러다가 오랜만에 만난 셋은 재희를 묻은 선산이 있다는 강원도 방태산에 가보기로 했다.

지금 와서 생각해보면 강원도까지 간다는 건 미친 생각이었다. 하지만 너무 오랜만에 만났고, 무언가를 기념하고 싶었었고, 술은 너무 많이 마셨었다. 게다가 다들 전라도를 벗어나서 여행을 가본 적도 거의 없었다. 군 복무를 오래전에 마쳐서 강원도가 얼마나 춥고 눈이 많이 내리는지를 잠시 잊은 유진과 서울에서 대학을 1년 다니다가 자퇴하고 집에만 있는 진석에게 강원도라는 건 하와이나 오키나와처럼 멋있는 여행지였을 뿐이었다. 강원도 철원에서 지내는 영수가 둘을 말려야 했지만, 영수는 너무 취해서 말릴 수가 없었다.

정신을 차린 지금 셋은 한 시간 반이 넘도록 고가도로 입구에서 손으로 부채질만 하고 있었다. 부채질은 하나 마나였다. 영수는 주머니의 담배를 만지작거렸다. 담배가 피우고 싶었다. 너무 지루했다. 그런데 라이터가 없었다. 성냥이라도 아니면 부싯돌이라도 있었으면 좋겠다고 간절히 생각했다. 간절해지니 머리가 어지러웠다. 어제 먹은 술이 아무리 몸을 움직여도 깨지 않았다. 그건 영수만의 문제는 아니었다. 유진도 차가 움직일 때마다 속이 울렁거렸다. 누군가 얼큰한 해장국을 한 그릇 사 준다면 영혼까지도 팔 수 있을 것 같았다.

진석은 오랜만에 고향에 왔다. 백일 휴가 때 잠깐 들렀던 걸 빼놓고는 거의 2년 만이었다. 재희가 죽은 순간부터 영수는 어떻게든 다른 곳으로 떠나고 싶었다. 대학을 다른 지역으로 가고 싶었지만 실패했고, 마음은 버린 채로 몸만 고향에 머물렀다. 군대에 갔다는 것을 핑계로 되도록이면 고향에 오고 싶지 않았다. 하지만 전역을 하고 나면 또 머물러야 하는 고향이고, 휴가도 너무 길어서 이번에는 오지 않을 수가 없었다. 할 수 없이 왔지만 영수는 그 사이에 리모델링을 한 기차역 앞에서 한동안 움직이질 못했다. 역 앞은 예전 흔적을 찾을 수도 없이 변해 있었다. 자주 가던 오락실은 24시간 편의점으로 변했고, 재희와 자주 만나곤 하던 만화방은 '점포임대'라는 글씨가 붙어 있었다. 깔끔하게 정리된 역 앞도, 그 앞 도로도 너무 낯설었다. 그래서 불안했다. 바로 집으로 가 버릴까, 버스를 탈까, 아니지 오랜만에 유진에게 연락을 해 볼까,라는 생각을 하면서 영수는 역 앞 벤치에 앉아 담배 한 갑을 다 피웠다. 그 사이에 해가 졌다. 전화를 하자 유진은 낮잠을 자고 있었다며, 졸린 목소리로 전화를 받았다. 너무 반가웠다. 그제야 고향에 온 게 다행이라는 생각이 들었다.

"으으음."

진석이 잠꼬대를 하면서 팔과 다리를 휘저었다. 차가 흔들렸다. 영수는 다시 운전대를 쾅, 치더니 고개를 돌려 진석에게 소리를 쳤다.

"이 상황에서 잠이 오니? 야, 추헌곤 쟤 좀 빨리 일어나라고 해봐."

"얘, 추유진이야. 왜 자꾸 옛날 이름을 불러?"

"아 맞다. 아니, 이름 바꾼 지 얼마 안 됐잖아. 헷갈릴 수도 있지. 뭘 또 그렇게 예민하게 굴어?"

"이름 바꾼 지 5년이나 지났거든? 기분 나쁘니까 앞으로 주의해줘."

"왜, 요새 게이들은 그런 이름이 유행인가 보지? 유진이 뭐야? 추유진이."

영수가 빈정거리자 유진은 몸을 살짝 틀어서 창밖을 봤다. 개명 신청 하려고 서류 떼느라 혼자 쩔쩔 맬 때는 도와주지도 않았으면서, 이제 와서 잔소리라니 기분이 좋지 않았다.

유진은 5년 전에 이름을 바꿨다. 추헌곤은 고풍스럽다는 느낌을 훨씬 지나 촌스러웠고, 이름을 듣는 순간 남자라는 걸 단번에 알 수 있었다. 이름을 지을 때 삼대독자니까 돌림자를 써야 한다는 할아버지의 말을 곧이곧대로 들어서는 안 되는 거였다. 자신의 성별을 뭐라고 불러야 할지 아직도 몰랐지만, 어쨌든 남자 이름도, 촌스러운 이름도 싫었다. 유진이라는 이름을 가지게 된 순간, 유진은 그제야 진짜 자신을 찾은 기분이 들었었다.

영수는 고개를 돌리고 창밖을 바라보는 유진의 옆모습을

훔쳐봤다. 고등학교 때나 지금이나 턱선은 여전히 날렵했고, 고등학교 졸업 전 레이저 제모를 받은 턱에는 수염 자국 하나 없었다. 변하지 않은 건 턱선뿐이 아니었다. 입술도 여전히 예뻤다. 유진이 자신을 뭐라고 생각하든, 영수는 계속 유진을 훔쳐보았다.

그 사실은 모든 것에 빠삭한 재희도 모르는 영수만의 비밀이었다. 오랜 친구인 유진에게 그런 말을 함부로 꺼낼 수 없었다. 그리고 자신이 좋아하는 건 여자라고, 그렇게 믿으면서 살고만 싶었다. 다른 가능성은 처음부터 생각하고 싶지 않았다. 그래도 유진은 너무 귀엽고 예뻤다. 유진을 보는 영수의 귀가 빨개졌다. 부끄러웠다.

"루, 루씰!"

진석이 몸을 벌떡 일으켰다. 차가 다시 한번 출렁거렸다.

"야! 아 진짜, 불안해서 운전하겠어? 네가 핸들 잡을래?"

"아…… 꿈을 꿨어. 루씰이…… 우리 루씰이……"

"그 인형? 네 방에 있는?"

유진이 물었다. 진석이 고개를 끄덕였다.

"어…… 아니야."

진석이 헛기침을 했다. 진석은 말을 시작할 때나 끝맺을 때, 특히 무안하거나 부끄러운 얘기를 할 때는 더 크게 헛기침을 했다. 하루 이틀 듣는 것도 아닌데, 더운 차 안에서 그

소리를 들으니까 영수는 짜증이 났다.

"야, 영감이냐? 담배는 내가 피우는데 왜 네가 가래가 끓어?"

진석은 아무 말이 없었다.

"아, 진짜. 다들 밥 먹고 도로로 기어 나왔나. 아 진짜."

"영수야, 짜증 좀 그만 내. 지금 너만 짜증 나는 것도 아니잖아."

유진이 짜증스럽게 한마디 뱉었다. 영수는 원망스러운 눈으로 유진을 봤다. 영수가 한마디를 하려는 순간 앞차가 움직였다. 영수는 천천히 액셀러레이터를 밟았다. 열린 창문으로 건조하고 시원한 바람이 들어왔다. 셋의 이마에 맺힌 땀이 빠른 속도로 식었다. 셋은 적당한 추위에 안도하면서 점점 평안해졌다. 갈림길이 나왔다. 영수는 속력을 줄이며, 유진을 보았다.

"이 길이 맞는 거지?"

"응."

"확실해?"

"아유, 맞다니깐."

영수는 길을 잘 못 찾았다. 항상 다니던 길도 다른 방향에서 있으면 길을 찾지 못해서 우왕좌왕하며 패닉에 빠지곤 했다. 수십 번 가본 재희의 집을 헷갈리기도 했고, 어릴 때부터 늘 다니던 유진의 집은 아직도 헷갈려했다.

"근데 왜 꼭 국도야? 고속도로가 얼마나 길도 잘 뚫려 있고 편한데."

영수가 말했다.

"재희가 고속도로를 싫어하기는 했어. 흠."

"그래, 진석이 말이 맞아. 재희는 고속도로를 싫어했어."

유진도 거들었다.

"야, 재희는 오토바이 타고 다녔잖아. 차가 있었으면 고속도로를 무척 사랑했을걸? 국도로 가는 게 얼마나 돌아가는 길인지는 알고 그러는 거야?"

"난 오토바이를 타던 재희밖에 몰라. 그리고 차들이 쌩쌩 달리는 길보다는 풍경을 볼 수 있는 국도가 더 좋다구."

"알았어. 그럼 이따 편의점이나 슈퍼가 보이면 바로 서는 거다. 라이터 고장 났어."

영수는 단호하게 말했다. 셋은 첨단지구 13번 국도를 지나 담양으로 갔다. 88고속도로 근처를 지나면서 영수가 다시 한 번 고속도로를 타고 가자고 강하게 이야기하며 핸들을 고속도로 쪽으로 틀었지만, 둘의 찢어질 듯한 괴성에 다시 국도 쪽으로 핸들을 틀었다.

편의점이 보이자 멈춰 서서 먹을 것과 마실 것을 잔뜩 샀다. 컵라면으로 해장도 했다. 다이어트를 한다며 라면 한 개만 먹겠다던 진석이 라면 한 개를 더 먹을 동안, 영수는 담배를 피우면서 인도에 무성하게 난 풀들을 발로 건드렸다. 풀들은 영수의 발끝이 닿으면 휘청거리다가 다시 제자리를 잡기도 했고, 영영 부러져서 바닥에 누워버리기도 했다. 영수는 바닥에 누워버린, 반쯤 누렇게 변한 풀을 물끄러미 바라보았다. 재희 같았다. 아니, 죽은 채로 반쯤 누워서 세상을 살아가는 자신 같았다. 유진을 좋아하면서도 말을 못 하고 인생의 절반을 보냈고, 그 허전함을 무시하며 아무것도 하지 않는 자신과 다를 바가 없었다. 영수는 다시 담배를 입에 물었다. 쌀쌀한 바람이 온몸을 파고들었다. 영수는 몸을 웅크리면서 인도에 걸터앉았다.

"얘, 그렇게 앉아 있지 마. 양아치 같잖아. 어쩜 앉아도 꼭."

"신경 꺼."

영수는 유진에게 퉁명스럽게 대꾸하곤 고개를 반대편으로 돌렸다. 휑하게 뚫린 교차로가 눈에 들어왔다. 간혹 신호등 앞에서 깜빡이를 켜고 서 있던 차들은 좌회전을 하거나 우회전을 했다. 영수가 앉아 있는 차도 쪽으로는 한 대의 차도 지나가지 않았다. 차가 지나다니면 공기가 안 좋다고 투덜거렸겠지만 영수는 아무것도 없는 것이 쓸쓸하다고 느꼈다. 진석이 라면 국물을 마시는 소리가 들렸다. 정신이 들었다. 우울했다. 영수는 다시 담배를 한 대 입에 물었다. 빨리 재희를 보러 가고 싶었다. 영수는 유진과 진석을 재촉했다.

"가자."

입가심으로 빵을 먹고 있던 진석과 막대사탕을 입에 막 문 유진이 고개를 들었다.

"담배는 다 피우고 가."

유진이 쌀쌀맞게 말했다.

"아까는 별말 없더니 왜 그래?"

"아깐 막히는 도로 위였고 지금은 아니잖아. 다 피우고 차에 타. 간접흡연이 얼마나 안 좋은지 알아?"

"술집에서 다른 사람들이 담배 피울 때는 아무 말도 없더니 왜 그래?"

영수가 받아쳤다. 진석이 헛기침을 했다.

"유진아, 우린 흡연자를 이해해야 해. 걔네들은 니코틴에 중독된 병자들이거든."

진석이 다시 헛기침을 했다.

"지금 놀리는 거야?"

"아니 뭐…… 흠, 거짓말은 아니잖아. 간접흡연으로 차에 같이 탄 나와 유진의 폐도 함께 썩어가고 있다는 것도 알 테고."

영수는 입을 다물었다. 사사건건 놀리는 것도, 담배 연기가 싫다고 잔소리를 듣는 것도 하루 이틀 일은 아니었지만, 오늘은 특히 더 싫었다.

"삐졌어?"

유진이 영수를 쿡쿡 찔렀다. 영수는 입을 다문 채 고개를 흔들었다.

"삐진 거 맞네. 담배가 얼마나 몸에 안 좋은데. 다 너 좋으라고 하는 거지. 괜히 그러겠어?"

유진은 계속 영수의 옆구리를 찔렀다. 영수가 빽 소리를 질렀다.

"가만히 있어! 아 진짜. 아무 말이나 다 받아주니까 누굴 호구로 아나, 진짜!"

유진은 깜짝 놀랐다. 눈에 눈물이 그렁그렁했다.

"진석아. 나 가슴이 너무 떨려서 영수 옆에 못 앉겠어. 자리 좀 바꿔줘."

"재희가 담배 피울 때는 멋있다고 난리 치더니, 사람이 왜 그래?"

"거기서 재희 얘기가 왜 나와?"

유진이 울먹이면서 소리를 질렀다. 영수가 차 키를 유진에게 던졌다.

"나 운전 안 해. 안 가. 잘난 너희들끼리 가든지 말든지."

"흠…… 어, 영수야, 너 말고 운전할 수 있는 사람이 없어. 흠."

진석이 말했다.

"뭐라고? 아니, 다들 여태까지 면허도 안 따고 뭐 했어? 야,

나는 군대도 다녀왔다. 아니지, 너희가 더 먼저 다녀왔지. 아니…… 군대 다녀왔으면 면허 정도는 따야 하는 거 아냐?"

"군대나 학교 같은 제도권을 통해서 어른의 척도를 따지는 건 일차원적인 일이야. 어른 자격증을 주는 것도 아니고, 취업에 써먹을 수 있는 것도 아니고. 진짜 어른이 어딨어? 어른이라고 대접받고, 어른이라고 큰소리치니까 그런 거지. 이런 건 다 유치한 거지."

"내가 지금 유치하다는 거야?"

진석은 어깨를 으쓱했다. 영수는 화가 나서 견딜 수가 없었다. 다시 담배에 불을 붙였다. 유진은 얼굴을 찡그리며 고개를 돌렸다. 왜 유진에게 화를 내고 있는지, 영수는 자신이 이해가 되지 않았다. 담배꽁초를 버리고 차에 탔다. 다시 운전을 했다. 액셀러레이터를 세게 밟았다. 조수석에 탄 유진의 몸이 뒤로 넘어갔다가 앞으로 쏟아졌다.

차 안은 조용했다. 아무도 말하지 않았다. 진석은 차에 타자마자 다시 잠을 자기 시작했다. 우석대학교를 지나자 전라도를 벗어났다.

유진은 창밖을 보며 생각을 하느라 자신이 충청도를 지나고 있음을 알아차리지 못했다. 영수에게 너무 심했다. 하지만 이 정도의 짜증은 늘 영수에게 부리던 거였다. 영수는 그때마다 아무 말 없이 다 받아주었다. 유진은 울다 만 눈으로 영수를 훔쳐봤다. 영수는 입을 꾹 다문 채 운전만 하고 있었다. 영수가 변했다. 재희가 죽고 몇 년 동안 서먹하게 지내고, 군대에 가더니, 사람이 달라졌다. 유진은 변한 영수가 너무 싫었다.

점심때가 지났지만 어느 누구도 밥을 먹자고 이야기하지 않았다. 차는 득안대로 고가도로를 지나 논산을 거쳐서 계룡시로 향했다. 한참을 자다가 일어난 진석은 창밖의 식당들을 바라보다가 입맛을 다셨다.

"점심은?"

고개를 돌려 뒤를 보는 영수와 유진의 표정이 싸늘했다. 진석은 목을 움츠리고 둘의 눈치를 보다가 입을 열었다.

"나, 난 삼겹살."

진석이 말했다. 영수는 숯불구이집 앞에 차를 멈췄다.

영수와 유진은 젓가락을 든 채 허겁지겁 삼겹살을 먹는 진석을 멍하니 보았다. 배도 그렇게까지 고프지는 않았다.

"천천히 좀 먹어라. 너 아까 라면도 두 개나 먹지 않았어?"

진석은 건성으로 고개를 끄덕였다. 영수는 혀를 끌끌 차며 담배를 한 대 물었다. 유진은 고개를 돌리면서 손을 휘휘 저어 담배 연기를 자기 쪽으로 오지 않게 했다. 그 모습을 보니, 영수는 유진이 자꾸 자신을 밀어내는 것 같은 기분이 들었다. 짜증이 났다. 영수는 소주 한 병을 시켰다. 유진이 꽥 소리를 질렀다.

"지금 제정신이야? 술? 죽으려면 혼자 죽지, 지금 우리까지 죽이려고?"

"아오. 더럽게 시끄럽네. 딱 한 잔만 마실게. 그건 음주 단속에도 안 걸리는 양이거든?"

"됐어. 너무 싫어!"

유진이 다시 소리를 질렀다.

"너희 싸우는 게 꼭 오래 산 부부 같다."

진석이 고기를 우물거리면서 말했다. 영수의 얼굴이 빨개졌다.

"저 자식이 못 하는 말이 없네. 야! 말이 되냐? 나랑 유진이? 어이가 없어서 진짜."

영수는 붉어진 얼굴을 감추려고 더 크게 소리를 질렀다.

유진과 부부가 되는 것, 영수의 오랜 소원이었다. 유진이 다른 남자를 짝사랑할 때마다 영수는 더 심하게 놀렸었다. 일부러 레이싱걸 누드 화보 같은 걸 유진 앞에 앉아 보곤 했다. 유진을 좋아하는 건, 남자가 남자를 좋아하는 건 말이 되지 않는 일이라고 생각했다. 생각만 했다. 하지만 어떤 여자보다, 유진이 더 좋았다. 그 사실이 너무 괴로웠다.

영수는 소주 한 잔을 단숨에 들이켰다. 안주로 진석이 남긴 고기 한 점을 먹었다. 유진은 영수의 잔을 빼앗았다.

"한 잔 마셨으니까 됐지?"

"아, 알았어. 알았다고."

영수는 체념했다. 술 하나도 내 맘대로 마시지 못한다니, 인생 참 뭐지 싶었다.

언제는 인생에 되는 일이 있었나. 눈앞에 절대 넘을 수 없는 커다란 벽이 있는 것처럼 영수의 인생은 늘 막막했다. 극장에서도 보고 싶은 영화는 영수 앞에서 매진되곤 했고, 영수가 좋아하는 식당은 몇 달 못 가서 망하거나 이사를 가버리곤 했다. 첫사랑은 어릴 때부터 친구였던 유진이었고, 그것은 자신도 인정하고 싶지 않았다. 생애를 통틀어서 인생을 바칠 수 있으리라고 생각했던 친구는 스무 살이 되기도 전에 죽어버렸다.

그날도 오늘처럼 날씨가 좋았다. 재희는 일주일째 학교에 나오지 않았고, 오랜만에 오전 수업만 한 날이었다. 왜 오전 수업만 했는지 기억은 나지 않았다. 재희가 학교에 안 나오는 건 하루 이틀 일도 아니었다. 셋은 누구의 집으로 가서 놀까 고민을 하다가 오랜만에 밖에서 배드민턴이나 치자는 이야기를 나누었다.

재희에게 전화가 온 건, 배드민턴 채를 챙겨서 진석의 집 앞 놀이터로 출발하려고 막 현관을 나서던 때였다. 재희의 목소리는 반쯤 잠겨 있었다. 영수는 재희에게 목소리가 왜 그래? 곧 죽을 사람처럼? 하하 하면서 웃었다. 재희는 아무 말이 없었다. 코를 훌쩍이는 소리가 들렸다. 운 것 같았다. 재희가 말했다. 여기, 너희 집 근처 빌딩 옥상 난간이야. 우리 자주 가던 편의점 있는 그 빌딩 있잖아. 거기. 영수는 잠겨 있는 옥상에 어떻게 올라갔느냐고도 묻지 않았다. 재희는 계속 말했다. 네가 올 때까지, 한 발자국도 안 움직일게. 할 말이 있어. 영수는 크게 웃었다. 농담인 줄 알았다. 영수는 장난치지 말고, 이따 애들이랑 진석이네 집 앞에서 배드민턴 칠 건데 같이 가자고 말하고 전화를 끊었다.

재희는 유진과 진석에게도 전화했지만, 반응은 비슷했다. 누구도 그곳으로 가지 않았다. 재희가 죽을 이유는 없다고 생각했다. 언제나처럼 속았지?라고 하면서 나타날 장난이라고 생각했다. 그리고 그날 재희는 죽었다. 자살이 아니었다. 교통사고였다. 재희는 빌딩에서 내려와 오토바이를 타고 도로를 역주행했다. 재희는 자동차 세 대와 부딪히고, 더 운전하다가, 트럭을 들이받았다. 죽었다는 말을 곱씹을 여유도 없이 순식간에 일어난 일이었다. 그때 영수가 해야 했던 건 뭘까? 영수가 빌딩으로 달려갔다면 상황은 변했을까? 영수는 아직도 문득문득 그날 재희의 목소리, 흐느낌을 생각했다. 배드민턴을 치는 게 아니라 바로 달려갔더라면, 아니면 당장 내려오라고 화를 냈다면, 아니지, 애초에 재희에게 오토바이가 없었다면, 아니지, 재희가 가출을 하지 않았더라면…… 수없이 많은 상황을 가정해봤지만, 재희가 죽었다는 사실은 변하지 않았다.

"영수야 졸리지?"

진석이 졸다 말고 영수에게 말했다.

"응, 조금."

"내가 이야기 하나 해줄까?"

진석은 영수의 대답도 듣지 않고 말을 이었다.

"얼마 전에 영화 한 편을 봤어. 딱히 재밌지는 않았는데, 뭐랄까…… 감동적이었지. 그 감동이 다른 영화들하고는 달랐어. 신도 아닌 남자가 음악을 연주해서 사람들을 구하는 내용이었지. 그때 전 세계에 레밍 바이러스가 퍼져 있었거든."

"레밍 바이러스가 뭔데? 그거 진짜로 있는 거야?"

"글쎄. 영화에서도 사람들이 너처럼 그런 걸 물어보더라. 근데, 어떻게 감염되는지, 어디에서 생겨났는지 아무것도 알 수 없어. 바이러스에 감염되면 짧게는 1분, 길게는 석 달 안에 모두 죽어. 아니, 죽고 싶어서 견딜 수 없어 하다가 결국 죽어. 동맥을 긋든, 강물에 뛰어들든, 빌딩에서 뛰어내리든…… 근데 영화를 보면서 의문이 생겼어. 그렇게 해서 죽은 사람은 자살인 걸까, 타살인 걸까?"

진석의 이야기를 듣다 보니 영수는 더 졸렸다. 하품을 길게 했다.

"레밍 바이러스에 걸린 손녀를 데리고 있는 한 남자가 나와. 그 남자는 손녀가 자살하지 않게 손발을 꽁꽁 묶고 음악가를 찾아가. 그 음악을 들으면 잠시나마 자살 충동이 줄어들거든. 손녀로는 미야자키 아오이가 나와. 그 남자는 음악가의 어머니에게 말해. 왜 다 죽어가는 자신이 아니라, 손녀가 레밍 바이러스에 걸렸는지 모르겠다고. 어머니는 이렇게 말해. 아름다운 것들은 빨리 죽고, 우리같이 추한 것들만이 남아서 세상을 지켜가는 거라고."

"그래서?"

진석은 어깨를 으쓱했다.

"재밌지 않아?"

"어느 부분이? 그 얘기를 들으면 내가 잠이 깰 거라고 생각한 거야?"

"나름, 재밌었는데. 이번엔 내가 농담도 섞었다고. 너 자지 말라고 노력 많이 한 건데."

"그래, 고생했다. 재밌었어. 그 레밍인지 뭔지 바이러스 얘기."

진석은 영수가 재밌어했으니, 이제 자신은 할 일을 다했다는 듯 눈을 감았다. 진석의 코 고는 소리가 들렸다.

영수는 23번 국도 송선교차로에서 속도를 줄였다.

"여기서 어떻게 가? 유진아! 야, 추유진! 추헌곤!"

영수는 자고 있는 유진을 깨웠다. 유진은 으음, 하면서 몸을 뒤척일 뿐 일어나지 않았다. 영수는 뒷좌석에서 자고 있는 진석을 깨웠다. 진석은 눈을 반쯤 뜨고는 손가락도 펴지 못한 채 허공을 가리키더니 잠이 들었다.

"이것들이 진짜."

영수는 일단 차를 세웠다.

영수가 길을 헤매면 재희는 어디에 있든 길을 알려줬다. 신기하게도 재희는 길을 참 잘 가르쳐주었다. 심각한 길치인 영수도 재희가 길을 가르쳐주면 어디든 쉽게 갈 수 있었다. 재희가 큰 재주가 있었던 건 아니었다. 보통 사람들처럼 큰 건물, 큰 도로를 중심으로 알려주었다. 다른 점이 있다면 영수가 길을 잃은 지점에서 어디에 서 있다고 이야기할 때, 재희는 영수가 그곳을 등지고 있는지 마주 보고 있는지, 왼쪽 혹은 오른쪽에 있는지 정확히 알고 있다는 거였다. 가끔 영수는 어디선가 재희가 자신을 내려다보고 있는 건 아닌가 싶어서 오싹할 때도 있었다. 재희가 살아 있었을 때는 절대 꺼지지 않는 등불을 들고 있는 것처럼 든든했다.

재희가 죽고 난 후, 영수는 교차로나 신호등 앞에서 안절부절못하고 서 있곤 했다. 영수는 어디로 가야 할지 알 수 없었다. 그래서 매일 밤 꿈을 꿨다. 재희가 나오는 꿈이었다. 재희는 저만치에서 담배를 입에 물고 흥얼거리면서 길을 걸었고, 영수는 재희를 따라가고 있었다. 재희 앞에는 해가 쨍쨍하고 잘 마른 길이 펼쳐져 있었지만, 영수가 걷는 길은 무릎까지 푹푹 빠지는 진흙 길에 비가 내리고 있었다. 한 걸음 걷는 것이 고행 같았다. 눈물이 났다. 영수가 재희야, 하고 불러도 재희는 돌아보지 않았다. 계속 걷기만 했다. 영수가 온 힘을 다해서 걸어가도 재희와의 거리는 점점 멀어졌다. 영수는 꿈에서 계속 울었다. 재희야, 재희야. 계속 불러도 재희는 계속 걸었다. 계속 멀어졌다. 일어나보면 베개가 눈물로 흥건했다. 눈물은 닦아도 계속 흘렀다. 한동안은 잠에서 깨도 영수는 걷지 못했다. 걷는 것이, 앞으로 나가는 것이 너무 무서웠다. 꿈속에서 나온 진흙 길처럼 걷는 게 버거웠다. 그럴 때마다 영수는 재희에게 전화를 했다. 재희의 전화는 언제나 꺼져 있었다.

영수는 얼굴을 벅벅 문질렀다. 옆에 둔 유진의 핸드폰을 보았다. 이젠 확실히 알고 있다. 재희는 절대 전화를 받지 않는다는 걸.

"몰라. 나 두고 잠든 너희 탓이야."

영수는 자신에게 다짐을 하듯, 다시 시동을 걸었다. 국도는 구불구불하게 이어졌다. 영수는 몇 번 국도인지 이정표도 보지 않고 쌩쌩 달렸다. 대충 북쪽으로 가면 되는 거지, 모든 건 자신을 두고 잠든 유진과 진석 탓이었다. 전국에 있는 수

많은 도로와 길과 건물과 사람 들 중 대부분은 영수가 가보지도 만나지도 못했고, 가보지도 만나지도 못할 것들이었다. 하지만 어디든, 재희가 없는 건 변하지 않았고, 재희를 대신할 것도 없었다. 어차피 가서 만나고 싶은 생각도 없었다. 재희가 사라진 이후, 어디로 가야 할지 모르는 것처럼 모든 시간을 흘려보낼 뿐이었다.

충청도를 지나 남한강대교에 들어서자 날이 흐려지기 시작했다. 날은 벌써 어둑해지기 시작했다. 강원도라고 적힌 이정표가 보였다. 싸락눈이 내리기 시작했다. 눈을 보자, 숨이 턱 막히기 시작했다. 영수는 라이트를 켰다. 날은 점점 어두워졌다. 가로등이 없는 국도도 점점 어두워졌다. 눈이 더 많이 내리기 시작했다. 영수는 뻑뻑한 눈을 손가락으로 누르면서 있는 힘을 다해 운전을 했다. 영수는 잠을 자고 있는 유진과 진석을 바라봤다. 진석이 몸을 뒤척일 때마다 차가 출렁였다. 힘들었다. 왠지 억울해서 눈물이 울컥 나왔다.

춘천, 홍천, 인제라고 적힌 이정표를 지났다. 방태산이 적힌 이정표를 보고, 영수는 핸들을 꺾었다. 이정표가 보일 때마다 다시 유진을 깨워봤지만 유진은 일어날 생각을 하지 않았다. 불안했다. 방태산의 이정표가 점점 더 자주 보였다. 영수는 충실하게 이정표를 따라 우회전과 좌회전을 반복했다. 31번 국도의 사거리에 들어서자, 싸락눈은 폭설로 바뀌어 있었다. 눈을 부릅떴지만 이정표가 보이지 않았다. 영수는 모든 것을 포기하고 직진을 했다.

운전석에 앉은 오다기리 조의 긴 머리가 바람에 흩날렸다. 조수석에 앉은 유진이 그의 머리를 뒤로 넘겨주었다. 오다기리 조가 환하게 웃으며 유진의 손을 잡았다. 바람을 맞은 손끝은 찼지만, 손바닥은 따뜻했다. 사랑해. 오다기리 조가 말했다. 유진은 나도 많이 사랑해,라고 말했다. 행복했다. 차에서 덜컹하는 소리가 났다. 오다기리 조가 갑자기 시발, 하고 외쳤다. 유진은 깜짝 놀랐다. 꿈이었다. 유진이 눈을 뜨자 영수가 차 밖에 있는 것이 보였다.

"영수야, 여기가 어디야?"

유진은 밖으로 나갔다. 영수는 꺼진 담배를 입에 문 채, 차 문을 힘껏 발로 차고 있었다. 차 문은 힘없이 찌그러졌다.

"이 차가 미쳤나. 사람을 죽이려고 작정했나."

영수가 소리를 질렀다. 차는 앞바퀴가 바닥에 떠 있었고 뒷바퀴 한쪽은 빠져 있었다. 주위는 눈 천지였다. 걸을 때마다 무릎이 푹푹 빠졌다.

"뭐야, 우리 며칠 동안 운전한 거야? 무슨 눈이 이렇게 많이 와?"

"강원도 처음 와? 너도 군대 갈 때 강원도에 있었다며. 왜 더 푹 주무시지 벌써 일어났어? 그렇게 깨울 때는 일어나지도 않더니."

영수는 빈정거렸다. 자고 일어났더니 갑자기 세계가 확 바뀐 느낌이 들어 유진은 혼란스러웠다. 영수의 빈정거림은 귀에 들리지도 않았다.

"여기가 어디야?"

"내가 어떻게 알아."

"이 지경까지 운전해 오면서 한마디도 안 했단 말이야? 깨웠어야지. 길도 못 찾으면서 왜 안 깨웠어?"

"설마, 내가 이 지경까지 오도록 안 깨웠겠어? 네가 안 일어난 거지."

유진은 차 문을 세차게 열고는 다시 안으로 들어갔다. 문을 닫자, 차에 가득 쌓였던 눈이 차 안까지 들어왔다. 핸드폰은 먹통이었다. 짜증이 났다. 핸드폰을 차 바닥에 던졌다. 딱딱한 곳에 부딪힌 건지, 핸드폰 케이스가 깨져버렸다. 그 소리에 진석이 눈을 떴다. 진석은 주위를 두리번거리다가 중얼거렸다.

"여기는…… 천국인가?"

진석은 비척비척 몸을 일으키더니 밖으로 나갔다. 진석은 몇 걸음 걷지도 못하고 눈 위로 넘어졌다.

"아, 아…… 루씰……"

진석은 눈 속에 파묻힌 채 잠이 덜 깬 목소리로 중얼거렸다.

영수는 담배를 입에 물었다. 충청도 어디쯤 있는 골프장을 지날 때 사놓은 담배가 거의 다 떨어져가고 있었다. 모든 것이 다 짜증이 났다. 유진이 씩씩거리면서 차 밖으로 나왔다.

"이제 어쩔 거야? 어? 어쩔 거냐고?"

"깨울 때는 침 흘리면서 잠만 자던 게 이제 와서 어쩔 거냐고 나한테 물으면 해결이 돼? 세상 참 편하게 산다, 편하게 살아!"

영수가 소리를 질렀다. 메아리가 되어서 울렸다. 유진의 눈에 눈물이 맺혔다. 그걸 보는 영수는 더 짜증이 났다.

"어이구, 또 질질 짠다. 내가 손가락만 까딱하면 울어? 뭐야? 이게?"

"몰라, 나 재희 보러 갈 거야. 재희 보러 여기까지 왔다고!"

"그럼 여기 와서 죽은 재희 엉엉 이러고 찾지 말고, 그날 나가서 붙잡지 그랬어?"

왜 안 갔어, 재희가 죽고 나서 셋은 절대 그 말을 하지 않았다. 그런데 그 말을 영수가 꺼내버렸다. 유진은 성큼성큼 영수에게 다가왔다. 영수의 뺨을 때렸다. 영수는 맞은 뺨이 얼얼했다. 한편으로는 이참에 잘됐다 싶었다.

"내가 너한테 맞을 정도로 잘못했어? 말이 나와서 말인데, 내가 거짓말했어? 미친 말 한 거야? 아니잖아. 어디서 사람을 때려, 때리길. 너도 맞아봐."

영수는 주먹을 꽉 쥐고 유진의 배를 때렸다. 유진은 그대로 눈 위로 쓰러졌다. 유진을 때리려던 건 아니었는데, 유진을 때리고 말았다. 영수는 너무 놀라서 뒷걸음질을 쳤다. 영수의 발이 진석의 손가락을 밟았다. 눈 위에 엎드려 있던 진석이 일어났다.

"친구끼리 왜 때려. 그거 나쁜 거야."

진석의 말에 영수는 더 짜증이 났다.

"넌 또 뭐야? 옆에서 같이 잔 주제에."

"너 목소리가 이상해. 영수야, 추워? 내가 뭘 같이 자? 너한테 길을 척척 가르쳐줬잖아. 내가 어찌나 능숙하게 길을 가르쳐줬던지 네가 무척 좋아하면서 나한테 뽀뽀도 해줬어."

"미쳤냐? 내가 너한테 뽀뽀를 했다는 게 말이 돼? 화 돋우지 말고, 차에 들어가든가, 기운 있으면 119에 조난 신고라도 하든가."

"여기가 재희가 있는 덴가? 재희 추운 데 있네."

진석은 영수의 짜증은 신경 쓰지 않고 주위를 두리번거렸다.

"재희야! 나 진석이야. 내가 할 말이 있어!"

진석이 소리쳤다.

"뭔데? 말해봐."

"흠…… 영수 너는 모르는 일이야. 신경 안 써도 돼."

"모르는 일?"

영수는 갑자기 궁금했다. 진석에 대해서라면 책상 서랍 속 볼펜 개수까지 다 알고 있는데, 자신이 모르는 일이 있다니 이상했다.

"그래. 그런 게 있어."

진석은 더 이상 말을 하지 않았다.

"너 뭔데? 너 빨리 말해봐!"

진석은 어깨를 으쓱했다. 영수는 화가 치밀었다.

"이 자식, 누구 덕분에 지금 편하게 강원도에 왔는데, 뭐? 그런 게 있어? 나는 몰라? 이렇게 사람 무시해도 되는 거야?"

영수는 진석의 멱살을 잡았다. 한참을 쪼그리고 앉아 있던 유진이 비척비척 일어났다. 씩씩거리면서 진석의 멱살을 잡고 있는 영수의 목덜미를 물었다.

"으악! 뭐야, 너 드라큘라야?"

영수는 비명을 지르며 목을 감쌌다. 목에 유진의 잇자국이 선명했고 피가 맺혔다. 영수는 비틀거렸다. 유진은 영수를 쓰러뜨렸다. 영수 위에 올라타서 손으로 영수의 목을 졸랐다.

"어떻게 네가 날 때려? 나쁜 자식."

영수는 꺽꺽거리며 팔을 버둥거렸다. 영수의 얼굴이 벌게졌다. 옆에서 진석이 어찌할 바를 몰라 했다.

"그만해! 어?"

진석이 갑자기 유진에게 달려들었다. 진석이 돌진하자, 유진은 그대로 눈밭에 쓰러졌다. 영수는 겨우겨우 살아났다. 벌게진 목을 움켜잡고, 유진에게 걸어갔다. 진석에게 깔려 버둥대는 유진의 옆구리를 발로 세차게 찼다.

"뭐 폭력? 폭력 같은 소리한다. 네가 나한테 하는 게 다 폭력이야, 폭력이라고! 그래, 어디 한번 들어보자. 재희가 좋아해서 고속도로 대신 국도를 타야 하고, 재희가 있으니까 어제 탈출한 강원도에 날 다시 끌고 온 너는, 왜 안 갔어? 왜 안 갔냐고!"

"……너도 안 갔잖아!"

유진이 울먹였다. 영수는 아무 말도 하지 않았다.

재희가 죽던 날, 영수는 진석의 집에서 놀다가 일찍 가겠다고 하고 재희에게 갔었다. 늘 그렇듯 한참 동안 길을 헤매다가 재희가 있다는 빌딩 옥상에 겨우겨우 도착했지만, 재희는 없었다. 영수는 또 장난을 친 거구나 싶어 돌아갔다.

영수가 엘리베이터를 타고 1층으로 내려와 다시 집으로 가려고 길을 헤매고 있을 때였다. 도로에서 끼익, 하는 소리가 들렸다. 영수는 고개를 쭉 빼고 도로를 보았다. 오토바이 한 대가 역주행을 하고 있었다. 어디선가 많이 본 오토바이였다. 인도의 사람들이 길을 가다 말고 그 광경을 지켜봤다. 몇몇은 핸드폰을 꺼내 신고를 했다. 도로의 차들은 미친 듯이 빵빵거렸고, 여기저기서 급정거하는 소리가 들렸다. 오토바이는 자동차 세 대와 부딪혔다. 거기까지는 가볍게 부딪힌 거라 괜찮았다. 그다음, 오토바이는 5톤 트럭을 정면으로 들이받았다. 오토바이 운전자가 허공으로 날아갔다. 헬멧을 쓰고 있어서 누구인지는 몰랐다. 하지만 길쭉하고, 날렵한 실루엣은 너무 낯이 익었다. 너무 낯이 익어서 쳐다볼 수 없었다. 영수는 눈을 감았다. 천천히 뒷걸음질을 쳤다. 저것은, 깃털처럼 가볍게 날아가버리는 저 사람은 절대 재희가 아니었다. 재희가 아니었다. 영수는 다시 눈을 뜰 수 없었다.

"거봐, 영수 너도 할 말 없지? 너도 안 갔으면서, 왜 나한테만 그래?"

유진은 온 힘을 다해 진석을 밀어냈다. 일어난 유진은 비틀거리며 영수에게 주먹을 뻗었다. 영수는 유진의 팔을 꽉 잡았다. 그리고 흔들었다. 유진이 종잇장처럼 펄럭였다.

"그만해! 너희 그만해!"

진석이 말했다.

"너희, 그만해. 이제 잊어버려!"

진석이 다시 말했다.

"너, 너 말이지! 너는! 너희들은!"

영수는 말을 잇지 못했다. 목까지 눈물이 차올라서 말을 할 수 없었다. 눈은 아까보다 더 많이 쌓였다. 도로는 셋 말고는 아무도 없었고, 아무것도 보이지 않았다. 차곡차곡 눈이 쌓이는 소리가 들렸다. 너무 조용했다. 영수는 털썩 주저앉았다. 유진도 영수 옆에 앉았다. 둘은 아무 말도 하지 않았다.

유진은 재희에게 마지막 전화가 왔던 날 뭘 하고 있었나? 영수와 진석이 배드민턴을 치러 가자고 한 건 기억이 났다. 평소와 다르게 침울했던 재희의 목소리도 기억이 났다. 생각하고 싶지 않았다. 그날에 관한 건 빠르게 지워버렸다. 재희의 죽음에 관한 건 너무 마음이 아파서 간직할 수 없었다. 껄렁거리며 유진에게 다가오던 여유로운 웃음을, 늘 재희 옆에 북적거리던 아이들, 선생님들, 시니컬한 말투와 교복에 묻어 있던 환함과 따뜻한 냄새 같은 것들이 너무 좋았다. 재희가 죽을 이유는 아무것도 없었다. 죽는다면, 유진이 죽어야 했다. 눈물이 흘렀다. 유진이 콧물을 삼키자 영수가 휴지를 내밀었다.

"아까 기름 넣으니까 주더라."

영수는 퉁명스럽게 말했다. 유진은 웃었다.

"웃지 마. 너 눈 부어서 지금 엄청 흉해."

유진이 다시 뿌루퉁해졌다. 귀여운 녀석, 영수는 유진을 보면서 킄, 하고 웃었다.

"난 네가 더 귀여운데."

진석이 말했다.

"닥쳐. 어딜 봐서 군인한테."

영수는 담배를 물었다. 라이터에 눈이 자꾸 떨어졌다. 불이 잘 붙지 않았다. 영수는 불이 붙지 않은 담배를 입에 물고 하늘을 바라보았다. 눈은 계속 내렸다. 인도와 차도의 구분은 이미 사라져 있었다. 아무것도 보이지 않았다.

재희도 이 눈을 볼 수 있을까? 아니, 보고 있을까? 재희의 웃음소리가 들리는 것 같았다. 멍청이, 재희는 멍청이였다. 영수의 눈에 눈물이 가득 차올랐다. 영수는 유진이 볼까 봐 고개를 돌렸다. 그리고 다시 하늘을 보았다. 눈이 얼굴에 떨어졌다. 눈은 아이스크림처럼 순식간에 차갑게 사라졌다.

재희의 죽음과 함께 사라진 건 청춘이었다. 아니, 진심이었다. 셋은 재희가 죽고 난 이후에도 아무렇지 않게 살았다. 연애를 하고 싶으면 연애를 했고, 배고프면 밥을 먹었고, 웃기면 웃었다. 하지만 마음 한쪽은 텅 비어 있었다. 무엇을 해도 채워지지 않았다. 기뻐해야 할지도, 즐거워해야 할지도 모르는 시간이 가볍고 무료하게 흘렀다. 셋은 열여섯, 열일곱에서 한 치도 성장하지 못한 채, 스물다섯이 부쩍 넘어버렸다. 아니, 애초에 어른이 될 기회 따윈 한 번도 주어지지 않았다. 아무리 열심히 걸어가도 뒤처진다는 느낌이 지워지지 않았다. 청춘은 저 앞에서 셋을 비웃기만 했다.

영수는 눈발 사이로 희미하게 보이는 내리막길을 바라봤다. 반투명한 재희가 껄렁한 웃음을 지으며 저 멀리를 가리키고 있었다. 나쁜 자식, 저리 가, 영수가 중얼거렸다. 재희는 아무것도 듣지 못했다는 듯 영수도, 유진도, 진석도 아닌 다른 곳을 바라보면서 여전히 웃고 있었다. 눈물이 영수의 볼을 타고 내려와 눈과 섞였다. 안녕, 안녕, 재희.

로큰롤에 있어 중요한 것

눈이 부셨다. 숨이 쉬어지는 것 같지 않았다. 은수는 한국 전쟁 때 지어진 듯 오래돼서 여기저기 금이 간 빌딩의 지하 클럽에 있었다. 밖은 비가 세차게 내렸다. 클럽 안은 빌딩 외관보다도 더 낡아서 여기저기 비가 새고 있었다. 은수와 찬희가 서 있는 무대에도 빗물이 새고 있었다.

은수는 일부러 가슴을 크게 부풀려 숨을 쉬었다. 떨림은 사라지지 않았다. 등 뒤에서는 찬희가 드럼 세트의 하이햇을 두드려보는 소리가 들렸다. 은수는 찬희를 보았다. 눈이 마주쳤다. 그제야 숨이 제대로 쉬어지는 것 같았다. 은수는 자신을 지켜보는 사람의 눈이 무서우면서도, 떨림을 뚫고 나오는 묘한 흥분 때문에 정신을 차릴 수가 없었다. 눈을 감았다. 그리고, 무대 뒤에서 공연을 기다리며 기타를 만지고 있을 윤주를 떠올렸다.

은수가 윤주를 알게 된 건 작년 5월이었다. 서울의 강북에 살았지만, 스물한 살이 되도록 동네 인근, 아니 종로보다 더 아래로 가본 적이 없던 은수는 만화동아리 친구들과 홍대에 갔다. 친구들은 우리나라에도 달에 가는 사람도 나왔는데, 홍대 축제 정도는 가봐야 하지 않겠느냐며 가기 싫다는 은수를 억지로 끌고 갔다.

텔레비전에서는 달에 다녀온 우주인 이소연에 대해서 한참을 떠들더니 곧 잠잠해지고, 쇠고기를 미국에서 수입하기로 했다고 발표했다. 그것들은 은수와 너무 멀리 있었다. 그래서 관심이 가지 않았다. 쇠고기를 미국에서 수입하는 게 어떤 의미인지 이런 건 깊게 생각하고 싶지 않았다. 눈에 잡히지 않는 것들은 생각하고 싶지 않았다. 눈에 보이는 것, 잡히는 걸 갖고 싶었다.

그렇다고 아무것도 하지 않은 건 아니었다. 대학에 들어가고 난 뒤 은수는 토익을 준비하고, 영어회화 학원에 다녔다. 학점은 늘 A 아니면 A+였다. 일요일이면 몸이 열에 펄펄 끓어도 예배는 드려야 한다는 부모님을 따라서 교회에 갔다. 어릴 때부터 다닌 교회에서 은수는 망나니처럼 교회도 안 나오는 목사님의 막내보다 더 목사 자녀 같다며 칭찬이 자자했다. 정작 은수는 모든 것에 심드렁했다. 이대로 쭉 살면 알아서 잘 살아질 것 같았지만 너무 심심했다.

홍대는 입구부터 사람들로 가득했다. 입구 앞에는 '한미 FTA 협상 반대'라고 쓴 큰 팻말을 든 사람들 몇 명이 서 있었다. 그중 한 사람이 작은 마이크를 들고 서서 반대 서명에 함께 해달라고 소리를 쳤다. 은수는 그 사람들을 지나쳤다.

홍대 안에는 부침개 부치는 냄새, 시큼한 막걸리 냄새, 맥주 냄새가 가득했고, 잔뜩 들뜬 사람들의 목소리가 들렸다. 운동장에 세워놓은 무대에서 기타 소리가 났다. 사람들이 갑자기 환호를 지르면서 달리거나, 빠르게 걷기 시작했다. 친구들도 연예인이 오는 거 같다며 우리도 가보자고 은수의 팔을 잡아끌었다.

무대 위에는 기타를 든 사람 셋이 서 있었고, 뒤에는 드럼에 한 사람이 앉아 있었다.

"밴드 하는 사람들인가?"

은수는 심드렁하게 말했다. 평소에 은수가 홍대에 자주 나오거나 적어도 음악 방송을 잘 챙겨 보는 사람이었다면, 아니 적어도 음반 가게에 가끔 들르기라도 했다면 윤주를 보고 그런 반응은 보이지 않았을 거였다. 중학교 때부터 자작곡을 만들어 홍대 클럽에서 공연을 했으며, 우리나라와 일본의 모든 페스티벌에 메인으로 공연을 하는 윤주를 모르기는 힘들었으니까 말이다.

겉은 까만색, 안은 노란색으로 물들인 짧은 머리를 한 윤주는 자신이 누구라고 소개를 하는 대신 바로 기타를 연주했다. 지잉, 기타 소리가 운동장 전체에 울려 퍼졌다. 공연은 보기 싫은데 어디로 빠져나가야 하나 두리번거리던 은수는 그 소리에 무대를 보았다. 그리고 은수는 윤주의 공연을 보지 않는 것을 포기했다.

윤주는 오른손에 든 피크로 기타 줄을 한번 쳤을 뿐인데, 그 몸짓 하나에 은수 인생 전체가 바뀌어버렸다.

윤주의 긴 손가락과 성별조차 분간되지 않는 분위기, 그리고 운동장을 가득 메운 사람들을 압도하는 눈빛에 은수의 눈동자는 흔들렸다. 마음도 흔들렸다. 눈을 뗄 수 없었다. 온몸에 힘이 풀렸고, 심장이 세차게 뛰기 시작했다. 은수는 자신이 왜 그러는지도 모른 채, 기타를 잡은 윤주의 왼손을 뚫어지게 쳐다보며, 윤주의 손이 움직일 때마다 자신의 몸이 움직이듯 움찔거렸다. 기타 줄을 튕기면, 정신이 아찔해졌다. 한눈에 반했지만, 그 단어를 떠올릴 시간도 없이 은수의 머릿속은 윤주로 가득 차버렸다.

윤주의 공연이 끝나고, 무대 앞에서 환호를 지르던 사람들이 우르르 빠져나갈 때까지 은수는 계속 서 있었다. 꿈을 꾼 것 같았다. 멍했다. 분명히 윤주의 공연을 보기 전과 같은 곳인데, 다른 곳에 있는 것 같았다. 보다 못한 친구들이 가자고 팔을 잡아끌자 겨우 몸을 움직였다.

"저 사람, 알아?"

은수는 넋이 나간 얼굴로 물었다. 친구들은 어깨를 으쓱하며 윤주를 어떻게 모를 수 있냐는 표정을 지었다.

"오윤주 몰라? 우리 과 여자애들 사이에서 제일 인기 많은 연예인인데?"

"오윤주……"

은수는 절대 그 이름을 잊지 않겠다는 듯 몇 번이고 중얼거렸다.

그다음 날부터 은수는 학교가 끝나면 엄마가 아끼는 디지털카메라를 들고 홍대로 나갔다. 윤주가 텔레비전에 자주 나오기는 했지만 주로 공연하는 곳은 홍대 클럽들이었고, 특히 중학교 때 처음으로 공연을 했던 클럽 오리엔트에서는 매주 무대에 섰다. 윤주는 오래 활동했지만 잘 알려지지 않은 밴드들에게 공연할 기회를 자주 주는 클럽 오리엔트를 무척이나 아낀다고 했다.

윤주의 공연이 있는 날이면 은수는 무대 옆에 서서 멍한 눈으로 윤주를 보다가 사진을 찍곤 했다. 핸드폰 배경화면은 이미 윤주였고, 윤주가 발표한 음반은 이미 윤주가 자주 간다는 홍대의 음반 가게에 들러 두 장씩 샀고, 윤주가 공연이 끝나고 나면 초콜릿에 맥주를 마신다는 것을 인터넷 신문 기사에서 보고는 가방에 시원한 맥주와 초콜릿을 가득 넣고 다

냈다.

은수는 일주일을 망설이다가 온몸의 용기를 다 짜내서 공연이 끝나고 팬들에게 둘러싸여 있는 윤주에게 다가갔다. 클럽 입구에는 이번 주 공연 포스터, 밴드의 구인 광고 같은 것들이 덕지덕지 붙어 있었다. 윤주에게 말을 걸까 말까 망설이느라 은수는 그런 것들을 주의 깊게 보지는 않았다.

은수는 사람들 사이를 비집고 윤주 바로 앞에 섰다. 너무 긴장해서 손에 땀이 흥건한 은수가 얼마나 꽉 쥐고 있었는지 초콜릿은 다 녹아서 흐물거렸고, 맥주는 미지근했다. 윤주와 눈이 마주쳤다. 온몸이 얼어붙는 것 같았다.

"저, 저기…… 팬입니다."

그토록 좋아하는 윤주 앞인데, 은수는 심장이 터질 것 같아서 말도 제대로 나오지 않았다. 윤주는 은수가 주는 말랑한 초콜릿과 맥주를 받았다. 그리고 물끄러미 은수를 보더니 물었다.

"혹시, 밴드 하세요?"

은수는 윤주가 말을 걸자 깜짝 놀라 뒷걸음질을 쳤다.

"네? 왜, 왜요?"

"요새 공연 때마다 오셔서 촬영도 하고 그러시길래. 밴드 하시는 분들이 자주 그러더라구요. 공연 끝나면 찾아오셔서 앰프 뭐 쓰는지, 기타 이펙트는 어떤 게 좋은지 물어보시는 분도 있고.”

“아…… 저는…… 네……”

밴드라면 대일밴드밖에 모르면서 어쩌면 윤주와 더 가까이 지낼 수 있을지도 모른다는 생각에, 은수는 고개를 끄덕였다. 밴드를 한다는 말에 윤주는 다시 한번 물었다. 윤주는 예의상 물어본 거였겠지만, 은수에게는 식은땀이 뻘뻘 나는 순간이었다.

“밴드 이름이 뭐예요? 오다가다 봤을 수도 있겠는데?”

“그, 그게……”

식은땀이 흘렀다. 은수는 주위를 둘러보았다. 마침, 은수의 옆에는 손으로 그린 것 같은 글씨로 적힌 ‘정통 로큰롤 밴드 눈물의 그림자, 리드보컬 겸 세컨기타 구합니다’라는 종이가 붙어 있었다. 은수는 마침 잘됐다 싶었다.

“누, 눈물의 그림자요. 리, 리드보컬 겸 세컨기타예요.”

윤주는 고개를 갸웃거렸다.

“얼마 전에 오리엔트에서 공연했었잖아요. 저랑 같은 날 공연했는데, 왜 본 기억이 없지?”

“아, 그게…… 들어간 지 얼마 안 됐어요. 하하.”

윤주는 쉽게 은수의 말에 고개를 끄덕였다.

“곧 오리엔트에서 공연하던데, 앞으로 더 자주 보겠네요. 이거, 고마워요.”

윤주는 은수가 준 초콜릿과 맥주를 들어 보이며 웃었다. 은수는 그 맥주와 초콜릿이 자신이라도 되는 듯 얼굴이 발갛게 달아올랐다. 은수의 머릿속에서는 이미 수천 번 윤주와 결혼했고, 수만 번 연애를 해버렸다. 너무 좋아서 아무 생각이 들지 않았다. 그냥 웃음만 떠올랐다. 저 웃음을 다시 볼 수 있다면, 은수가 가진 모든 것을 다 버려도 좋을 것 같았다.

그래서 은수는 종이에 적힌 대로 눈물의 그림자의 연습실을 찾아가기로 했다. 눈물의 그림자가 무슨 뜻인지도 잘 모르겠고, 윤주 말고는 제대로 음악 하는 사람을 본 적도 없었고, 록이라고는 어릴 때 유행하던 록발라드 말고는 아는 것도 없었지만, 윤주에게 더 가까이 갈 수 있다면 뭐든 하고 싶었다.

은수는 집을 나서기 전 인터넷 검색으로 연습실 위치를 찾았다. 마포구 창천동이었다. 지도를 보니 윤주가 자주 공연하는 클럽 오리엔트였다. 윤주가 자주 공연을 하니까 가기는 하지만 은수는 클럽 자체를 썩 좋아하지는 않았다. 특히 언제 지었는지 비만 오면 지하의 공연장 여기저기에서 물이 샜고, 늘 오줌 지린내와 꿉꿉한 지하실 냄새가 났다.

클럽도 클럽이었지만, 무섭기도 했다. 윤주 빼고는 음악 하는 사람을 본 적도 없었다. 어떤 사람들인지 상상조차 되지 않았다. 가야 할까, 정말 윤주 때문에 밴드를 해야 할까.

하지만 캔 맥주와 초콜릿을 들어 보이며 웃던 윤주의 얼굴이 떠올랐다. 은수는 윤주와 조금이라도 닮아갈 수 있다면 누구를 만나든 상관없다는 생각이 들었다.

은수는 버스를 타고 홍대로 갔다. 창천동이니 집에서 버스를 타고 신촌에서 내리는 게 더 가까웠지만 은수는 홍대에서 걸어가는 길이 더 좋았다. 힙합 클럽에 부킹 클럽이 가득한 도로를 지나 조금만 걸어오면 같은 홍대가 맞나 싶을 정도로 조용한 길이 나왔다. 은수는 그 위화감이 너무 좋았다. 세상의 사람들과 동떨어진, 낡은 집들이 빽빽하게 서 있는 좁은 골목은 사람이 잘 다니지도 않았다. 클럽에서 크게 틀어놓은 음악이 배경음악처럼 들리고 드문드문 가로등이 선 길을 지나 오리엔트로 가는 비탈길에는 작은 카페와 식당 들이 다닥다닥 붙어 있었다. 그 가게에서 새어 나오는 불빛을 보면 다른 세계에 온 듯해서 기분이 좋았다.

은수는 늘 가던 그 길을 지나 클럽 앞에 도착했다. 심호흡을 길게 했다. 그러고는 안으로 들어갔다. 클럽 안은 닫혀 있었다. 노크를 했다. 안에서는 아무 소리도 들리지 않았다. 은수는 천천히 작은 문을 열었다. 힘겹게 문이 열렸다. 문 사이로 담배 연기가 빠져나오는데, 한 명이 연기를 헤치고 걸어왔다.

"뭐야, 너?"

찬희였다. 은수는 고개를 들어 거인처럼 큰 찬희를 올려다 보았다. 자신의 두 배나 되는 듯한 덩치에 목을 뒤로 꺾어야 겨우 얼굴을 볼 수 있을 정도로 키가 큰 남자가 앞에 서 있었다. 저런 남자한테 함부로 덤볐다가는 뼈도 못 추릴 것 같았다. 은수는 찬희가 어딘지 모르게 낯이 익었지만, 저렇게 덩치가 큰 남자를 본 기억은 없었다.

포마드를 발라서 단정히 빗어 넘긴 머리에 가죽 재킷을 입고 있는 찬희였으니, 누가 봐도 무서운 건 사실이었다. 은수는 음악 하는 사람이 아니라, 조직폭력배인가 싶어서 덜컥 겁이 났다. 로큰롤의 역사를 아는 사람이었다면 지금 찬희가 입은 재킷과 머리 스타일이 비틀스가 조지 마틴을 만나기 전 유럽을 돌면서 공연을 할 때 입었던 스타일이라는 걸 알았겠지만 말이다. 은수는 찬희가 무섭다는 티를 내면 안 될 것 같아서 성가대 지휘자 집사님이 알려준 대로, 배에 힘을 주고 크게 소리를 질렀다.

"아니, 노크를 하면 들어오라고 하든가, 문을 열어주든가 해야지!"

은수의 목소리는 떨렸지만, 찬희의 가슴은 더 떨렸다. 낯익은 은수의 모습과 점잖지만 천박한 것도 같은 은수의 목소리가 가슴에 박히고 말았기 때문이다. 맑고 낮았다. 그러면서도 너무 낮지 않았다. 찬희가 찾던 음색이었다. 찬희는 들어오라는 말도 하지 않고, 정확히는 그 말도 잊고, 소리를 질러놓고 한 대 얻어맞을까 봐 떨고 있는 은수를 물끄러미 보다가 물었다.

"노래 잘해?"

"그럼. 내가 교회에서 유치부 때부터 성가대를 했다고. 작년부터는 청년부 예배 인도도 하고 있는걸."

찬희는 어깨를 으쓱하고는 그제야 문을 활짝 열었다. 그러고는 은수에게 어디 앉으라는 말도 없이 낡은 소파에 앉아 담배를 입에 물었다.

낮에 보니 클럽 안은 더 처참했다. 클럽 뒤에 놓인 낡은 소파의 색은 원래 무엇이었는지는 몰랐지만, 일단 지금의 회색은 아닌 게 분명해 보였고, 바닥은 먼지가 잔뜩 엉겨 붙은 진한 검정색이었다. 건물을 짓고 단 한 번도 청소를 하지 않은 것이 분명했다. 게다가 아무 데서나 담배를 피워 대서 벽은 누렇게 변해 있었다. 은수는 이곳의 지저분함이 너무 신경 쓰여서 견딜 수가 없는데 찬희와 다른 두 명은 별로 신경 쓰지 않는 것 같았다. 찬희 외에 다른 두 명은 은수에게 인사도 하는 둥 마는 둥 하며 들고 있던 기타만 만지고 있었다. 찬희만 은수에게 이것저것 물었다.

"성가대를 그렇게 오래 했으면, 발성 같은 건 알 테고, 음악은? 좋아해?"

찬희가 물었다.

"어…… 물론 좋아하지."

음악이라는 말에 윤주를 떠올린 은수의 얼굴이 발갛게 물들었다.

"좋아하는 뮤지션은?"

"오윤주…… 님."

"오윤주?"

찬희는 또 피식 웃었다.

"왜? 오윤주 님이 어때서? 노래도 잘 부르고, 연주도 세상에서 제일 잘하고……"

"연주를 세상에서 제일 잘하는 건 아니지만, 무슨 말인지는 알고 있어. 분위기 하나는 기가 막히지. 그럼 지금은 학생?"

"응. 넌?"

"나도. 지금 휴학 중이기는 한데, 신학대 다녀. 아빠가 목사거든. 형이랑 누나도 신학대 나왔어."

"어, 진짜? 그런데 부모님이 밴드 하는 데 찬성해?"

"안 하지. 아빠 교회 사람들 사이에서 내 별명이 목사님 인생 최대의 약점이래."

어디서 많이 들어본 말이었다. 교회에서 매주 듣는 말이었다. 그 말에 은수는 왜 찬희가 낯이 익었는지 단번에 이해가 되었다. 목사님이 세 자녀를 모두 신학대에 보내 앞으로 주님의 종으로 평생을 바치게 하겠다는 말을 설교 시간에 하도 많이 해서, 기억하고 있었기 때문이다.

"아버지가 심기용 목사님이셔?"

"응."

교인들이 입을 모아 고개를 절레절레 흔들며 세상 사람 좋은 목사님의 최대 약점이라고 하는 막내아들이 지금 자기 앞에서 담배를 피우는 덩치가 산만 한 심찬희였던 것이다.

"어쩐지……"

"나는 심찬희. 드럼 쳐. 너 맘에 드는데 이름이 뭐야?"

"주은수. 근데 오디션 안 봐? 진짜? 텔레비전 보면 막 빡세게 하던데."

"노래 잘하고, 기타 잘 따라 치면 되겠지. 기타 같은 악기야 연습하면 느는 거고, 내가 필요한 건 목소리였거든. 네 목소리 마음에 들어."

자신만 은수가 마음에 들면 된 거라는 듯, 다른 멤버들의 의견은 묻지도 않고, 찬희는 드럼 세트로 걸어갔다. 찬희가 베이스드럼 페달을 밟자 먼지가 둥둥 소리를 내며 드럼 세트 위의 작은 창으로 날아갔다. 찬희는 스네어와 탐탐을 두드리더니 스네어를 뒤집어 나사를 조였다. 마지막으로 하이햇의 페달을 밟아보고는 드럼을 치기 시작했다. 찬희가 드럼

치는 소리가 바닥을 타고 소파에 앉아 있는 은수에게 올라왔다. 찬희가 둥둥 하고 베이스드럼을 두 번 치면 은수의 심장이 둥둥, 하고 두 번 울렸다. 스네어의 차가운 소리에 은수는 손가락을 움질거렸다. 멜로디가 없는 타악기에서, 타악기의 울림이 하모니가 되어 귀에 들어왔다. 은수의 머릿속에는 오선지가 펼쳐졌고, 자신도 모르는 사이 한 번도 읽은 적이 없는 곡의 악보를 그렸다. 은수는 달을 걸어 다니는 것처럼 몸이 가벼워졌고, 롤러코스터를 탈 때처럼 부웅 떠 있는 것 같았다. 은수는 찬희가 연주를 끝내고, 다시 소파에 앉을 때까지 멍한 얼굴로 찬희를 보다가 정신을 차렸다. 너무 좋았다. 탕탕 치는 베이스드럼 소리도, 챙챙거리는 심벌즈 소리도 지금 이 순간만을 위해서 태어난 듯한 기분이었다.

은수는 찬희의 손을 덥석 잡았다.

"와…… 너무 좋아."

찬희는 자신의 연주가 좋다는 말이라는 걸 알면서도 얼굴이 달아올랐다. 찬희는 붉어진 얼굴을 들키지 않으려고 고개를 돌렸다.

"곧 공연이 있어서 연습 좀 빡세게 해야 할 거야."

"공연?"

"오리엔트 알지? 여기."

"그럼. 윤주 님 공연 자주 하잖아. 혹시 윤주 님이랑 같은 무대에 서는 거야? 대박."

은수는 잔뜩 흥분해서 소리를 질렀다. 찬희는 아무 말도 하지 않았다.

정통 로큰롤 밴드 눈물의 그림자의 리드보컬이자 세컨기타가 된 은수의 삶은 크게 변한 것이 없어 보였다. 일요일이면 교회에 갔고, 밤 10시가 되기 전에는 꼬박꼬박 집에 들어갔다. 겉으로 보이는 건 변함이 없었지만, 그 시간을 채우는 내용이 바뀌었다. 은수는 영어 학원을 그만뒀고, 수업이 끝나면 홍대로 달려갔다. 학점이 바닥을 치기 시작했다. 그런 건 이제 상관없었다. 중요한 건 눈에 보이는 윤주였고, 손에 잡히는 기타였다.

기타 연주는 또 얼마나 재밌는지, 은수는 수업 시간을 빼고는 늘 기타를 안거나 메고 다녔다.

"그래서 A마이너는 어떻게 한다고? 여기서 어떻게 바로 F마이너로 넘어가?"

은수는 기타를 안은 채로, 찬희를 따라다니며 물었다. 중학교 때 잠깐 기타를 배운 적이 있는 죄로 찬희는 은수의 말도 안 되는 질문들에 답을 해줘야 했다. 하지만 찬희는 귀찮다고 생각하지 않았다. 오히려 기뻤다.

"그건…… 이렇게 하면 되는데…… 근데 너 아직 하이코드 못 잡을 텐데. 어쨌든 여기."

찬희는 은수의 손가락을 이리저리 움직이며 코드를 잡아 주었다. 지잉, 서툰 코드가 들렸다. 은수는 소리가 났다는 것에 기뻐 환하게 웃었고 찬희는 그걸 보며 웃는 게 참 매력적이라고 생각했다.

"아…… 이렇게. 알았어. 그러면 다시 F마이너에서…… 아우, 손이 빠르게 안 움직이네. 윤주 님 보면 샥샥, 기타 코드도 잘 바꾸고 그러던데."

"거기야 어릴 때부터 기타를 끼고 살았으니까. 여기에서 여기, 그다음 여기에서 여기로…… 다음 코드를 미리 생각하고 손을 움직이는 게 좋아."

은수와 찬희만 있는 연습실에 서툰 은수의 기타 소리가 가득했다.

"근데 주은수, 넌 뭐가 하고 싶어?"

"뭐 취업 준비하겠지? 공무원은 영 공부하기 싫어서 대기업 아니면 중소기업이라도 취직할까 해."

"아니, 뭐 먹고살지 그런 거 말고, 뭐가 하고 싶냐고."

"하고 싶은 거?"

은수는 고개를 갸웃했다. 생각해본 적이 없었다.

"윤주 좋아하니까 사귀고 싶다거나."

"사귀고야 싶지."

은수는 몸을 배배 꼬며 바보처럼 웃었다.

"그런데 갑자기? 하고 싶은 건 왜?"

"음악을 하나도 모르는데, 정말 윤주 하나 때문에 이렇게까지 열심히 하나 궁금해서."

"몰라. 그냥 좋아. 윤주 님도 그렇고, 기타 배우는 것도 그렇고. 그럼 넌?"

"좋아하지. 미칠 듯이."

"계속 음악 할 거야? 음악 하면 가난하잖아."

"가난할 수밖에 없잖아. 나 고등학교 1학년 때부터 계속 눈물의 그림자 했었는데, 넌 우리 이름 들어본 적도 없지? 그게, 우리가 실력이 없어서일까? 아니라고 생각해. 공연할 곳도 점점 사라지고, 지금 우리가 공연할 수 있는 데는 클럽 오리엔트가 유일해. 윤주 정도는 돼야 여기저기 공연하러 다닐 수 있는 거지. 그마저도 힘들어. 내가 홍대 들락거리면서 본, 망하거나 월세 감당 못 해서 이사 간 클럽이 몇 군덴데."

"그런가……"

은수는 한 번도 생각해본 적이 없었다. 찬희가 기억하는 홍대를 모르기 때문이기도 했다. 둘의 대화는 거기에서 끊겼다. 은수도 찬희도 각자 생각에 잠겼다. 은수는 기타를 계속 연주했고, 찬희는 창밖을 보며 담배를 피웠다.

"야, 나 편의점에 담배 사러 갈 건데 너 뭐……"
라고 말하며 찬희가 고개를 돌렸다. 은수는 기타를 꼭 안은 채 잠들어 있었다. 찬희는 은수가 안고 있는 기타를 살며시 내려놓고 담요를 덮어주었다.

뭐가 좋은지도 모르면서 은수는 매일 즐거웠다. 이 모든 것이 윤주를 좋아하기 때문이라고 생각했다. 길을 걸으면서도 우연히 윤주를 만나면 좋겠다는 기대를 가졌다. 그러면 모든 것이 아름다워 보였다.

은수는 홍대에서 창천동으로 오는 길을 매일 걸으며 윤주는 오늘 얼마나 멋있을까, 얼마나 또 가슴을 두근거리게 할까, 윤주처럼 기타를 치려면 얼마나 열심히 노력해야 할까 같은 생각을 했다. 그사이 길에 있는 많은 것이 바뀌고 있었다. 작은 가게들이 헐리고 있었고, 사람은 더 많아졌고, 부킹 클럽이 여기저기에 생겼다. 심지어 정통 로큰롤 밴드 눈물의 그림자가 연습하는 클럽 근처에서는 매회 시청률 40퍼센트가 나오는 드라마를 촬영하고 있었지만 은수에게 그런 것들은 보이지 않았다.

은수는 클럽 앞에서 찬희와 마주쳤다. 은수는 찬희를 보고 반갑게 손을 흔들고는 한걸음에 달려왔다.

"이 시간에 어쩐 일이야? 오늘 연습도 없잖아. 혹시 너도 윤주 님 공연 보러 왔어? 윤주 님 오늘 신곡 발표한대. 알고 있었어?"

"아냐, 그런 거."

반가워서 어쩔 줄 몰라 하는 은수와 달리 찬희는 힘이 없어 보였다. 찬희가 너무 아무 반응이 없자 무색해진 은수는 클럽 안으로 들어가려고 했다. 찬희는 은수를 보고 할 말이 있는지 머뭇거리다가, 그 대신 담배를 꺼내 물었다.

"야, 심은총."

윤주의 목소리였다. 은수는 반사적으로 고개를 돌렸다. 윤주는 찬희를 보고 반갑게 손을 흔들었다. 찬희도 마지못해 손을 들어 알은척을 했다.

"오랜만이다. 잘 지냈어?"

은수는 찬희와 윤주가 서로 아는 사이라는 것을 알자, 묘하게 질투가 났다. 여태 그 사실을 숨긴 찬희가 원망스럽기도 하면서 윤주와 친해질 수 있는 기회라고 생각했다.

"둘이 아는 사이에요?"

"저 은총이랑 중학교 동창이거든요. 2학년 때는 같은 반이어서 되게 친하게 지냈는데, 같이 기타도 치고 곡도 쓰고."

"나, 이름 바꾼 지 1년이나 지났다고."

"아, 맞다. 그랬댔지 참. 무슨 일이야? 은…… 아니, 찬희 네가 이 시간에 클럽에 있는 거 처음 보는데?"

"사장님이 좀 보재서."

윤주가 뭐라고 더 말을 하려고 했지만, 클럽으로 들어가는 사람들 한 무리가 윤주를 보고 소리를 질렀다. 윤주는 사람들에게 인사를 하고는 시계를 봤다.

"나 이제 곧 공연 시작해서 간다. 다음에 또 보자."

클럽으로 들어가는 윤주의 등 뒤에 대고 은수가 소리쳤다.

"다음에 저희 연습할 때 놀러 오세요. 같이해요, 연습."

그 말에 윤주는 환하게 웃었다. 웃으면서 찬희를 보았다.

"그래도 될까요? 그럼 내일 저녁 즈음 시간 맞으면 한번 갈게요."

"그럼요! 당연하죠!"

윤주가 연습실에 온다니, 자신과 더 가까워진다니 은수는 너무 기뻤다. 하지만 찬희는 별로 기뻐하지 않는 것 같았다. 오히려 화가 난 것 같았다.

"아니, 갑자기 연습실에 사람을 초대하면 어떡해."

찬희는 윤주가 클럽 안으로 들어가자 은수에게 핀잔을 줬다.

"그렇지. 역시 무리지?"

은수는 길게 한숨을 쉬고 말을 이었다.

"내일 아침부터 대청소를 해야겠어. 윤주 님한테 잘 보여야지."

찬희는 고개를 절레절레 흔들었다.

"그 말은 아니었는데. 어쨌든 난 모르겠으니까 알아서 해. 난 간다."

"공연 안 보고?"

찬희는 대꾸하지 않고 천천히 걸음을 옮겼다. 왠지 힘없어 보였고, 평소보다 더 쌀쌀맞은 것 같았지만 앞뒤 사정을 모르는 은수는 내일 윤주가 연습실에 온다는 것이 기쁠 뿐이었다.

"이제 그만해. 닳겠다."

아침부터 고무장갑을 들고 와서 바닥의 때를 밀고, 집에서 몰래 가져온 꽃무늬가 자잘하게 들어간 낡은 천을 소파에 커버 대신 깔아놓으며 부산을 떠는 은수에게 찬희가 한마디를 했다. 단어 하나하나가 가시를 박은 듯 날카로웠다.

"윤주 님이 오신다는데, 더러운 모습을 보이면 안 되잖아."

찬희는 너무 기가 막혔다.

"아니, 확실히 오겠다고 한 것도 아니고, 시간 맞으면 저녁에 들른다는 건데, 그 말이 대청소까지 할 일이야? 못 올 수도 있어. 오윤주가 얼마나 바쁜데."

거슬렸다. 찬희는 지금 은수의 행동이 거슬리는데 무엇 때문인지 알 수 없었다. 은수가 말끝마다 윤주 윤주 하는 게 듣기 싫었다. 그것은 윤주와 자신이 더 먼저 친했기 때문은 아니었다. 찬희에게 윤주는 어릴 때 친하게 지내다가 다른 고등학교에 가면서 멀어진, 우연히 음악을 같이해서 자주 오가다가 만나는 동창 중의 한 명일 뿐이었다.

그런데 안 지 얼마 되지도 않은 은수가 부산스럽게 움직이는 건 너무 신경 쓰였다. 불쾌했고, 기타를 연습해야 하는 시간에 은수가 바닥 청소를 하게 하는 윤주가 미웠다. 그러니 좋은 소리가 나올 리 없었다.

"그만해. 주님이 방문하시는 것도 아니고, 고작 여자애 하나에. B마이너는 이제 소리 나? 연습은 다 하고 지금 걸레질 하는 거야?"

은수는 걸레질을 하다가 멈칫했다. 헤헤거리며 웃던 은수의 얼굴이 딱딱하게 굳었다.

"아니, 진짜 너 너무하다? 내가 윤주 님 좋아하는 게 불만이야? 너는 막 옛날 노래도 잘 알고, 옛날 노래도 듣기만 하면 코드 따서 연주하고 그런다고 지금 나 무시해? 사람이 말이야, B마이너 코드도 못 치면 윤주 님도 좋아하면 안 돼? 나처럼 음악 좋아하면 가짜고, 네가 진짜야? 왜, 질투 나? 너만 친해야 되는데, 나도 윤주 님이랑 친해지는 거 싫어?"

찬희는 말을 잇지 못했다. 자신이 은수를 무시하고 있어서가 아니었다. 무시라니, 자신의 연습 시간을 써가면서까지 은수와 함께하는 시간이 얼마나 좋았는데 말이다. 은수의 입에서 질투,라는 말이 나오자 자신이 왜 어제부터 그렇게 기분이 나빴는지 알게 되었다. 중학교 때부터 들락거리던 클럽 오리엔트가 문을 닫게 돼서가 아니었다.

질투였다. 찬희는 은수가 눈을 뜰 때부터 잠들 때까지 아니, 꿈속에서도 계속 생각나게 하는 윤주에게 질투를 느낀 거였다. 은수는 찬희가 아무 말이 없자 코웃음을 쳤다.

"봐, 내 말이 맞지?"

"아니, 그게 아니라…… 나는……"

연습실 문이 열렸다.

"야, 심은…… 아니, 심찬희."

윤주였다. 은수는 이제 겨우 입을 떼고 말을 하려는 찬희를 버려두고 번개처럼 윤주에게 달려갔다.

"윤주 님!"

"아, 안녕하세요? 와, 클럽 되게 깔끔해졌는데? 어제 내가 공연할 때랑 딴판이잖아? 이거 뭐야? 누가 향수 뿌렸어? 찬희 네가 치웠을 리는 없고. 그쪽이 한 거죠?"

윤주는 은수를 가리켰다.

"헤헤. 저는 은수예요. 주은수."

"아, 은수 님. 여태 이름도 몰랐네요. 우리."

윤주가 자신의 이름을 부르자 은수는 심장이 터질 것 같았다. 방금 전까지 찬희에게 화를 냈다는 것도 잊고 환하게 웃었다. 윤주의 무심한 듯한 눈빛, 기타를 든 가늘고 긴 손가락, 그 손으로 연주하는 음악 소리만 맴돌았다. 기타, 드럼 소리가 귓가에 생생했다. 너무 멋있어서 숨이 막힐 것 같았다.

"여, 여기 앉으세요."

은수는 소파로 윤주를 안내했다.

"고마워요. 그런데 찬희, 너 요즘도 스파클 무어 좋아해? 얼마 전에 유튜브에 공연 영상 떠가지고 봤는데 네 생각 나더라. 네가 그랬잖아. 스파클 무어처럼 멋있게 로큰롤을 연주하는 여자가 눈앞에 있다면 온 세상을 바쳐서라도 꼭 결혼할 거라고."

찬희는 대답하지 않았다. 지금도 스파클 무어를 사랑하는 마음은 여전했지만, 지금 중요한 건 윤주도, 스파클 무어도 아니었다. 찬희는 은수를 보았다. 은수는 방금 전 찬희에게 화를 냈다는 건 까맣게 잊고, 아니 찬희는 안중에도 없는 듯 윤주만을 바라보며 함박웃음을 지었다. 화가 났다. 윤주가 미웠고, 자신을 오해하는 은수가 미웠다.

찬희는 손에 땀이 났다. 은수를 처음 봤을 때부터 지금까지 그랬듯 머리부터 발끝까지 은수로 가득 차버렸다. 지금 말하지 않으면 평생 말하지 못할 것 같았다. 그리고, 이 말 때문에 지금까지 가진 모든 걸 다 버려야 한다고 해도 말을 하고 싶었다.

"나, 너 좋아해. 그런 거 같아."

은수는 깜짝 놀랐다. 은수는 찬희가 말하는 '너'가 누구인지 등 뒤에 다른 사람이 없는지 확인했다. 뒤에는 아무도 없었다.

"주은수, 나 너 좋아하는 거 같아. 그래서 네가 윤주 좋아하는 거 싫어. 네 말대로 질투 나. 못 견디겠어."

은수는 말을 하지 못했다. 찬희를 좋아하는 것도 아니면서 가슴이 두근거렸다. 태어나서 처음 받는 고백이었다. 은수의 얼굴이 빨개졌다.

"아니, 찬희야, 나는 윤주 님이 좋아."

"알아, 그런데 나는 네가 좋다고."

찬희의 얼굴이 빨개졌다. 그러고는 주섬주섬 짐을 챙겼다.

"나 간다. 부끄럽고, 구질구질한 거 싫으니까 연락하지 마."

찬희는 그 말을 남기고는 연습실을 나갔다. 문이 쾅 닫혔다. 은수는 너무 놀라서, 그대로 얼어버렸다. 윤주는 고개를 절레절레 흔들었다.

"드럼 연주 좀 부탁하려고 왔더니, 다른 사람 사랑 고백만 듣고 끝났네."

윤주는 소파에서 벌떡 일어나 소파 옆에 둔 기타를 집어 들었다. 찬희가 자신은 사용하지 않는다고 은수에게 빌려준 거였다. 낡은 기타의 몸통은 여기저기 기스가 나 있었다.

"이거 어릴 때 찬희가 세뱃돈 받은 걸로 산 건데. 맨날 이거 껴안고 기타만 치다가 갑자기 드럼을 치겠다고 해서 놀랐었는데."

은수는 찬희가 미웠다. 윤주와 단둘이 연습실에 있는데, 찬희의 말 때문에 집중도 안 되고, 좋아할 수도 없었다. 고백을 해본 적도 없고, 고백을 받아본 적도 없으니 이다음에는 어떻게 해야 할지도 몰랐다. 그리고 은수는 찬희를 연애 상대로 생각해본 적이 없는데, 이제 어색해서 어떻게 계속 연습실을 드나드나, 교회를 어떻게 다니나 하는 고민이 들었다. 밴드를 그만둬야 하나, 잠깐 생각했다. 그건 죽어도 싫었다.

윤주 때문은 아니었다. 윤주야 전에도 그랬듯 공연마다 졸졸 따라다니면 되는 거였다. 이제야 재밌는 걸, 눈에 보이고 손에 잡히는 걸 찾았는데, 한순간에 끝나버리는 건 싫었다. 은수는 한숨을 쉬었다.

윤주는 조용히 원래는 찬희의 것이고, 지금은 은수가 연습하고 있는 기타를 연주했다. A마이너에서 G마이너로, F마이너에서 A로, 기타 코드를 바꾸며 딱딱하게 못이 박인 윤주의 손가락이 기타 줄을 스쳤다.

찬희의 예기치 않은 고백도, 심란한 은수의 마음도 윤주의 연주로 진정되는 것 같았다. 아니, 마음 가득 음악 소리만 울려 다른 건 생각할 수 없었다. 너무 좋았다.

"근데 윤주 님, B마이너는 어떻게 쳐요?"

"이렇게."

윤주는 왼손으로 기타 줄을 잡았다.

"아니, 그건 저도 아는데 죽어도 검지에 힘이 안 들어가요. 바레를 잡을 수 있어야 다른 것도 좀 쉬울 것 같은데."

"아, 그러면. 한번 잡아봐요. 자세 봐줄게요."

윤주는 은수에게 기타를 건넸다. 은수는 검지를 세워 B마이너를 쳤다. 윤주는 이제 알겠다는 듯 고개를 끄덕였다.

"이거였네. 검지를 그렇게 하지 말고 약간 옆으로 기울여서 손끝으로 기타를 민다는 느낌으로 엄지는 여기에 두고 힘을 줘봐요."

윤주는 살며시 은수의 검지를 눌렀다. 맑은 소리가 울렸다. 은수는 환하게 웃었다.

"며칠을 낑낑댔는데 이렇게 하니까 잘되네요."

"찬희한테 물어보지 그랬어요. 찬희 기타 꽤 잘 치는데."

"요새 힘이 좀 없어 보여서 물어보기 그렇더라구요. 하도 이것저것 물어봐서 미안하기도 하고."

"클럽 때문에 그런가. 알죠? 여기 건물 헐고 클럽 짓는 거."

"네? 지금도 클럽이잖아요. 아니, 그리고 이렇게 낡은 건물을 누가 사요?"

은수는 클럽을 헐고 클럽을 세운다는 것도, 이 낡은 건물을 누군가가 산다는 것도 놀라웠다.

"여기 건물값 엄청 뛴 거 알아요? 몇 달 사이에 근처 월세가 다섯 배 뛰었다는데. ……그런데, 연습실에 초대해서 물어볼 게 B마이너 치는 법이에요?"

"아……"

은수는 그제야 윤주가 왔는데도 차 한잔 대접하지 못했다는 걸 깨달았다. 윤주는 시계를 보았다.

"나 또 연습이 있어서. 찬희한테 잘해줘요."

"아까, 찬희가 연락하지 말라고……"

윤주는 어깨를 으쓱했다.

"아무리 봐도 나는 핑계고 찬희랑 밴드 하고 싶어 하는 것 같은데? 뭐, 그건 둘이 알아서 하실 문젠 거 같고, 난 갈게요. 또 봐요."

윤주는 연습실을 나갔다. 은수는 윤주가, 그 전에는 찬희가 떠났던 문을 보았다.

"뭐지…… 윤주 님한테 B마이너나 배우자고 한 건 아닌데."

조용히 중얼거렸다. 이상했다. 윤주를 따라가야 하나 싶으면서도 기타를 놓을 수가 없었다. B마이너 코드를 칠 수 있게 되니 너무 신났다. 그리고 B마이너가 들어간, 찬희가 작곡한, 곧 있을 공연에서 연주할 곡을 연습했다. 서툰 기타 소리가 났다. 코드를 바꾸느라 중간중간 연주를 멈추는 시간이 짧아지고 B에서 B마이너로, C에서 D로 자연스럽게 손가락을 움직일 수 있을 때까지 은수는 기타를 연주했다. 찬희도 없는데, 찬희와 밴드를 계속하게 될지 알 수 없는데도 계속 연습했다. 그냥 하고 싶었다.

기타를 치는 동안, 찬희의 드럼 소리가 들리는 것 같았다. 먼지 속에서 울리던 드럼 소리, 소리에 맞춰서 뛰던 은수의 심장, 달을 걷는 듯 롤러코스터를 탄 듯 붕 떠 있는 것 같은 기분이 생생하게 기억났다. 직접 듣고 싶었다. 그리고 찬희에게 제일 먼저 B마이너를 연주할 수 있게 된 걸 알려주고 싶었다. 은수가 연주를 잘한다고 칭찬받고 싶은 건 윤주가 아니라 찬희였다. 막차가 끊길 시간이 다가왔다. 은수는 기타를 들고 밖으로 나갔다.

거리는 조용했다. 아무도 없었다. 은수가 좋아하는 작은 가게들은 이미 문을 닫았다. 생각해보니 며칠 동안, 그 가게들이 열린 걸 본 적이 없는 것 같았다. 몇몇 가게들 유리문에는 '점포 임대'라고 붙어 있었다. 근처 월세가 올랐다는 게 불 꺼진 가게들을 보고야 실감 났다. 은수는 점포 임대라고 써 붙인 가게를 유심히 보았다. 쓸쓸했고, 을씨년스러웠다. 거리에 아무도 없어서 더 그렇게 느껴졌다.

곧 여기는 다른 사람들이 들락거릴 거였고, 홍대의 클럽 앞을 지나가면서 듣던 음악들을 여기에서도 시끄럽게 들을 수 있을 거였다. 윤주나 찬희 같은 사람들은 다시 더 변두리로 가야 할 거였다. 아마 윤주는 홍대에 더 머물고 찬희만 변두리로 갈 확률이 컸다. 지금 은수가 하는 일이, 하고 싶어 하는 일이 은수의 미래를 불행하게, 점포 임대가 붙은 가게들처럼 변하게 할지도 몰랐다. 그래도 가고 싶었다. 하고 싶었다.

그래서 은수는 찬희를 찾아가기로 했다. 전화를 받지 않는 찬희에게 계속 전화를 했지만 연락이 안 되어서 문자 메시지를 남겼다.

'너희 집 가는 중.'

찬희는 답장을 하지 않았다. 상관없었다. 곧장 답장할 거라고 생각하지도 않았다. 하지만 아무래도 그냥 이대로 찬희가 없어져버리는 건 싫었다. 아무리 생각해도 밴드를 하고 싶었다. 윤주에게 좀더 가까이 가고 싶어서는 아니었다. 언젠가 기타 실력이 늘면 같이 연주는 할 수 있겠지만, 그게 최종 목표는 아니었다. 계속 밴드를 한다면 찬희와 하고 싶었다. 찬희의 드럼 소리에 맞춰 기타를 연주하고 찬희가 작곡한 노래를 부르고 싶었다. 정통 로큰롤이 뭔지도 잘 몰랐고, 찬희가 말하는 뮤지션은 비틀스 말곤 모르는 사람투성이였지만, 그 리듬, 자기도 모르게 어깨와 발이 들썩이는 그 기분은 간직할 수 있을 만큼 간직하고 싶었다.

은수는 교회 안 목사 사택 앞에 섰다. 한 곳을 제외하고는 모든 방의 불이 꺼져 있었다. 길게 심호흡을 했다. 그리고 다시 찬희에게 전화를 했다. 받지 않았다. 문자 메시지를 남겼다.

'안 자는 거 알아. 부모님 다 깨워도 괜찮으면 그대로 있고, 아니면 조용히 너만 나오든가.'

은수는 현관 앞에 앉았다. 찬희의 얼굴을 보지 않고 갈 생각은 없었다. 어차피 조금 있으면 새벽기도가 열릴 시간이라 목사님도 사모님도 곧 일어나실 거였다.

전화가 왔다. 찬희였다.

"나와."

은수는 다짜고짜 말했다. 찬희는 아무 말 없이 길게 한숨을 쉬었다.

"나 이제 B마이너 칠 수 있거든? 그 말은 F코드도 칠 수 있다는 거야."

"갑자기? 아까까지도 안 됐잖아. 근데 F코드가 바레 잡기 더 힘들 텐데."

"들려줘?"

"알았어. 나갈게."

찬희는 마지못해 집 밖으로 나왔다. 찬희는 은수를 보자마자 고개를 돌렸다. 은수의 눈을 피했다. 가로등과 찬희의 방 외에 불이 켜진 곳은 없었다. 새벽 공기는 선선했다. 조금 있으면 새벽도 더 더워질 거고, 공원 벤치에 앉아 땀을 닦으며 맥주를 마셔도 괜찮은 날이 올 거였다. 은수는 한여름에는 공연을 마치고, 기분 좋게 맥주를 마시고 싶었다. 그 옆에는 찬희가 있으면 좋겠다고 생각했다.

은수는 찬희를 보았다. 드럼 치는 덩치 큰 무섭게 생긴 찬희가 아니라 스물한 살의 찬희가 제대로 보였다.

"부끄럽다며?"

"뭐, 지금도 그래."

찬희는 은수의 눈을 피했다.

"나 밴드 계속할 거야."

"뭐, 기타 실력 늘면 잘할 수 있겠다. 노래야 지금도 잘하니까."

"왜 그렇게 말해? 난 너랑 하고 싶은데."

"나는…… 아니야. 됐어."

찬희는 길게 한숨을 쉬었다. 아니, 한숨을 쉬다가 말았다.

"쳐봐."

찬희가 말했다.

"응?"

"B마이너 칠 줄 안다며? 어떻게 치게 된 거야?"

"아, 윤주 님이 알려줬어."

은수는 해맑게 웃었다.

"뭐야, 윤주 불러서 고작 기타 코드 물어봤어? 그냥 나한테 물어봐도 될걸. 난 또 사랑 고백이라도 할 줄 알았더니."

"윤주 님이야 뭐, 내가 좋아하는 거 아시는데. 굳이 또 불러서 말을 해. 그런 고백이야 많이 들으실 텐데. 잘 들어봐."

은수는 기타를 꺼냈다. 연주를 하며 조용히 노래를 흥얼거렸다. 기타 코드를 바꾸는 사이의 짧은 침묵, 서툰 연주 소리, 숨소리처럼 내뱉는 은수의 목소리가 들렸다. 손에 익었다고는 하지만 은수의 연주에는 서툶이 남아 있었다. 기타 코드를 바꾸느라 기타 줄을 서툴게 건드려서 나는 불협화음이 자신이 만든 멜로디와 너무 잘 어울렸다. 어울리는 정도가 아니었다. 은수의 서툰 연주가 찬희가 만든 곡을 완성시키는 것 같았다. 저 연주에 드럼을 입혀보고 싶어서 손이 근질거렸다. 떨렸다. 은수가 좋아서가 아니었다. 은수의 목소리, 은수의 기타 연주가 좋아서 심장이 터질 것 같았다. 이제야 자신의 음악에 맞는 보컬을 만난 기분이었다. 처음부터 잘 어울릴 거라는 건 알고 있었지만 이 정도인 줄은 몰랐다.

찬희는 은수의 손목을 잡았다.

"가자. 가서 드럼이랑 맞춰보자."

"응? 야, 버스 끊겼어. 어떻게 가려고? 지금 할증 붙을 시간이라 택시비 엄청 나올 텐데."

"내지 뭐. 지금 중요한 게 돈 몇 푼이 아냐. 빨리 가자."

은수는 영문도 모른 채 다시 연습실로 갔다.

찬희는 연습실에 도착하자마자 드럼 세트 앞에 앉았다. 드럼 스틱을 들었다. 은수가 엉거주춤 기타를 들었다. 찬희가 드럼을 치기 시작했다. 은수는 기타를 연주했다. 노래를 부르기 시작했다. 은은하고 강한, 묵직하지만 끈적거리는 목소리가 연습실에 울렸다.

은수와 찬희는 계속 연주를 했다. 찬희가 먼저 드럼을 연주하면 은수가 드럼에 맞춰 연주를 하기도 했고, 은수가 부르는 노래에 맞춰서 찬희가 드럼을 연주하기도 했다. 은수의 머릿속에는 윤주가 스쳐갔다. 찬희의 머릿속에 스파클 무어가 스쳐 지나갔다. 그리고 서로가 서로에게 스쳐 지나갔다. 서로 사랑이어도 상관없었고, 사랑이 아니어도 상관없었다. 다른 것은 하나도 생각나지 않았다. 둘은 아무 말 없이 아무 이야기도 하지 않으면서 서로 이야기를 나누고 슬퍼하고 기뻐했다.

한참 후에, 찬희가 드럼 스틱을 놓고, 은수가 기타 연주를 마쳤다. 은수는 다짜고짜 찬희의 입술에 달려들었다. 찬희는 은수를 밀어냈다. 은수가 바닥에 주저앉았다.

"이거 뭐야?"

찬희의 얼굴이 빨개졌다. 숨을 제대로 못 쉬고는 주저앉아 버렸다.

"나 좋아한다며."

"아니, 그게…… 너는 나 좋아해? 너도 나 좋아서 뽀뽀한 거야? 너 윤주 좋아하지 않아?"

"그렇지만, 난 너랑 밴드 계속하고 싶고……"

찬희는 길게 한숨을 쉬었다.

"나, 너 좋아해. 그런데, 네 마음과 몸을 원하지 네 몸만 원하지 않아. 날 좋아하지 않는다면 굳이 몸을 나한테 던질 필요는 없어. 그런 건 하나도 기쁘지 않아."

"난 네가 다시 나 안 보는 거 싫은데. 그거 욕심일까? 이런 말 하면 어장 관리 막 이런 얘기 하던데, 그런 거 절대 아니고 그런 거 해본 적도 없고. 나는 그냥 너랑 계속 밴드 하고 싶어. 음악, 하고 싶어."

"어장 관리는 무슨. 너 윤주 좋아하는 거 뻔히 아는데. 아냐, 내가 아까 고백한 건 잊어. 무리하지 마."

찬희의 말에 은수가 환히 웃었다. 윤주와 있을 때보다는 덜 해맑은 웃음이었지만 찬희는 그 정도에 만족해야겠다고 생각했다. 그렇게 정통 로큰롤 밴드 눈물의 그림자에 평화가 찾아왔다.

클럽으로 가는 길에 점포 임대라고 써 붙었던 가게에는 스타벅스가 들어와 공사를 시작했다. 사람 하나 없던 거리가 북적이기 시작했다. 은수는 점점 여기가 사라지는 것을 실감했다. 시간이 흘렀다. 스타벅스 간판이 걸렸고, 아르바이트생을 모집한다는 포스터가 문 앞에 크게 붙었다.

정통 로큰롤 밴드 눈물의 그림자의 공연이 내일이었다. 내일은 윤주도 같이 공연을 했다. 은수는 윤주와 함께 공연한다는 사실보다 자신이 무대에 선다는 생각에 신경이 곤두섰다. 일주일 연습한 끝에 모든 코드는 그럭저럭 다 연주할 수 있게 되었지만, 중간에 가사를 까먹으면 어떡하나 코드를 헷갈리면 어떡하나 걱정이 돼서 잠도 잘 오지 않았다.

은수는 중간고사가 코앞인데도 학교에 가지 않았다. 태어나서 처음으로 학교를 빼먹었지만, 그런 건 까맣게 잊었다. 작년까지 꼬박꼬박 신청하던 계절학기는 건너뛰었다. 지난 학기는 처음으로 D학점이 나왔다. 토익성적은 890점에서 730점으로 떨어졌다. 그래도 모든 것이 좋았다. 눈앞의 찬희도, 찬희가 만든 음악과 윤주도, 윤주의 연주도 모든 것이 좋았다. 좋은 것투성이였다. 어떻게 살아도 미래는 알 수 없었다. 그럴 거라면 인생의 한 부분이라도, 짧은 찰나라도 좋으니 원하는 걸 찾고 싶었다. 그것이 은수에게는 음악이었다. 찬희와 윤주는 어떨지 몰랐지만, 다르지는 않을 것 같았다.

그리고 공연 날 아침이었다. 공연 날이 온 것과 동시에 가을 태풍이 한반도로 다가오고 있었다. 태풍이 한반도를 관통하는 것은 오늘 밤부터라고 했으니, 공연은 예정대로 하기로 했다. 다음 주부터 철거 공사가 시작되니, 어차피 오늘밖에 시간이 없었다.

비가 내리기 시작했지만, 그보다 더 걱정인 것은 은수였다. 은수의 마지막 리허설은 엉망이었다. 한 곡에서 가사를 네 번 틀렸고, 기타 연주는 한 소절을 통째로 까먹어버리고 말았다. 찬희는 신경이 곤두서서 드럼 스틱을 두 개나 부숴버렸고, 그 모습에 너무 당황한 은수는 연습하다가 말고 기타 줄을 끊어버리고 말았다. 여분의 기타 줄이 있을 리가 없어서 연습실에 있는 윤주에게 연락을 해서 기타를 빌려 와야 했다.

비는 점점 더 세차게 내렸다. 정통 로큰롤 밴드 눈물의 그림자가 무대에 올라갔을 때는 앞이 보이지 않을 정도로 퍼붓기 시작했다. 예상보다 더 빨리 태풍이 올라오고 있었다. 공연을 보러 온 사람들은 하나둘씩 떠났다. 그래도 공연은 멈출 수 없었다.

은수는 그래서 지금 무대에 서 있었다. 무대 아래에는 분명히 윤주의 팬일 게 분명한 사람들만 남아서 서 있었다. 퍼붓기 시작한 비는 무대 위에도 떨어졌다. 은수는 첫 공연을 망칠까 봐 걱정을 해야 할지 아니면 기타 이펙트에 빗물이 떨어져서 불이 나는 걸 더 걱정해야 할지 혼란스러웠다.

찬희가 은수에게 눈빛을 보냈다. 드럼 스틱을 두드렸다. 공연이 시작되었다. 무대 위로 점점 더 많은 빗방울이 떨어졌다. 이대로 그만두기에는 너무 늦었다. 은수는 떨어지는 비를 피해 뒤로 돌았다. 찬희를 보았다. 마음이 진정되고 손이 풀렸다. 신이 났다.

은수는 관객 쪽으로 몸을 돌렸다. 빗물이 떨어지고 있었다. 마이크를 잡았다. 마이크가 축축했다. 은수의 온몸에 전기가 통했다. 빗물 때문에 낡은 마이크에 새던 전류가 은수의 몸을 타고 들어간 거였다.

"악!"

은수가 비명을 지르며 쓰러졌다. 천둥이 쳤다. 번개도 쳤다. 클럽 안 여기저기서 빗물 떨어지는 소리가 들렸다. 클럽 전체에 전기가 나갔다. 두꺼비집이 내려간 것 같았다. 공연을 보러 온 사람들이 웅성거렸다.

"은수야!"

찬희가 드럼 세트에서 빠져나와 어둠 속에서 더듬더듬 은수를 찾았다. 음악 소리가 끊겼다. 사람들의 말소리 외에는 아무 소리도 들리지 않았다. 말소리가 잦아들었다. 세차게 내리는 빗소리가 들렸다. 은수는 그대로 무대에 쓰러져 있었다. 찬희는 은수에게 다가가려다 빗물에 미끄러졌다.

"은수야!"

찬희가 은수를 불렀다. 아무 대답도 들리지 않았다.

멀리에서 기타 소리가 들렸다. 대기실에서 나는 소리였다. 윤주였다. 흥얼흥얼, 작고 낮은 목소리가 들렸다. 금방 빗소리에 묻혔다.

네, 운동이 몸에 제일 좋아요

김형중
(문학평론가)

1

2004년 여름 즈음, 느닷없이 어떤 소설 속 등장인물의 성별이 논쟁거리가 된 적이 있었다. 배수아의 『에세이스트의 책상』(문학동네, 2003)에 등장하는 'M'이 바로 그 논쟁의 주인공이었다. '리얼리즘'의 범주를 아무리 넓힌다 해도 딱히 '리얼리즘적'이라 보기 힘든 이 작품에 대한 백낙청의 찬사(「소설가의 책상, 에쎄이스트의 책상」, 『창작과비평』 2004년 여름호)는 이례적이었는데, 그는 이 작품을 두고 '나쁜 의미에서의 에세이적인 요소'라는 흠결을 가지고는 있으나, '개성적인 인물'과 '정교한 서사'를 갖춘 '(준)명품 소설'이라고 평한다.

명품이란 말을 그다지 좋아하지 않고, 또 에세이적인 요소(그러니까 여담)가 우리 시대 소설에서 꼭 흠결인지에 대해서는 이견도 없지 않았으나, 당시 내게 더 흥미로웠던 것은 M이 '개성적 인물'임을 증명하는 백낙청의 논리 전개 방식이었다. 그는 거의 두 페이지에 이르는 분량을 M의 성별을 감별하는 데 할애했는데, 감별의 결과 M이 에리히라는 남성과의 육체관계를 고백하는 장면(pp. 135~36)에 이르러 최종적으로 여성임이 밝혀진다고 말한다. 생물학적 여성 이성애자 M, 그에 따르면 그렇게 확정된 성별이 M을 '개성적 인물'이게 한다는 것이다. 요컨대 백낙청이 사용한 (루카치에게서 가져왔을 것임에 분명한, 그리고 리얼리즘 비평가들이 흔히 사용하는) '개성'이라는 범주 안에서 인물은 부지불식간에 생물학적으로 남성이거나 여성, 그것도 이성애자인 경우로만 한정된다.

그때 내 의문은 이런 것이었다. "도대체 그래서 어쨌단 말인가? 도대체 M의 성별이 언제 확인되는가 하는 점이 왜 그다지도 중요하단 말인가?"(「민족문학의 결여, 리얼리즘의 결여」, 『창작과비평』 2004년 겨울호). 나는 저 질문(지금이라면 저렇게 묻지 않았을 것이고, 또 그럴 필요도 없었을 테지만)을 통해, 소설 속 등장인물들이 반드시 통념에 따라 이성애자여야 할 필요는 없다는 사실, 기존에 우리가 익숙하게 사용해 온 미학적 범주나 비평적 개념 들('개성적 인물' '전형' '성숙한 남성의 형식' 등등)이 실은 이성애 중심주의에 기반해 있다는 사실, 혐오 없는 세계에서는 다양한 방식의 사랑과 젠더 정체성들이 공히 인정받을 수 있으리라는 사실을 지적하고 싶었다. 말하자면 그것은 좀 수행적인 데가 있는 질문이었다. 당시로서는 그랬다는 말이다.

2

그랬으니 그로부터 4년쯤 뒤, 신춘문예 소설 부문 당선작들을 훑어보다가 황지운의 「안녕, 피터」(『문화일보』 2009년 신춘문예 당선작)를 발견했을 때의 감회는 좀 남다를 수밖에 없었다. 차갑고 거친 눈보라 속을 달리던 세 명의 청춘들, 친구의 부재가 그들에게 안겨준 절망감, 영원히 지속될 줄 알았던 미성숙의 시절(피터 팬의 세계)과 작별해야 하는 순간의 격렬한 입사식…… 로드무비 형식을 차용한 이 푸릇푸릇한 성장소설 속에는 특전사 출신(!) 게이 유진과, 그를 사랑하지만 고백하지 못하는 영수가 있었다. 둘의 어긋난 사랑과 죽은 친구를 향한 우정, 눈 오는 밤 도로 풍경과 무엇 때문인지도 모른 채 어쩔 줄 몰라 하는 가슴…… 이런 것들이 참 무구하고 예뻐서 나는 잠시 젊음이 부러워지기도 했다. 이러한 감정 묘사에 담긴 작가의 의도가 분명해 보였다. 모든 젊음은 젊음이고 모든 사랑은 사랑일 뿐, 대상의 생물학적 성별이 그 사랑의 질이나 양을 좌우하지는 않는 법이라는……

같은 해 『문학들』(2009년 여름호)에 실린 「로큰롤에 있어 중요한 것」을 읽고 나니, 이 작가의 글쓰기 전략이 좀더 뚜렷이 보였다. 은수와 찬희와 윤주, 이렇게 세 인물이 그리는 사랑의 삼각형은 여전히 풋풋했다. 홍대 앞을 못 떠나는 그들의 음악에 대한 열정도…… 그런데 더 흥미로운 것은 작가가 끝내 윤주와 은수의 성 정체성에 대해 함구함으로써 이 작품의 장르 분류를 보류하게 만든다는 점이었다. 무심하게 읽을 경우 이 작품은 음악에 몰두하는 세 청춘의 성장서사가 된다. 그러나 그들의 젠더 정체성을 염두에 두고 읽을 경우, 퀴어소설이 된다. 양성애자의 사랑 이야기가 되기도 하고, 게이의 사랑 이야기가 되기도 하고, 레즈비언의 사랑 이야기가 되기도 한다. 젠더 정체성의 표지가 주어지지 않은 은수가 찬희(생물학적 남성)를 사랑하면서 동시에 윤주(전혀 성별 표지가 없는)도 사랑하기 때문이다.

그러나 이 양 갈래 사랑에 거짓은 없어서 작중 윤주도 찬희도, 그리고 독자들마저도 은수를 비난할 수는 없다. 은수는 윤주를 사랑한다. 그리고 은수는 찬희를 사랑한다. 혹은 은수는 남자를 사랑한다. 그리고 은수는 여자를 사랑한다. 최소한 이 작품 속에서 두 문장들 간에 모순은 없다. 그래서 나는 이 작품을 읽고 난 후, 때묻지 않은(실은 필요 이상으로 때묻지 않은, 말하자면 순진무구한) 퀴어소설 작가의 등장 같은 것을 예감했던 것도 같다. 그러나 이후로 몇 해 동안 작가 황지운은 침묵의 시기를 겪고, 그 사이 세상은 급변했다.

3

2009년 이후 황지운은 「운동은 몸에 좋아요」(2014) 한 편만을 모 잡지에 발표한다. 그리고 이 작품은 그의 작품으로서는 예외적으로 확실한 퀴어 당사자가 주인공으로 드러나지 않았다. 물론 생물학적으로 남성과 여성인 두 등장인물의 젠더 정체성은 여전히 확정되지 않지만, 작품의 관심은 주로 사회적인 데 쏠려 있다. 아마도 한미 FTA 체결과 세월호 참사 같은 거대한 사회적 이슈의 영향이 컸던 것으로 보인다. 그리고 다시 다섯 해 동안의 침묵……

그 사이 2016년 문단 내 성폭력 해시태그운동이 있었다. 비슷한 시기 '페미니즘 리부트'가 일어났고, 2017년 『82년생

김지영』(민음사)을 둘러싼 논쟁을 계기로 정치적 올바름과 더불어 퀴어를 다룬 비평 담론이 급증했다. 그리고 2021년 지금 한국 소설의 가장 중요한 화두는 페미니즘과 퀴어, 그리고 정치적 올바름이란 사실에 많은 이가 동의할 것이다.

특히 퀴어소설에 대한 담론은 급증과 진화를 거듭해서 최근 나는 스스로를 '중년 남성 이성애자'로서 자각한 채로 이런 문장들을 읽은 적이 있다. "이러한 비평적 도구들을 여성, 트랜스젠더, 무성애자 등의 다양한 퀴어 스펙트럼의 재현 양상에 대입했을 때 얼마나 유효한지 검토해보고, 만약 그것이 유효하지 않거나 혹은 제한적으로만 가능해 보인다면, 그 이유에 대해서 질문하고 논의해야 할 차례가 아닐까?"(인아영, 「시차(時差)와 시차parallx」, 『문학과사회 하이픈』 2019년 가을호, p. 16). 또 이런 문장들도 읽었다. "퀴어의 "외설성"을 언급하면서도 그 내용을 성적 실천이나 관계의 정치성이 아니라 사회와 무관하게 사랑을 우선하는 태도로 기울이는 결론은, 퀴어서사를 사랑의 인식론을 강화하는 경유지로 삼는 것처럼 보입니다"(김건형, 「소설의 젠더와 그 비평 도구들이 지금」, 같은 책, p. 39).

요컨대 인아영과 김건형의 저 문장들은, 지금은 (소설 속 등장인물을 의식적으로든 무의식적으로든 이성애자로 가정하려는 비평적 시도에 맞서) '인물의 성별이 그렇게 중요한가?'

라고 질문하거나 '동성애도 사랑입니다'라고 말하는 것이 저절로 수행적 행위가 되던 2004년 무렵과는 완전히 다른 시대라는 말로 읽힌다. 이제는 혹시 퀴어서사에서 (특히 남성) 동성애만이 특권화되지 않았는지, 동성애의 재현 방식이 양성애, 무성애, 트랜스젠더 같은 여러 퀴어 정체성의 재현에도 유효한지 같은 질문이 필요한 시점이다. 그래서 요즘 나는 소설을 읽을 때, 작품 속 등장인물들의 성별과 젠더 정체성이 가장 우선 궁금하다. 그런 습관은 말하자면 비평가로서의 나 스스로에 대해 행하는 일종의 교정 작업에 가깝다.

4

바로 그런 논의들이 뜨겁게 쏟아져 나오던 2020년, 황지운은 『문학과사회』에 「Sofie to Dorothy」를 발표한다. 그랬으니 이제 나도 2004년 『에세이스트의 책상』을 읽을 때와는 독법을 달리해 그의 작품을 읽어야 할 참이다.

선우(나), 주영(나의 남편), 친구, 친구의 아내, 친구의 옛 애인 김정희…… 「Sofie to Dorothy」에 등장하는 인물들이다. 이것은 황지운식 명명법인데, 만약 작품을 읽지 않고 이름의 성별 표지 관습에 따라 저 인물들의 생물학적 성별을 구별하려는 시도는 거의 수포로 돌아가기 십상이다. 이 작품을 이미 (단, 꼼꼼하게) 읽은 독자들은 알겠지만 화자인 선우의 성별은 생물학적 여성이다. 선우에게는 법적 남편이 있었는데, 생물학적 남성인 주영이 그다. 주영은 선우의 동성애를 인정하고 눈감아주는 편에 속한다. 레즈비언인 선우는 친구를 사랑했다. 친구는 생물학적 여성인데 선우를 사랑했음에도 불구하고 생물학적 여성인 김정희와 도시로 떠났고, 나중에는 역시 생물학적 여성인 아내와 (법적으로나 사람들에게서나 인정받지 못했지만) 결혼했다.

그러나 이와 같은 정보는 독자들이 사후적으로 재구성해낼 수 있을 뿐 작가는 작품 내내 그들의 생물학적 성별이나 젠더 정체성에 대해 마치 아무 관심이 없다는 듯, 중성적이거나 무성적인 문체를 유지한다. 어휘와 구문에서 성별의 뉘앙스를 지우고, 대명사를 거의 사용하지 않음으로써 '그/그녀'의 구별을 지우고, 중성적인 아펠레이션appellation을 통해 이름의 성별 표지를 지운다. 말하자면 최선을 다해 젠더를 교란한다. 그러나 역설적이게도 작가가 그러면 그럴수록 독자들은 똑같은 이유로 이 작품을 인물들의 생물학적 성별에 유의해서 읽어야 한다. 그들 모두가 양성애자나 동성애자임을 눈치채야만 작가가 그들의 사랑을 이성애와 의도적으로 구별하지 않고 있다는 사실 또한 알아차릴 수 있기 때문이다.

사랑 이야기를 쓰되, 성별 표지를 삭제함으로써 오히려 성별 표지를 소설의 가장 중요한 지배 요소로 배치하기…… 사실 이와 같은 전략은 그의 대부분의 소설에서 관철된다. 근작들인 「사랑니 덕에 구사일생」의 신이, 지윤, 수진, 혜정의 아펠레이션과 인물 관계가 그렇고, 「올해의 선택」의 현수와 선우도 마찬가지다. 대사와 행동, 그리고 묘사된 외모로는 도저히 성별과 젠더 정체성을 가늠할 수 없는 인물들의 사랑 이야기. 결국 독자는 사후에야 그들의 사랑이 이성애가 아니었음을 확인하게 된다. 말하자면 이 이야기들이 이른바 이성애라는 통념에 기반한 '보편적인 사랑'에 속하는 것이 아니었음을 깨닫게 된다. 그것은 이를테면 이성애 중심 소설 독법에 대한 '소격 효과'와 같다.

5

「Sofie to Dorothy」가 문제적인 작품인 것은 저와 같은 소격 효과 때문만은 아닌 듯싶다. 가령 어떤 독자, 특히 이성애자가 아닌 독자라면 분명 불쾌하게 읽혔을 법한 장면이 여기 있다.

> 친구는 결혼식을 치르면서 환하게 웃었다. 멀리에서도 보일 정도로 환한, 한 번도 본 적 없는 웃음이었다. 내가 줄 수 없던 웃음을 주는 여자라서, 친구를 포기할 수밖에 없었다. 마을 사람들은 저게 무슨 결혼식이냐며 혀를 끌끌 차고 손가락질을 했다. (p. 29)

> 내가 멍청이니? 아내가 아닌 거 모른 거 아냐. 결혼식을 올리면서도 그게 결혼이 아니라는 거 잘 알고 있었어. 그래도 나는 아내라고 생각하고 살았어. 저 집도 아내 이름으로 사서 난 이렇게 쫓겨났어. 혼인신고도 하지 못하는 나는 남이니까. (p. 35)

첫 인용문의 "내가 줄 수 없던 웃음을 주는 여자라서, 친구를 포기할 수밖에"라는 구절, 그리고 두번째 인용문의 "그래도 나는 아내라고 생각하고 살았어"란 구절은 얼마간 부정적으로 흥미로운데, 아무래도 일반적인 퀴어소설에서 있지 않을 법한 문장이기 때문이다. 만약 저 구절들을 맥락과 무관하게 따로 읽는다고 할 때, 즉각 연상되는 것은 '아내를 잃은 남편과 그를 좋아했던 한 여자'의 재회 장면쯤일 것이다. 그 흔한 배우자 사후 재회 장면 말이다. 말하자면 동성애자들의 사랑 이야기가 전통적인 '남편/아내'의 성역할 표지에 의해 덮

어쓰기 되어 있는 형국이다. 그들은 마치 이성애 전통 속의 남편처럼 아내를 사랑하고, 이성애 전통 속의 여인처럼 남자를 사랑한다. 이토록 속화된 서사라니, 도대체 어떻게 된 일일까?

그렇다고 선불리 작가의 무의식 속에 '잠재해 있을 것임에 틀림없는' 이성애 중심주의를 탓해서는 곤란할 듯하다. 이 의도된 성역할 표지가 황지운이 시도하고 있는 두번째 소격 효과처럼 보이기 때문이다. 남편과 아내로 이루어진 전통적 이성애 가족 모델에 의해 억압당했던 퀴어 정체성자들이 바로 자신들을 억압했던 그 가족 모델을 미메시스한다. 그러나 작가 황지운은 이 작품의 배경이 되고 있는 시대 표지 또한 작품 한 구절에 (마치 성별 표지처럼 이에 대해서도 무관심하다는 듯이) 슬쩍 흘려놓았는데, "내후년이면 우리나라에서 올림픽이 열린다"는 구절이 그것이다. 때는 1986년이었으니 한국에서는 아직 성적 소수자, 레즈비언, 게이, 트랜스젠더, 심지어는 페미니즘이란 말조차 저 먼 나라의 이야기처럼 들렸을 시절이다.

공간적 배경이 대도시 인근의 시골 마을이라는 점도 유의할 만한데, 내 경험에 따를 때 1986년 시골에서 동성애자들은 정말 저렇게 사랑하고 저렇게 살았기 때문이다. 남녀 부부로 이루어진 가족 모델 외에 다른 모델은 경험적으로도 지적으로도 알지 못했던 그들은 남장한 채 남편으로, 여장한 채 그 남편의 아내로 살았다. 한국의 후진 모더니티를 그들이 겪어낸 방식이 그랬다. 인용문들을 두고 '소격 효과' 운운했던 것은 이런 이유인데, 「Sofie to Dorothy」는 '지금, 여기'에서 한껏 뜨거운 퀴어 열풍의 시선을 30년 전의 한 시골 마을로 옮겨간다. 그리고 과문한 내가 알기로 30년 전 퀴어 정체성자들의 사랑과 삶에 대해 궁금해했던 작가는 없었거나 최소한 흔하지는 않았지 싶다.

6

2009년부터 지금까지 과작이었으나 별다른 소리 소문 없이 퀴어소설의 스펙트럼을 넓히고 있었던 작가가 황지운이란 이야기를 하고 싶었다. 그러나 그의 소설 속 동성애자나 양성애자 들의 사랑이 대부분 실패로 끝난다는 말은 전해야겠다. 그들의 사랑은 제각각이었으나 실패의 이유는 대체로 한 가지다. 어찌해볼 수 없는 생활고(「운동은 몸에 좋아요」), 계급 격차(「너의 결혼식」), 서울 정착의 어려움(「올해의 선택」), 그러니까 가난 말이다.

최근 한국 소설을 관통하는 것 역시 어찌해볼 수 없는 생활고다. 특히나 작가 황지운과 그가 그리는 인물들처럼 맨손으로 상경해 집도 절도 없이 서울에 정착하려던 많은 이에게는 더 그렇다. 같은 이유로 황지운의 소설 속 사람들도 어려워지고 방향을 잃다 끝나기가 다반사다. 그러나 '한국적(서울적) 가난'에 관한 이야기라면 또 다른 긴 이야기가 필요해질 터이니, 여기서는 다만 막다른 끝에 내몰린 황지운의 주인공들에게 주어진 세 가지 선택지에 대해서만 이야기하는 걸로 글을 마무리해야지 싶다.

세 가지 선택지, 나는 그것을 '귀향'과 '판타지'와 '운동'이라고 부를 참이다. 가령 실업과 생활고에 시달리던 동성애자인 선우(「올해의 선택」)의 마지막 정착지는 결국 고향이다. 그러나 상경에 실패한 그의 '귀향'은 귀농이나 전원과는 많이 달라서 패배의 냄새가 짙다. 「사라왓부인모임」의 주인공들이 택한 선택지는 퀴어드라마 속 아름다운 '판타지'다. 순진무구하고 '상상적'이었던 초기 황지운의 주인공들을 떠올려보면 이들의 선택지도 이해가 간다. 피터 팬은 아직 생활고를 모르고, 유희는 종종 현실을 잊게 하니까. 그러나 전 세대 소설가들에게 전가의 보도였던 이 선택지에서는 어딘지 모르게 정신 승리와 도피의 냄새가 난다. 마지막 선택지는 '운동'인데 나는 이런 장면을 「운동은 몸에 좋아요」에서 발견했다.

> 부부로 살던 두 여성 중 한 명이 암으로 죽자, 남은 사람은 가족이 아니라는 이유로 40년간 함께 산 집에서 쫓겨났다. 결국 그 사람은 먹고살 길이 막막해져 자살을 했다.
>
> 가벼우면 안 되는데, 사람의 죽음은 너무 가벼웠다. 민주와 진우를 만나고, 그들과 함께 다른 사람들을 만나면서 계속 영진은 생각했다. 아무도 자살하지 않고, 아무도 사고로 죽지 않는 세상에서 살고 싶었다. 혼자만 행복하고 싶지 않았다. 아무도 죽지 않는 방법을 찾고 싶었다. (p. 201)

좌우를 가리지 않고 시위대에게 휴대용 방석을 팔아 연명하던 영진이 '회심'하는 장면이다. 황지운의 소설 속에서 가장 정치적으로 올바르고 또 집단적인 장면이기도 하다. 그런 이유로 나는 황지운의 인물들에게 세 가지 선택지 중 영진이 시작한 바로 저 '운동'을 권하고 싶은데, 다만 그 운동이 저보다는 즉자적이지 않았으면 싶고, 또다시 1980년대의 그 앙상한 정치주의와 낙관주의를 반복하지는 않았으면 싶다.

작가의 말

만화책이 아닌,
귀신 이야기가 아닌 것

교육열이 주변의 부모들과 다른 방식으로 높았던 엄마와 아빠는 매주 나와 동생을 시내에 있는 서점에 데려갔다. 우리는 시내의 공영 주차장에 차를 주차하고, 길을 걸었다. 한적한 골목을 지나 지하도를 건너고 나면 바로 서점이 있었다. 에스컬레이터를 타고 지하에 있는 서점으로 내려가는 길에 나는 책먼지 냄새는 늘 두근거렸다.

책을 살 때는 규칙이 있었다. 단 두 가지였다. 6년 동안 매주 들은 말이라 똑똑히 기억하고 있다. 만화책이 아닐 것, 귀신이 나오는 이야기책이 아닐 것. 그 조건을 충족한다면 부모님은 한 권을 집든 열 권을 집든 다 사 주셨다. 학교에서 읽으라고 한 책일 때도 있었지만 내가 가장 고심해서 고른 책은 동화책이었다. 어쨌든 나는 책에서 나온 이야기들을 피아노로 연주하며, 건반들이 들려주는 이야기를 들으면서 유년 시절을 보냈다. 참 행복했다.

나는 귀신 이야기는 무서워해서 한마디도 듣지 못하고, 만화책은 잘 보지 않는, 기승전결이 없는 이야기에는 흥미가 없는 소설가가 되었다. 아마 어린 시절을 서점에서 보내지 않았다면, 나는 세상에서 가장 불행한 사람으로 아주 일찍 생을 마감했을 것이다.

하고 싶은 말이 너무 많아서 뭐부터 쓸지 끙끙거리는 모습이, 이제 첫사랑을 시작한 소년 같다는 생각을 했다. 이것이 이렇게 써서는 고백이 먹힐 리가 없을 텐데 생각을 하면서도 계속 적는 연애편지라면, 일단은 무척 서툰 고백일 것이다.

친구들은 내가 소설을 쓰는 동안 갖가지 조언을 해주었다. 그 조언의 대부분에는 “전에 내가 얘기한 그건 언제 쓸거냐” 등의 투정도 섞여 있었지만 그들의 투정 덕에 게으름을 피우지 않고 글을 쓸 수 있었다.

“네가 살림은 못해도 재주 하나가 있어서 참 다행이다”라며 내 글을 뿌듯하게 읽어주시는 부모님께 감사하다.

글을 쓰는 동안 영식이와 복희가 나와 자주 회의를 해주었다. 회의의 대부분은 그들에게 참치 캔을 따 주는 것으로 마무리가 지어졌다. 나의 이야기를 들어준 두 고양이에게 감사

한다.

이 책이 나오면 제주도에 사는 동안 장편소설 한 편을 완성하기 전까지는 절대 육지로 보내지 않을 거라며, 나를 살뜰히 보살펴준 원주부 내외에게 제일 먼저 달려갈 것이다. 그때가 되면 코로나가 좀 잠잠해지면 좋겠다.

오랫동안 소설집을 낼 생각을 하지 않고 있던 나에게 책을 내게 해준 문학과지성사의 모든 분께, 흔쾌히 해설을 써주겠다고 해준 김형중 선생님께 감사하다.

소설집을 준비하는 동안, 나의 친구 한 명과 나의 동지 한 명, 늘 응원과 지지를 마다하지 않았던 사람 한 명이 죽었다. 나는 그들의 부고를 들으면서 많이 아팠고, 많이 울었다. 더 이상 어느 누구도, 사회에서 내쳐지지 않기를, 우리의 삶이 행복하기를 기원한다. 나의 글이, 이 소설을 읽는 당신의 삶에 조금이나마 위로가 될 수 있기를 기도한다.

그리고 마지막으로, 기쁜 일이 있을 때마다 자신의 일처럼 기뻐하던 외할머니 故 정순덕 여사에게 이 소설집을 바친다.

2021년 4월
황지운

수록 작품 발표 지면

Sofie to Dorothy 『문학과사회』 2020년 가을호

사랑니 덕에 구사일생 『문학들』 2019년 겨울호

올해의 선택 미발표

너의 결혼식 미발표

사라왓부인모임 2020년 홍예당 온라인 전시회

운동은 몸에 좋아요 『문학들』 2014년 봄

안녕, 피터 2009년 문화일보 신춘문예 당선작

로큰롤에 있어 중요한 것 『문학들』 2009년 여름호